U0460009

裂开缝的膘子

武庆丽◎著

陕西新华出版传媒集团

太白文艺出版社·西安

图书在版编目（ＣＩＰ）数据

裂开缝的窗子 / 武庆丽著 . -- 西安：太白文艺出
版社 , 2023.1
ISBN 978-7-5513-2222-5

Ⅰ.①裂… Ⅱ.①武… Ⅲ.①小小说—小说集—中国
—当代 Ⅳ.① I247.82

中国版本图书馆 CIP 数据核字 (2022) 第 145967 号

裂开缝的窗子
LIEKAI FENG DE CHUANGZI

作　　者　武庆丽
责任编辑　张　鑫
整体设计　悟阅文化
出版发行　陕西新华出版传媒集团
　　　　　太 白 文 艺 出 版 社
经　　销　新华书店
印　　刷　成都市兴雅致印务有限责任公司
开　　本　880mm×1230mm　1/32
字　　数　201 千字
印　　张　8
版　　次　2023 年 1 月第 1 版
印　　次　2023 年 1 月第 1 次印刷
书　　号　ISBN 978-7-5513-2222-5
定　　价　78.00 元

版权所有　翻印必究
如有印装质量问题，可寄出版社印制部调换
联系电话：029-81206800
出版社地址：西安市曲江新区登高路 1388 号（邮编：710061）
营销中心电话：029-87277748　029-87217872

序一　用小说探察生活

张元珂

　　武庆丽，一个沂蒙山腹地小县城里的 80 后女子，与芸芸众生一样，生活、工作、孕育子女，以及以此为中心生成"日常"，构成了其世俗人生层面上的基本内容。然而，超脱于这个层面，她的另一个常以笔名"藜原"出入于文学界的身份，又十足显示了其与众不同的人生风景。于是，文学变为生活之一种，在她这里开花、结果。这花，这果，就是这个集中的二十多篇短篇小说。

　　在文学界，武庆丽是一个新人。初写诗，后专攻小说，与文学结缘并行，算来也不过七八年，而从事小说创作的时间就更短。按部就班，不急不躁，依凭自己的生活经验、文学感觉，认认真真地观察、思考，断断续续地写作、发表，几年下来，也有近二十万字的产量。最关键的是，这二十多个短篇也初步展现出一个"后来者"在小说故事讲述、语调营构、风格生成上的独到之处。

　　从整体上来看，由工厂、学校、乡村、旅社、家庭、广场、车间、办公室构成的小说空间，由城镇市民、乡村小人物、公司同事、饮食男女构建的人物关系，由忧伤、怜悯、怀旧、挽歌、代偿、泪与笑组成的主题向度，以及由同情、理解、设身处地、由己及人所生成的舒缓而婉约的文本调性，都使得作为小说家的武庆丽及其小说有着较为独特而新鲜的阐释空间和情感指向。

　　对形形色色女人形象的建构及其故事的讲述，成为这些小说最引人瞩目的修辞风景。无论《大水》讲述一对农村青年人的爱情故事，《朱家峪子的女人》描述一位已婚妇女带着好友实现浪漫的梦想且敬业表演的故事，还是《裂开缝的窗子》讲述一个女人在现实生活中徘徊，并战胜自己心中欲望的过程，都可看出，作为主人公的女人在这些文本中都承载了特定的、丰厚的形象意蕴——它指向现实，也聚焦内心。

不独如此，经由对女人自身特质的深入观察、体悟，作者似乎也有意消解围绕"女人"所生成的苦难、悲剧或困境，更是打开了乡村世界的另一种耐人深思的人性世界。

对复杂生活和人性主题的开掘，也是武庆丽着重展开的书写向度。比如，在《失踪》中，围绕"我"和玉国（竞争车间主任）、"我"和红艳（帮她成为会计），以及茶社中一帮人闲聊所显示出的人际关系，一同将男女、上下级或同事之间的"关系图式"做了立体展现。在《广场上》中，老男人"我"与老婆、"我"与女孩分别演绎出了一出事关爱情与婚姻、青春与欲望的隐喻故事，而由"我"的举动，自然会引申出关于爱情与婚姻本质的思考。

在《熟食店》中，昔日兆宝对处于低谷中的春红予以帮扶，以及由此而萌生的对春红的爱意，属于"过去时"；兆宝光顾春红熟食店，属于"现在时"。在这两个时空中，兆宝所涉及的所谓情感故事最终也不得不以悖论作结。事实上，当这一切遭遇现实生活的强力压制或阻隔，兆宝的爱欲也就往往自缚牢笼或者自行消解吧。

对小说中人物不加臧否、强化故事性、赋予"讲述"以丰厚文学意蕴，构成了其在艺术上的三大突出特点。作者将故事和情节发展置于首要位置，尤其善于采用回溯、插叙、补叙、比衬、隐显、空间并置、卒章显志等诸多艺术手法，从而使这些小说大都具有很强的可读性；每一个短篇往往设置两三个人物并以此为中心建构种种"关系"，但作者对这些人物一般不做主观评价，而尽可能让其在"关系"中自立为主体并完成自我塑形。

比如,《失踪》以逝者"我"为视点,以旁观者身份俯瞰人间,以回溯方式呈现今昔之事,在此,讲述本身就是"有意味的形式";《316号房》将故事和人物设定于某旅馆房间内,且采用人物巧遇和夜谈模式推进故事发展,从而在结构和意蕴呈现上颇显新意;《卖火烧的姥爷》通篇似乎在讲述姥爷和姥娘之间因"第三者"出现而导致的一场婚外恋故事,实则不然,而是以"声东击西"的方式讲述姥爷和王洪莲在革命战争年代所秘密从事的革命活动。其独特的艺术韵味就在于:它采用卒章显志的技法,直到最后一句话,才让谜底突然揭开;《河流不曾走远》在讲述方式上颇类余华《十八岁出门远行》,以"我"为视角,频繁采用回溯、插叙、意识流等手法,在一个异常宽广的精神空间内,将青春与成长密切关联的人、事、物及其关系统摄于笔下;《牛哞》将老一代农民与耕牛的情感关系进一步纯化,从而对老乡土时代的背景和秩序做了诗意描绘,读来也特别触动人心。

总之,最大程度隐匿"作者声音",凸显故事结构、格调、人物"关系"在文学意蕴生成上的主导性、能动性,从而使这些小说在艺术上可圈可点、可堪玩味。

写作是一种生活。她之于文学,不是简单的爱好,也不是谋生的手段,而是一种发自生命深处的寻找与安慰;文学之于她,不是馈赠,也不是启灵,而是一种彼此相遇后的拥抱和攀谈。

在文学与生活之间,能以这种立场、姿态、方式,寻求并建构自我与他者、此在与彼在理想关系者,是自适的、幸福的。用小说探察生活,其未来亦是可期可待的。

是为序。

2022年2月24日于中国艺术研究院

(张元珂:文学博士、副研究员、文学评论家,现供职于中国艺术研究院。)

序二　小城青年的往复生活
——读武庆丽的小说
晓　苏

　　作为一个当代写作者、一个生活的观察家、一个人情冷暖的收集员，武庆丽的小说创作不模仿任何一类风格或艺术思潮。她的叙事方式也不同于任何一种流派，凭借其文字独特的真实感，逐渐被读者所接受，并越发受到人们的喜爱。

　　似乎，武庆丽总是从自己的某种生活体验出发，串联起一个个故事与人物，生动描写了当代普通人的社会生活、人间百态、生存法则。在很多知名作家的笔下，家乡的天空、儿时的记忆、父辈活过的地平线都是一种美好的过往，是一种符号，象征着永恒不变的安全与依靠，甚至是很多已经移民都市的人群所魂牵梦绕的精神家园。但是，当代中国在改革开放之后，社会生活与社会结构发生了巨变。当代年轻人，尤其是那些脱离了农村户口，渴望在大城市站稳脚跟的普通青年，他们不断地在新的社会秩序中试着，尝试改变自己的命运，寻求更大、更好的成功机会。这种在外打拼的生活模式，已经成了当代中国的大基数现实。武庆丽是一个拥有丰富生活经验的作者，她的文字诚实而有力地表现出了这类人群的真实处境，既有物质层面的艰难与困窘，也包含了精神层面的矛盾与复杂。

　　在纷繁复杂的都市丛林中，武庆丽笔下的青年人，既是猎物也是猎手。面对千万条捷径、无数的诱惑、层层的陷阱，如何应对，如何甄别，对武庆丽笔下的青年人来说是永恒不变的考验；更重要也更困难的是，如何在这里摆放自己的位置，这个位置既包含生活与工作的物理性位置，也包含理想与抱负的心理性位置。

在武庆丽的笔下，我们可以看到很多当代青年的生活轨迹，以及他们周围那些如小雕像般存在的人物——母亲、妻子、孩子、邻居、同事、同学、朋友、情人，等等。他们有着千丝万缕的联系，但是又保持了若即若离的关系。父母亲所代表的旧时代记忆，时常影响着主人公的深层次决策，而同学、同事所代表的同时代特色，则总是在关键时刻对主人公制造出或积极或消极的刺激效应。通过这种模式的叙述，武庆丽似乎总在强调：一个人的生活轨迹，其实并不是由自己决定的，而是由围绕在这个人周围的人物网所左右的。

不靠天赋与才华吃饭，大部分前往北、上、广的青年一代，就是武庆丽笔下的小城青年李胜利。他们或许是一个教育机构的教师，或许是一个程序员，或许是一个业余摄影师，他们一直坚定地要抛弃父辈所给予的要求与期待，却因各种原因，处处受制于来自社会外界的压力与阻碍。他们在大城市里吃过苦，也尝到过甜头，但或是因为自己的能力不足，或是因为心理落差过大，最后都与父辈的劝导和灌输做出了妥协，有的干脆回归到父辈的时代，回到落后到小城镇，过上了一种往复似的生活。

看来，在今天，只做自己想做的事情，只追求自己喜爱的东西，这对于一个在外打拼的小城青年来说，只怕是纯粹的理想幻影。在这方面，武庆丽看得很清楚，也写得很残酷。

不过，在武庆丽的小说中，如果读者只能读到青年人的抱负与挫折的话，那么这些人物肖像与生活片段也并无新意。好在，从这些文字中，我们可以真切捕捉到武庆丽对当代生活的犀利剖析，以及在悲剧性人物的身上所埋下的闪光点。

细细阅读这些文字，读者依然能在主线故事之外的叙述中，从他者的角度去深入理解造成主人公矛盾与挫败的真实原因。武庆丽了解她笔下的人物，她甚至就有过和他们类似的经历，而她所擅长的就是把这种真实的生命体验，用一种极易产生共鸣的方式，以清晰的文字去记录和表现，以呈现出小人物生命的复杂存在。

"我们在她干瘪的腹下认清生活的真实面目并坚强地适应了它，驾驭着它。"武庆丽的小说既让人以批判的眼光去重新审视自己生活的四周，同时也给予了当代青年一种艰难的希望，一种逆境里的倔强，一种苦中作乐的鼓励。读者或许也在这种"灰头土脸的夹缝里，靠着一股子气"去过日子，用勇气和泪水去安慰自己，完成了内心里对于善良、诚实、坚忍等美好品质的坚持，去读完该完成的学业，去寻找该去做的工作，去经历该承受的生活。这，便是武庆丽小说给我们带来的生活启示。

（晓苏：一级作家，湖北省作家协会副主席，现任华中师范大学文学院教授、博士生导师。）

目录
CONTENTS▼

001　大　水

014　失　踪

025　熟食店

037　往　复

049　裂开缝的窗子

061　316 号房

076　暮　色

086　朱家峪子的女人

094　牛　哞

105　卖火烧的姥爷

115　河流不曾走远

127　广场上

135　等

154　差点没上上上上海的车

165　小城青年李胜利

178　母亲的蛋糕

182　寻找一件碎花裙

192　心　愿

202　过生日

206　暖　阳

218　风筝飞

226　立　春

229　巷子深处

242　后记　一想起爱与美好，
　　　便会前行

大　水

1

往灶内添了几根树枝后，李春成走出水库边上看鱼的小屋。

鱼在水库里。好大的水面啊！从东山上出来的月亮，泛着橘黄的光晕落进一方大水里。李春成瞅了一眼天上的大月盘，柔和的月光倒映进他心里。面对自己承包的一方大水库，听着水皮上面的小鲢子不时啪啪地打着水花的声响，他心里比吃了一罐子蜜还甜。

在屋外点上了一根烟，吸完，看着水库上空渐渐升起的月亮，李春成在想，这个时候素菊应该来了，怎么还不来呢？他心里虽然有甜味，但还伴着些许焦急。他走回小屋，小屋的锅里冒出的香气弥漫了整个屋子。鱼腥味早在旺旺燃着的柴火上，换成了诱人的美味。他禁不住上前掀开锅盖。锅里炖着两条草鱼，随着锅盖移开，一股热气带出温热扑鼻的鱼香。他连忙盖上锅盖，并用一块砖头压在上面，生怕放跑了馋人的香气。他要让素菊进门就眉眼带笑地看着他说上一句："你给俺炖的鱼，真香啊！"

"咋还不来呢？"李春成在心里又嘀咕了起来。他已经嘀咕了无数遍。一阵微风穿过小土屋的窗户，拂过他布满褶子的脸。他想到了素菊的手正在抚摸着自己呢。一想到这里，他就把嘴咧得跟瓜瓢似的，半天没有闭上。

这个时辰了，他透过小窗户看着外面的月亮。月光明晃晃的，大地朦朦胧胧。突然，他听到外头传来一阵阵有节奏的声音，他那条大黑狗也摇着尾巴跑进屋里围着他转。他感觉那声响像人蹑手蹑脚走路的声音。远处的岭上，还有几声起伏的狗叫声。他又急切地走出屋子，顺便扯起今天刚换上的还散着肥皂香味的褂子衣角，按在鼻子上使劲嗅一下，那香味和素菊身上的一样。这回，她再也不会说自己身上有汗腥子气了。他边闻衣角上的味道，边自言自语，到底还来不来了呢？都说好了的，说得很实落的。

就着月影，李春成左看右看，却没见人影。只有屋边的一波波野草被轻风刮得摇摇晃晃。大黑狗摇着尾巴围着小屋跑。就在他睁大眼睛往村庄的方向看的时候，从小屋后面蹑手蹑脚地走出来一个人，上前轻轻地拍打了一下他的肩膀。毕竟是夜里，心里装着事，吓得他哆嗦了一下。他回头一看，呵，原来是素菊！

素菊看李春成受惊的样子，笑着问："夜里狼猴子多，还有狐狸精，你咋不害怕呢？"李春成嘿嘿地笑了两声说："俺就知道是你，是你这只狐狸精。再说了，俺是谁，俺怕过谁！"在一个女人面前，他要拿出啥也不怕的样子来，说得阳刚硬气。素菊捂着嘴巴，咯咯地笑。"嘘，小点动静。"李春成把手掌摁在素菊的嘴上，接着一把将她拽进了小屋。

进了屋，门还没有关严实，李春成便猴急地抱住素菊。这个季节真美啊。小屋内仿佛提前进入了春天，整个屋的角角落落里都充满着勃勃生机。窗外的风知趣地吹过来，又宛如奏起了水与花语的曲子，一切都是那么美好。

2

　　屋里平静下来，似小水库的水面一样，波澜不兴。

　　素菊说："水里的鱼都睡了吧？你说，这些鱼能换来多少钱呢？"李春成慵懒地答非所问地说："睡觉的感觉真好。"素菊说："别打岔，俺问你这一水库鱼，能卖多少钱？"李春成说："卖不少钱哪，到时候俺让你打扮得鲜亮鲜亮的，让李家沟的娘们儿都看着你红眼！"素菊说："想当初俺要入股，你为啥不肯？宁愿到处借人家的钱。"李春成说："俺不怕人家说俺，俺怕人家说你。"素菊嘿嘿一笑："净让你折腾我了，忘记了给俺吃鱼。你给俺留的鱼呢？"李春成说："在锅里。"素菊嗅了嗅，说："真香。"

　　李春成一个鲤鱼打挺起来，点上蜡烛，把锅里的鱼用大瓷碗盛出来，让素菊吃。他又从床底下拿出一袋子活的小鱼，这种小鱼叫鲢子。袋子里有几条鲢子还蹦跶了几下。李春成说："熟的，生的，全给你备好了。俺知道，你最喜欢吃俺炖的鱼。俺用柴火炖了半小时，就是让你来尝尝这一口，等你一晚上了。吃不了的，拿回家，明早热一下就能吃。"

　　素菊吃了一阵子鱼，鱼的香气进了肚子。她停下筷子，笑得像朵野菊花。她说："今晚上的月亮真不孬，扫兴的是，俺在路上遇见王狗子了。他问俺上哪，俺没搭理他。"李春成说："甭搭理他，你年轻时那事，就是从他嘴里秃噜给我的。"素菊扭着脸，没好气地白眼："他说的？他再敢多说一句，老娘我撕了他！"吃饱了的素菊，上了李春成的小床，美美地睡了一大觉。

　　天还没亮，素菊起来，理好头发，提着袋子，绕着屋后的一条小土路走了。

　　偌大的一方水面，很是平静。

　　波光粼粼，朝霞满天。水面上映出一片红的时候，一尾尾小鲢子按捺不住性子，在水上蹿跳起来。李春成看着鱼儿游动，心情大好。他坐上铁皮小船，轻轻地划动着木桨。小船晃悠起来，慢慢驶向水库中心。

李春成想，要是素菊能坐小船就好了。他们两个人一块儿划水，一块儿赏鱼，该多好啊，素菊还没坐过一次小船呢！

3

李春成坐的这只小船，是和素菊一块儿去镇上的铁制品加工坊打制的。

那次是拿了鲢子去集市上卖，李春成和素菊约好了在村头集合，李春成开着那辆平时拉酒糟的三轮车。三轮车旧了些，原本是素菊家的。儿子外出打工后，素菊说三轮车放在家里用不上，就是一堆废铁，让李春成开去吧。李春成一开始是拒绝的，素菊说："你用它拉酒糟，帮了你的忙，也算俺投了点小资。到时候，俺吃个鱼方便。"李春成听到这里，便找不出不接受的理由了。

素菊卖鱼是一把好手。不大的工夫，几盆鱼就被她叫卖光了。李春成龇着牙高兴了一会儿，心又沉下去。他想，要是素菊是自己的媳妇该多好，就不愁卖鱼了，也不愁过日子了。

卖完鱼临走时，李春成把盛鱼的盆子寄放在邻街的人家，与素菊像一对恋人一样手拉着手走到市口，在一个鞋摊子上让素菊挑。素菊看中了一双高跟鞋，黑色的，鞋面锃亮。李春成说："穿上看看。"素菊就穿上了。素菊又高出一截子来。李春成说："你穿上，腰身更显了。"素菊笑着，身子直了直说："穿啥穿，不买了吧？"卖鞋的摊主是个五十多岁的妇女，连忙对素菊说："你穿上多洋气，就像城里来的。就得让男人在自己身上多花点钱，把老婆打扮得漂漂亮亮的，男人也光面呢。"李春成说："老板娘都说你穿着好看，像城里来的，那更得买。你喜欢，这钱我舍得花。今天鱼卖得多，咱不差钱。"说着，夺过皮鞋，看了一眼素菊，装进她的提包里。买了鞋，他们离开了鞋摊。

素菊对李春成说："三天两头地跟你在一起，俺身上鱼腥鱼腥的，就穿不出个好样儿。"李春成说："等卖了大水库里的大鱼，咱们进城，你要啥，俺给你买啥。"

卖完了鱼，逛完了集，李春成听了素菊的话，订了一只崭新的铁皮船，下水逮鱼更方便。

李春成订了小船后，与素菊约了个时间。他说："下集你再跟俺来拉小船。"素菊点头答应。很快，约定的时间到了。

地点在村外的坝子上。素菊在村头坐上李春成开来的三轮车。素菊坐在车斗里，路不平，她颠三倒四。素菊说："啥时换辆新车就好了，坐着稳当。"李春成说："到时有了钱，俺买辆新版桑塔纳拉着你，到临沂城逛逛，下高级馆子，好好地享受一下。"素菊故意问："拉着我，你敢拉？"李春成说："俺是坐过牢的人，怕谁？"素菊听了，拍了一下李春成的脑袋，说："咱不说这个，早已经过去了，你现在是老板了。"

一路上，李春成给素菊说水库，说水库里面的鱼。李春成说："再过几个月，到秋后，把大鱼一卖，定是个好收成。到时候，俺就是不买轿车，也换一辆新三轮车开着。"

把小船拉回来，快到村头时，李春成让素菊下了车。素菊说："俺先进村，你等着，不见俺身影的时候，你再进村子。"素菊说完，扭着身子走远了。李春成望着素菊的身影，他突然觉得素菊好是好，可终究不是自己的媳妇啊，这样下去不是长久之计啊。虽说素菊对自己挺好的，平常洗衣、送饭啥的，但毕竟人家没有名分。素菊的男人老朱腿脚有毛病，又因其他病已去世多年，素菊便成了人们口中不吉祥的寡妇。

其实，李春成跟素菊说卖了鱼有钱买车只是其一，还有更重要的事，他盘算着让村里的李媒婆给自己说一家口。他想踏踏实实、安安稳稳地守着这个自己努力承包来的小水库过日子。

李春成让在附近地里干活的本家兄弟李春来等人，帮忙把小船抬下水，用绳将船拴在岸边的小柳树上。他点上一根烟，不紧不慢地吸着，放眼这片水面。以前这水库没承包前，属于李家沟大队所有。那时候的鱼也不少，有野生的小鱼，有渔技站放养的花鲢、胖头鱼。第一次捕捞，大鱼有半米长，看着让人眼红。李春成曾经约王狗子和几个南乡专门打鱼的人一起，趁着村主任李长年外出开会不在家，拉起大网，从东到西把水库拉了个遍。鱼逮了不少，不料让南乡人全拉到了外地，一分钱都没到他的手。因村民告发，公安局以盗窃罪把李春成和王狗子逮起来，李春成被判了两年有期徒刑。在坐牢的两年里，让李春成最不能接受的是，他媳妇领着两岁的闺女跟他离了婚后跟人跑了。

悔不该当初啊。可是歧路已经走了，世上没有卖后悔药的。这两年回归自由之身的李春成，成了光棍一条。除了村里那两间老屋和一块口粮田还在，就只剩下他和老娘两条命了。不久，老娘也去世了，撇下他一个人。村里土地调整，他只有一口人的地。他去找村主任李长年，说两年前还是家里三口人的地，怎么就剩了一口人的了。李长年说："你媳妇和孩子走了，你老娘也没有了。人没有了，地也就没有了，地跟着人走，没法子。"李春成憋一肚子气，他干脆不种地了。地荒了不要紧，心荒了就废了。这是素菊说的。素菊说这话的时候，李春成看见素菊的眼神，透着无比的真诚和清澈。也是因为她这句话，他决定从李家沟村人里抽离出来。人人都嫌他是一颗老鼠屎，以前老婆孩子都嫌弃他，如今只有素菊不嫌他。李春成也重新认识了素菊。

李春成从小爱玩水，爱逮鱼，没进监狱前，他给素菊送过小鱼。他说，这些小事，素菊完全不必放在心上的。李春成心里明白，素菊也不是单单馋他那口腥鱼。他除了一颗心之外，也没有什么可以送给素菊了。李春成就想着去水库深处弄两条大鱼，给素菊送去，她爱吃这一口。这都是他愿意给素菊的。只要素菊见到鱼，脸上露出满意的笑容，李春成顿时觉得安心乐意。

4

一方大水，好养鱼。

承包水库养鱼的时候，村里一开始是不愿意承包给李春成的。不光因为李春成有前科，主要是村主任李长年对他早有芥蒂。李春成一时犯了难。李长年说话当然管用，村里人都得听他的。但是，李春成偏偏当面骂过李长年："狗日的，你把俺害苦了，让俺蹲了笆篱子（监狱）。俺不能栽在你手里，俺不能就这样算了！"发牙狠归发牙狠，但他又怎么斗得过李长年呢？

承包水库可是件大事，就在李春成犯难的时候，素菊说："李长年凭啥不让你承包？谁的钱不是钱，他狗眼看人低！这几年俺看他的手越来越长了，他老婆把上面发下来的物资，晚上偷偷地往自己家里搬。"素菊说完这些话，当天晚上就去了李长年家。李长年的老婆到儿子那里去了。素菊一夜没有回家。第二天，李长年在村里研究承包水库的大会上，突然转了话锋支持李春成。

李长年说："春成这两年悔过自新，态度诚恳，劳动积极，想发家致富是件好事，又有养鱼的经验，还是让他承包水库为好。"

李春成承包水库的愿望终于落到实处。李春成像水里的小蝌蚪，摇着尾巴摆着头，欢实起来。他到县渔技站联系引进鱼苗，到邻县酒厂联系酒糟养鱼。看着李春成忙忙碌碌的身影，素菊把饭菜送到他的看鱼小屋。素菊说："等养鱼发了大财，别忘了俺啊。"李春成激动不已，忘乎所以，揽了素菊说："我人都是你的了，咋能忘？"素菊脸一热，推开揽着她的胳膊，骂了一句说："没个正形，就会这个，不是正说着养鱼的事情吗？俺倒看看，你这只小蛤蟆疙瘩子，啥时候长全四条腿，在水里，在地上蹦跶。"李春成好几次想问素菊，为啥看中他这个有前科的人，但话到嘴边卡住了，又莫名地咽下去。

天渐渐热了，雨说下就下。急促的雨点打在水面上，激起一层水泡。浮在水面的小鱼们欢跳起来，拥挤着。雨点大起来，水花炸开，深水里的大鱼还是隐蔽得很好。偶尔有几只闲不住的大鱼，上来吹个泡，让雨点一打，又游入水底。

5

李家沟这方水库有二十来亩，是人工挖成的。当年，全公社出动千名劳动力，经过好几年时间，才开挖成功。水库像一面镜子，镶嵌在这片生长庄稼、生长树木、生长一茬茬百姓的土地上，阅尽人间的酸甜苦辣和悲欢离合。

水库截住上游的来水，汇集成今天的水面。承包人李春成购买了鲤鱼、鲢鱼等鱼苗，放养进水里。他像撒种子一样，给水库撒满了鱼苗。加上也有野生的小鱼，水库里的鱼逐渐多起来，水面就活跃了起来。水库北边是一片岭。每逢夏天和秋天，山上发的水会顺着沟筒子淌下来，淌进水库里。

朋友来了，李春成就炖上两条鱼，烫上一壶好酒，身边还有个暖人的素菊让他觉得很舒心。一晃一年的光景过去，李春成对水库有了很深的感情，他干脆不回自己在村里的老屋了，他在水库东边的平地一角建了一间小屋。小屋一扇朝南的小窗，正对着水库。屋内陈设简单，一张单人木床、一口铁锅；几块石板支起的一张小桌子，桌子上两只粗瓷大碗、几双筷子散落着，一个暖壶，一个水壶。墙上挂着一件蓑衣、一挂渔网。李春成为了一池鱼，白天晚上都住在这里。

水库上游的浅水处，有一片绿绿的荷塘。再过些时日，夏风吹过，那荷花就会沾着露珠蹿出来。荷塘两边有两排杨树，翠绿

翠绿的。水一荡漾，荷塘活起来，水下的小鱼提着劲儿欢腾。杨
树落叶的时候，叶子也会飘进水库里，惊一下水面的几尾小鲢
子。荷塘是在素菊的建议下挖出来的。素菊说，藕能卖钱，看花
又让人心里美，多划算的事。有荷，有树，有满坡的野草，它们
确实给这方水草泥地添了很多生趣。水库下游散落着几户土房子，
土房子有些年头了，除了地基有一摞石头外，墙上的土一层层地脱
落着。在这样的土房里，只住着几个年龄大些的老人。年轻一些的
村民，基本都远离了水库，到村外的阔地里建房安新家了。

　　望着景，望着几户老房子，李春成就着热酒，他又在想女人。
有个女人真好啊，既能吃口热乎的饭菜，晚上又有个拉知心话的
暖床人，日子就有了奔头。李春成想着想着，素菊在他的脑子里
跑出来，他的嘴角就会自然地上扬，扬出一缕幸福，一缕忧虑。
能娶了素菊该多好啊。这样，素菊就不用偷摸地来了。李春成心
想，要攒钱，给素菊好的未来。想想这些，他就五味杂陈。李春
成说自己要做一名真渔民。特别是白天，素菊路过的时候，他就
吼两嗓子歌词：清早船儿去呀么去撒网，晚上回来呀鱼满舱。

　　素菊又来了，来到李春成看鱼的小屋。

　　李春成跟素菊约好时日，他们一块儿逮鱼去集市卖。

　　李春成问素菊："村里闲话多，你还与俺一起去卖鱼吗？"

　　素菊说："嘴在人家身上，俺能管得住？让他们说去呗。"

　　李春成先用小眼立网，收的是一拃来长的小鲢子。小鲢子生
长在水的浅层，日子久了不逮，水面上显得拥挤，影响鲤鱼和花
鲢生长。当提起网时，个头一般大的小鲢子挂在网上就像一大挂
鞭炮。被提上来的鱼儿银亮银亮的，蹦跳着。有时候有两尾小鲢
子扑腾到素菊的胸脯上。李春成看见了，说："这小东西活得不
耐烦了，它真是啥地方都敢碰！"

　　现在是雨水正旺的时候。李春成可是闲不住。他披上蓑衣，头
戴草帽，在水库边转悠着。雨一旦大起来，他就小心翼翼地放水或

是截流水，不能让半尾小鱼溜出去。雨还下着，素菊来了。穿着塑料雨衣的素菊，一颠一颠地来了。素菊脚上像踩了高跷，她在喊李春成。李春成看清了她脚上穿着的鞋，正是他在集市上买给她的那双。而让李春成捧腹的是，素菊把每只鞋竟然包裹上了塑料袋。

"你憨啊，下雨天穿啥皮鞋啊？"李春成的话里透着笑声。

"下雨天凉，反正也没人，正好穿上让你看看。"素菊说。

李春成的笑声，感染了素菊。

不一会儿，素菊的笑声被淹没在急促的雨花里。

6

雨是阵雨，说来就来，说走也快。

送走素菊后，李春成看着水库归于平静，就放心地进了小屋，坐在床上歇口气。守着水库，李春成脑子里又突然跑出一个想法。他不想再折腾了，也折腾不动了。

等到深秋收了这水库的鱼，他要将素菊明媒正娶回家。

日子过得很快，男人的衣裳也穿到只剩一件了。随着几声响雷，天燥热起来。雨多起来，水库里的水也渐渐高涨起来。水里的鱼欢腾得厉害。李春成跟素菊说，只要熬过这个夏天就行了，可千万别下暴雨。要是下了暴雨，水库闸控制不好，对鱼可是极为不利的。只要不下暴雨，到秋里这茬鱼一卖，就有盼头了。让李春成没有想到的是，怕什么来什么，暴雨真的就来了，哗啦哗啦地下上瘾了。听着这闹心的雨声，李春成难受得整夜整夜睡不着。

天刚落黑，轰隆轰隆的雷声打在小屋的屋顶，更打在李春成的心上。他干脆出来守着鱼。他怕鱼真的会溢出水面，冲跑了。

要人命的老天爷啊，别再下雨了！素菊劝他，打雷的时候别出去，有危险。李春成哪儿还顾得上什么危险，他心里想的，只要鱼没事，就算搭上他这条命，又能怎么样！

李春成没日没夜地站在水库边，淋了几天的雨，受了凉，这天天落黑时就发起了烧。素菊来看他，一摸他的额头很热，便要去村卫生室拿些退烧的药。李春成说："算了，这么大的雨，把你再淋得感冒了，不值当的。"李春成让素菊好好在家待着。再说黑灯瞎火的，这里又是一方大水，不安全。

就在李春成发烧的当天晚上，雨瓢泼样直直地倒下来。只见白茫茫的水面，慢慢淹没了水库边沿柳树下的那些草。水不断地往上涨，虽然有泄洪的水道，但水大一时淌不开，要想泄洪，只有提闸放水。李春成拖着发烧的身子从床上爬起来时，担心水患的村主任李长年也带着几个人，来到水库大坝上查看。李长年身后的几个人手里拿着几把铁锨。

雷雨太大，闪电一个接着一个。李长年握着手电筒，先是站在看鱼的小屋外，急切地喊："春成，你怎么不把水闸放开？快！"然后指使那几个人打开水库闸门。

李春成听着开水闸三个字，立马高度紧张起来。他知道今夜的雨太大，鼓了大坝将会是什么后果，但他想得更多的是他的鱼。他这几年辛辛苦苦、没黑没白养起来的鱼。李春成直起腰来朝门外大声说道："开啥水闸？"李长年大声地说："你没看见吗？水这么大，快淹到老朱家的菜园地了，要是水库鼓了坝，下边的几户土屋还能撑得住吗？"李春成从小屋里摇摇晃晃地走出来，站在雨里鼓着腮帮喊："你让他们开了闸，俺一水库的鱼咋办呢？"李长年很激动："不开闸放水，大水淹了下边的住屋，出了人命谁负责？你承担得了这个风险吗？"李春成说："俺的鱼要是顺着水跑了，谁负责？"李长年站在水库边，风刮着，雨水很快进了他的雨披。他抹一把脸上的雨水，甩出去。白茫茫的大水，翻滚的浪头，一浪浪打在堤坝上。再不放水，下边那几户土屋不保，屋里的人甚至会搭上性命。李长年脚一跺，咬了牙，大声喊："开闸放水，人命关天，管什么鱼不鱼的！"李春成一把扯住李长年："你敢放，俺和你拼命！"李长年甩开李春成："都什么时候了，你还敢拦着。放！"

李春成因为感冒发烧，体力已经透支，一下落了个空，扑倒在地。但他还是挣扎着爬起来，不让开闸放水。"好你个李长年，当村霸当上瘾了，想当年你背地里，吃了多少这水库的鱼？别以为没人知道！你要是敢放跑我的鱼，俺要了你的命！"李春成说着，想再一次阻拦，却被李长年拽住。李春成顺势跟李长年扭打在一起。体力欠佳的李春成，明显不是李长年的对手。他铆足了劲儿，试图朝李长年撞去。李长年一闪，然后把李春成按倒在地。接着几拳头落在李春成身上，李春成被打得嗷嗷直叫。雷雨交加的声音，把李春成的声音淹没了。

大雨淹了水库，被淹了的还有李春成的心。水闸提起来了，白花花的水柱泄下去。水库里的大鱼、小鱼都撒了欢，个个一蹦三尺高，它们就这样跳跃着、扑腾着。确切地说，被大水裹挟着，顺流而下，转眼不见身影。

7

雨夜里，在电闪雷鸣中，李长年他们提起水闸，把水库的水放了。

第二天一早，雨小了，水也小了。村民们就像撞见了八百年不遇的洋景，男人提起铁锨从家里往外跑，也不管雨仍然在下，女人和孩子也不怕着凉受冷，他们也闲不住，有拿铁桶的，有拿瓦罐的，有拿洗脸盆的，有拿塑料筐的，有拿塑料袋的，反正能盛东西的东西，逮着什么是什么。就这样一传十，十传百，村民们都待不住了，出来逮鱼了！

"逮鱼了……"有人喊话，喊话的人拉着长腔，嘴巴张得大大的，想压又想传递得更远。就这样，大伙扑腾扑腾地下了小河小沟。鱼从水库里流出来，像是天上掉下来的馅饼。下游能流水的河沟里，窝着活蹦乱跳的大鱼、小鱼。李家沟的男女老少都出来逮鱼了！李春成看着空荡荡的水库，心在淌血。逮鱼的人越来越多。"老天爷啊！俺的鱼，俺的鱼啊！"李春成坐在雨水里，拉着长腔无助地哭号。

人群里有素菊的身影，只听她喊着："亲娘啊！"然后直愣愣地瞅着在堤坝上挣扎的李春成。

8

淅淅沥沥的小雨，还在不停歇地下着。几近绝望的李春成，被送进了村卫生所。迷糊中的李春成，反复念叨着一个字，鱼……

三天过后，雨终于彻底撤去。云开日朗。终于清醒过来的李春成，从村卫生所里跟跟跄跄地走出来，正巧碰上王狗子。王狗子说："水库里又蓄了些水，鱼也还有一些。你还不知道吧？素菊走了，带着她闺女。"李春成一直没搭话，当他听见素菊的名字时，打断王狗子说："你再胡说，俺撕烂了你的狗嘴！"王狗子眼皮一耷拉，叹了一声，走了。

第二天，天刚睁开一道不太明亮的缝儿。李春成背着一卷行李，从水库旁边的小屋里走出来。李春成又碰见了狗皮膏药似的王狗子。

王狗子说："你去哪？出远门吗？去找素菊吗？"李春成厌恶地瞪了一眼王狗子，说："去镇上。"王狗子说："去镇上做啥？"李春成说："老子要告他李长年，去镇政府讨说法去！俺相信政府和法律。"王狗子咧一咧嘴角，不出声地把笑憋回肚子里。

李春成说："讨不来个说法，老子就不回来了。"

王狗子望着李春成走远的背影，再看看头顶，天边飘来一片乌云。怕是又要下雨了。

失 踪

　　他们都给我数着日子，说我失踪已经超过半个月，第十六天了。

　　我是谁？我叫李长年。现在，可以说在我生活的这个芝麻粒大的沂河县城内，不管是认识我的，还是不认识的，只要谈论起我，都知道我失踪了。

　　他们说，我的失踪很蹊跷。不然，屁大点儿的县城怎么会找不到我呢！说得好像借我十个鼠胆，我也滚不出小县城似的。大伙之所以议论我，我晓得他们并不是真正的关心，也并不在乎我是这一民企毛绒玩具厂里的办公室主任。至于出于何种目的，只有鬼才知道吧。他们想知道我是死了还是活着的好奇心，仿佛能触发人类最原始的精神兴奋点。

　　是的，我失踪了。但我的魂灵还在。你们只能看见我的肉身，你们是看不到我的魂灵的。你们暂且谁也找不到我的肉身，只是在猜测着种种可能。

　　我的魂灵来到了沂蒙山茶社。茶社老板王友合正在和他的几位朋友谈论我。王友合是个好人。在确认我失联三天之后，他发动亲戚朋友，社会各界包括公益组织、微信朋友圈、网络平台等多种路径寻找我，他让我感激不尽。他去我手机定位的位置及周边附近寻我。他既不放过一条河，也不抹掉一座山，就连一口井、一座坟也找得仔细。他们沿着河头追到河尾，爬进山顶的枯草里，测着井的深度，蹲在坟地甚至都不想放过一只蚂蚁……这些情真意切的举动我都看到了，说句实话，我真感动到了，他们是多么想找到我啊。

显然，他们寻找我已经找累了。从第十六天来看，在茶社这次说起我时，与前些天焦急的心态大不一样。他们从最初对我的关心、焦虑，到现在我的失踪成了他们茶余饭后的谈资。他们把我的失踪说得五花八门，如果蒲松龄老人家在世，结合他们所讲的精彩情节，肯定能写出一篇独具风格的离奇文章来。

在沂蒙山茶社最能谈论我失踪事件的，无非就是那几位经常在这里的"茶客"。

周桂宏年过六旬，去年从县地震局退休。我与他有过两面之交。他爱到沂蒙山茶社喝茶，我到茶社买茶叶，一来二去就认识了。茶社老板王友合热情好客，他平时没事最爱到王友合的茶社拉呱。周桂宏长得一张老婆嘴，拉呱就爱拉那些令已婚妇女也羞红脸的黄段子，不知道的真不相信他之前竟然是一名副局长。在位时，人们称呼他周局长。退下来后，大伙一下子把他的称呼过渡成单一的老周了。当有人叫他老周时，他笑着说："叫老周比叫局长好，我根本就不在乎称呼什么。"但有人喊他局长时，他还是咧开嘴，脸上炸开花。周副局长虽然想让人尊重，笑着与称呼他局长的人家搭讪，但别人调侃叫他局长，话音里却不像带有尊重的味儿。

一个清瘦、高个、光头、跛足的人就问他："周局长，给你们单位建院墙的朱经理给你买的钓鱼竿现在还用吗？负责基建还真是个好差事，都有人给买钓鱼竿……"

老周听后，翻白眼，回话："尽管造谣！"

周副局长拉黄段子的本事能让在场的女人都扭头。刁姐说他："老周，你怎么这么开放，过去见你一本正经的。"他嘿嘿两声："以前是孙猴子头上戴紧箍，哪敢造次。"

现在，他们在王友合的茶馆里又说起我。

老周是第一个把话题引到我失踪事件上的。不过，他的话气得我烧心！要是我的真身在现场，我会抢起巴掌，狠狠地扇他一个大嘴巴子。我才不管他曾是什么副局长！

姓周的说我的失踪，肯定是带着玩具厂里我的老情人跑了。他说得有鼻子有眼。他嘴里冒出来的情人，指的是我们玩具厂财务科比我小八岁的会计张红艳。他说我失踪是和红艳预谋好的，携款逃跑。红艳利用会计职务之便，卷走一百万货款和我逍遥快活去了。

好个老周，你到我们厂子看一看，红艳还在伏案工作，再说你见哪个老板少了一百万还跷着二郎腿喝着茶？

坦率地说，世上没有不透风的墙。过去，我和红艳是有过男女暧昧之事儿。但我们之间是正经的，是两情相悦的。她对我不止一次地说，她能干上财务科的会计，我出了大力，她不知怎么报答我。我说不用报答。她笑，我也笑。逐渐地，我们的话越拉越多。

红艳原来在缝纫车间当递货员。我去车间贴招聘简章，刚把招聘简章贴在墙壁上，红艳过来看了看对我说："李主任，我能报名当会计吗？"

我看着她眼里包着清澈的泉水，便笑着说："当然可以啊，你有会计证吗？"

她听了抿抿红红的嘴唇，闪着水光的红唇像块软糯的水晶果冻，揣着些许害羞说："李经理，我有会计证，但是学历达不到招聘上的要求……"

我又问："你有过从事会计工作的经验吗？"

红艳说："以前在千里乐鞋厂干过两年，不过那是一家小鞋厂。"

我说："我给问问看看。"

我又看见她的眼里放着光芒。

对张红艳我还是很了解的。她人老实，和善，工作认真，吃苦耐劳，在我们厂子年年都是车间优秀员工。重要的是，她很单纯，我打心底喜欢她。正是因此，我暗下决心帮她当上会计。如果她能胜任，对她应该是件大好事。毕竟会计工作量上不像在缝纫车间里递货那样出大力。在财务科工作，有属于自己的办公桌、电脑等，是与车间不同的工作环境。最主要的是工资也高，且不用常加班，她可以更有时间照顾家庭。

在我的帮助下，红艳顺利当上了会计。尽管她的学历不高，但学历已不重要了。当然这里面，有我的功劳。后来事实证明，红艳把会计工作做得规规矩矩、板板正正。就连小数点后面的零都不会省。这样一个规矩老实的人，怎么会扯上携款逃跑呢。

红艳进了财务科之后，一直说要报答我。我呢，心里五味杂陈。我不图她的所谓报答，那样的话就违背了我的初衷。我是看她人好，同情她的遭遇而已。我知道她家庭困难，男人吃喝嫖赌不干正事，还动不动就打她。那么好的女人，她男人真是烧包！

我和红艳在一个办公楼，上下班经常碰面。渐渐地，我似乎感觉红艳对我跟别人不一样。她看我的眼神还带着一丝羞涩，看得人心里温热温热的。作为一个过来人，我眼不瞎。不可否认红艳是个好女人。她在进财务科后，发了第一个月的工资，便执意要请我吃饭。我也没有拒绝，就去了。那次饭局，轻松加愉快，也让我与她的关系更进了一步。她说："你能当我哥吗？"我说："能。"

红艳小巧且丰满，特别是那双无辜的大大眼睛，盯久了会让人心里发痒。我们厂里人力资源部的马经理看上了她。这是老周他们所不知道的。马经理曾经有一次借着酒疯劲儿，要红艳当他的情人。红艳冷静地说："马经理，你能保证我当上人力资源部的副经理，我就答应你。如果不能，以后啥也别提！"

红艳早就摸透了姓马的是个什么角色。所以她笃定他不敢承诺，才大胆提要求。

从红艳当上会计不久，我就提醒过她，让她小心姓马的。不光是他有个母夜叉似的老婆，另外，他还和厂老板有着错综复杂的亲戚关系，再者是姓马的这人不靠谱。背地里员工们骂他，狗改不了吃屎。因为这，老板才把他从副厂长的位置上挪到了部门经理。

我看红艳不会走眼。我承认我对她越来越有好感。我是男人，但我自从在财务科抱了她之后，对她没有再提出过分的要求。直到那次，厂里开年终总结表彰大会，红艳从优秀员工摇身一变成了优秀后勤人员。在拿到奖金的那天傍晚，全厂员工高兴地在新时代大酒店共进晚餐。那天晚上她有些兴奋，待厂里员工都散了，只剩下我和她在酒店里。那次，好像上天故意安排的一样。在没人的酒店休息厅里，红艳通红的脸笑得像朵绽开的花。她说："李哥，今晚我不想回家住了。"她叫的是李哥，而不是李主任。这一句叫得我心里乱颤。说这话的时候，她眼眶里夹着泪花，这话如一块石头猛击水面，我心里咣当咣当地一阵阵荡漾。

我忍不住，上前抬起手摸摸她的头，轻轻擦掉她眼角的泪水。她挡住了我的手，头低下去，竟然很顺当地贴在了我的胸口上。我立马吞了一口涎水，深深吸了一口气，好压压我扑通扑通的心跳。我嗅到她头发上的香气，香气淡淡的，好闻极了。接着，她把头慢慢倾过来，我用足力揽她入怀。

红艳把脸微微抬起来，当她脸快贴到我脸的时候，电话响了，我和红艳心里咯噔一下，是红艳的电话。她慢慢掏出手机，手机屏幕上显示"妈妈"两个字。她迅速挣脱了我的怀抱，转身接了电话。电话那头是她十岁的女儿打来的。她一边安慰着女儿，一边显得有些慌张。她挂了电话，告诉我说，她母亲和女儿要来接她，现在已经快到酒店了。不好意思，李哥。红艳好像一下子酒醒了。

我说怎么这么突然。她说，她下午和家人说了自己获奖了，家人高兴，没想到女儿吵着要来接她。

就这样，我们走出了酒店。不一会儿工夫，一个六十多岁的妇女领着一个小女孩从出租车上下来，到了酒店门口。红艳迎上去。小女孩像只小蝴蝶样飞过来，扑在红艳的怀里。小女孩转着大大的眼睛看着我，她说："大伯，您就是对俺妈妈很好的那个人吧？俺妈妈说过，您是俺全家的恩人，您是个好人，在俺妈妈的手机上俺看到过您的照片……"

小女孩像个大人一般说着话，她继续扑闪着大大的眼睛盯着我。她纯真的眼睛让我既难受又尴尬，我只有笑笑，什么也没有说。

可惜的是，周桂宏不晓得我与红艳之间的故事。他依然像只臭蚊子一样嗡嗡着，散布着我和红艳之间不实的新闻，我真想撕烂他的臭嘴！

可我，现在没有肉体，只有魂灵。

正当姓周的把我与女人的情节一波接一波地送到高潮时，刁姐进了茶社。

刁姐原名叫什么，我还真不知道。我只知道她这个人嘴碎，精明且刁。大伙都叫她刁姐。

刁姐四十多岁，打扮得像个三十岁的少妇。她是王友合的邻居，在茶社左边开了家名为佳丽的美容店。

佳丽美容店里门的玻璃上贴着的"男士止步"四个不干胶红字很惹眼。老周对里面的私事也是有所了解的。他曾私下里说过，晚上的时候，他亲眼看到有陌生男人出入过美容店。不得不说，老周一个大男人，管的闲事还真多啊！人家刁姐离异单身，有陌生男人难道不行吗？真是狗拿耗子多管闲事。要是传到刁姐耳朵里，凭她刁姐的威力，真够老周自罚一壶的！

刁姐是扭着屁股进了茶社的。我还真担心她那细柳枝似的腰，扭得幅度再大一点，万一咔嚓一下，折了，那可怎么办？有一回，我在茶社，周桂宏看着她从茶社走出门，要去看一下出了店门的刁姐的后影，咂吧着嘴说："你说咋长的？该有肉的地方一点不少，不该有肉的地方一点没有。"王友合哈哈一笑。

刁姐一进茶社门，周桂宏起身欢迎。

他说："刁姐，今儿个真养眼。"

刁姐没有回话，落座，看周桂宏咽下一口茶，眼珠子瞪得核桃样在瞅自己的前胸，就狠狠地白了他一眼，接过王友合递过来的茶。

一向爱打听事的刁姐此次来醉翁之意不在酒，也是为我失踪的事来的。

我到底去了哪里？没人能真正搞得清，刁姐她更不明了。

"有消息了吗？"她问。

"没呢。"王友合答。

"真是奇了怪了，一个大活人，还有了孙悟空的本事？"

"谁说不是呢？"

"听说他跟玩具厂的情人私奔了！这年头，又不是封建社会，还用得着私奔？与老婆过不来，离婚，多省事。"老周说。

刁姐瞅老周一眼，又瞅了王友合一眼，说："也可能是私奔。如果真私奔，我还真佩服他是个男人，敢做敢当。"

她说这话的时候，一直盯着王友合的眼睛。随后，她反问王友合："你说是吧，老王？"

王友合瞟了刁姐一眼，目光马上移开了。王友合说："私奔哪有那么容易啊，上有老下有小，感情火一阵子还得回到现实。"

刁姐狠狠瞪了王友合一眼，接着说道："我听说，是他李长年和厂里的一个多年的好朋友竞争经理，老李不地道，竟然在背后搞小动作，攘人家一刀子。可笑的是他落选了，事情曝出来，他受不了打击，一时想不开，这才离家出走……"

刁姐说得有形有影。老周放下茶杯，捋直了耳朵细听，然而刁姐卖了关子之后不说了，急于听小道消息的老周问："你是说，李长年和姓赵的竞争公司经理？"

"是啊！正是姓赵的。"刁姐说得很肯定。

老周若有所思地点几下脑袋。

他们提的我和姓赵的竞选公司生产经理的事，是玩具厂公开竞选干部的事。竞选实行员工投票，谁的票多，谁上新的岗位。老总说是顺从民意，最终两位候选人，落在了我和姓赵的头上。其实，那个姓赵的不是别人，是我多年的好兄弟赵玉国。

对于那次竞争，我还真的没怎么多想。我的实力是有目共睹的。而和玉国竞争，我决定往后退一退。因为玉国和我是多年的好朋友、好兄弟。说心里话，我希望玉国能当上经理，我干个副手也行，就是在办公室主任这个位置上，我也已经知足了。因为在我心里，玉国当和我当，我是一样打心里高兴的。

我想，玉国也是这么想的吧。

曾有一次在酒场上，玉国说："兄弟，我在食堂吃饭的空，动员了身边的一帮好朋友，让他们在生产车间把票都投给你。我们都支持你，你放心好了。"玉国说得很真诚，我听了很感动，然而我当时就推辞了。我说："玉国，不用给我拉票，你当最合适，你管生产更有经验。"

回到家，我一夜没有睡着。第二天早上厂里大门一开，我就去车间，利用没上班的空和车间主任聊一会儿，其内容就是想让车间主任帮忙，为玉国拉票。我对他们说，玉国心好，对工作有一股子热情。他当公司的生产经理最合适。临走时，我还对车间主任们说有空喝上一盅。车间主任要我放心，保证把票投好。从车间回办公室的路上，我心里想，能为兄弟做点力所能及的事，值！何况玉国对我那么好，我为他拉拉票也是应该的。

这期间，我与两个车间的主任喝过一场酒。都是一个企业的中层领导，都是同甘共苦的弟兄，借喝酒再增加一下感情。一个星期后，玉国顺利地当上了负责生产的经理，我还是办公室主任。当上生产经理的玉国被老板奖了五千元的红包。玉国成为经理，我从心里替他高兴。

世事难料，玉国当上经理之后，一些声音在背后戳我脊梁骨。他们说我嫉妒玉国，表面上和玉国称兄道弟，背后玩开了阴的。请人喝酒，为自己拉票，贿选。可惜还是落选了。这些不负责任的话刺激着我的耳膜，挠着我的心。玉国也听到了杂音，让我想开些，别听有人胡说八道。他相信我的为人。我感动得给了玉国一个紧紧的拥抱。可我至今不明白，那些谣言从何而来，哪来的什么贿选之说。我之前拉票，明明是为了玉国啊。

后来，事实给了我一个重重的霹雳，差点没把我劈死。原来，玉国从姓马的那里知道，厂里改革实行新政策，根据业务生产量拿工资发奖金。如果效益好，经理自然腰包鼓鼓的。看厂子这几年的生产量，效益猛增，而且每年年终奖都有大幅度增加。

这可是一块不小的肥肉啊！于是，有人说是玉国——我的好兄弟找人散布谣言，说我为了当经理去车间主任那里动员员工，拉车间主任喝酒，精神贿选。我当时也是傻，竟然忘了裁剪车间主任的小姨子就是玉国的老婆！我寒心的不是谣言，我寒心的是我和玉国那么多年兄弟情，在利益面前变了质。

我想不通，我把心完全掏出来摆在玉国面前，玉国这时肯定还嫌腥呢。我想去玉国那里找答案，亲口问问玉国，可看着玉国高高兴兴地从一楼搬到四楼的生产经理办公室后，我却没有了勇气，我甚至有些怕看见玉国那张既熟悉又陌生的脸。

本来堂堂正正的我，一下子搞得好像是真的对不起玉国一样。

在我帮红艳成为会计之前，我一直不待见姓马的。有一段时间玉国和马经理走得很近，我又能说什么呢！我仰天长叹，人呢，就是这样。

我听着刁姐讲完这些，我的眼里再也包不住那些委屈的泪珠了。咸涩，干苦。

这些背后的事实，一个大男人，我又能跟谁说呢，有些事越描越黑。家人更不理解我。

比如，在玉国这件事上，老婆说我死熊一个，让人卖了还帮人家数钱！不知道自己几斤几两了，整天吆喝着自己当好人，当好人能当饭吃？越是那些自称好人的人，死得越惨！

唉，不管老婆骂我骂得多狠，我只能打掉了牙咽肚子里，忍了。

刁姐说完，王友合接着说我失踪的缘由。

他说："你们说得都有出入，真相是，因为李长年觉得自己与那个会计好了，对不住老婆孩子。发没发展到跟会计实质性的那一步，咱猜不到，只有当事人清楚——但他精神上已经出轨了。他决定找个地方躲一阵子。"

听了王友合说的这些，老周眼睛一翻打断他的话说："抱都抱了，没有不出轨之说。"接着他又说："我还从另一帮人那里得知，那个姓李的不止一个情人，有好几个呢，在市里还置了一套房产，养了一些小的。"

"呸，这才是造谣呢。"刁姐抬高了腔，又说，"我觉得他得了抑郁症，有人看见他老婆带他出入过精神病医院，平常药不离口，估计这会儿找到活人的希望不大了……"

"会不会让人绑票了？"王友合又提出了一个新问题，说完他鼻子一酸，想哭的样子，跟着一声长长的叹气声。

沂蒙山茶社不时有人来。一个瘦高个子晃悠着走进来，来人和王友合、周桂宏、刁姐点头打了招呼。他是来买茶叶的，听着他们在议论着我的失踪，茶叶也不买了，站在那里细细地听了起来。他听完大家的谈论说："那个失踪的人，我听说从河里漂上来了，是他杀，让黑社会给暗害了。那人厂子里都知道好赌，最后欠了外债，为了还债借高利贷。可是高利贷利息高得离谱，雪球越滚越大，他还不上了。黑帮气急之下就把他做了，趁晚上扔沂河里去了，公安上正破案呢……"

新的一轮关于我失踪的线索又开始了，闲人也越聚越多。

有人说，我失踪前，半夜从床上惊醒，在县城乱跑；有人说，我下午下班后，根本就没有回家，打了一辆出租车开向城外，出租车车主是个胖胖的中年男人，他问我去哪儿，我说直着往前开吧，他回头瞥了我一眼后，发动了车子，就向前开去，再也没有停下来。

还有人说，我就想散散心，到了一个陌生的地方去了。有人还在城西那条长长的河坝上见过我，我把手机一关，没了信号，任何人也找不到我，是我自导自演的一出恶作剧，想检测我的为人，他人的人心——简直吃饱了撑的。甚至还有人说，我是个小说爱好者，业余时间写小说走火入魔了，辞去工作，玩失踪，炒热度，想出名想疯了……

我虽然堵不上我的耳朵、他们的嘴；但是，我敢确定的是，我找不到回去的路了，我不知道我算不算真正的失踪。但我清晰地知道，我的魂灵能洞察世间的一切，包括茶社里所有的议论。他们说，我就听。

天，上了黑影儿后，茶社里就剩王友合自己了，我真想过去找他倒倒心里话。可是，还没等我想完，我看见王友合从衣兜的烟盒里抽出一根"沂蒙山"牌香烟，他打着打火机点上烟，深深吸了一口后吐出一个大大的烟圈儿，顺着烟雾缭绕，他把目光投向店外逐渐变少的人群。他说了句，都十六天了，这人找到的希望不大了，可惜了！然后，他把店门重重地拉上了。

熟食店

天，刚露出鲤鱼的红肚皮，噼里啪啦一阵子鞭炮声落地，试营业了半个月的"春红便民熟食店"今天算是正式开业了。

大力在忙着摆正开业花篮。咦？这个花篮上的字条咋不对劲？

大力正纳闷呢，朱二嫂拱过来："我说他叔，开业怎么不放个冲天炮？"

"呵，我看您就是那个原版冲天炮，要不把您送上去，俺还省钱了。哈哈……"大力大笑着晃动纸片般的身板并抽回那条瘸腿。

"呸！当上小老板嘴巴滑了，大力学坏了哟，笑话起你二嫂了！"朱二嫂头一扭吐出嘴里的瓜子皮，唾沫星子差点溅了大力一脸。

"俺开业的好日子，您老不表示表示？"大力探出头，一丝坏笑里带出憨样。

"没钱！"

"要不拿您耳朵上的大金坠也行！"

朱二嫂摸一摸亮晃晃的金耳坠说："你别说，还真轮不着俺表示。"

"怎么讲？"

"你不知道，还是装糊涂？"朱二嫂凑近大力的耳朵，把声音压低，"你那同事，趁你买菜的空，来找春红，你不知道？瞧，还提溜了两个花篮。"

大力愣怔一下："你那嘴真不愧是这条街上出了名的，都是一个工厂出来的老同事。俺开业，他送花篮有啥不妥？"

"妥是妥，你问问你媳妇，她告诉你是谁送的吗？"朱二嫂嗑着瓜子，朝里屋使了个眼色后，晃悠着金耳坠进了自己的农家豆沫店。

"快来搭把手！"春红在喊大力，她端出一大铁盆子熟食，熟食冒着热腾腾的香气。铁盆子里翻滚着猪头肉、猪大肠、猪肝、猪肺、猪耳朵等，这叫猪大挂。大力慢慢地走过去，接过盆子放在店铺门口的熟食架上开始忙活。

"花篮是谁送的？"

"什么？我买的。"

"都是买的？"

"你和二嫂嘀咕什么呢，老半天？"

"夸你呢，说你的猪头肉煮得香，手艺高，俺这张嘴就爱吃你煮的肉。"朱二嫂圆滚滚的身子还没挪过来，声音先到了。

"给俺拌十块钱的，俺中午就着豆沫儿吃。"

"今天开业，给您这位隐形的富婆子打八折怎么样？"大力麻利地给朱二嫂拌着猪头肉。

"今天不要钱了，都是邻居。"春红对大力说。

大力说："你看二嫂是缺钱的主吗？家里还不知藏了多少金子呢。"

朱二嫂剜大力一眼，手指出去："瞅你这个抠搜相！"

"是啊，"春红纳着闷，"今天哪根筋搭得不对，平日里大力卖货零头经常抹去，不多出个块儿八毛的他都不收钱。"

朱二嫂提着猪头肉走了。

"媳妇，那花篮是兆宝送来的吧？"

"谁？"

"兆宝，刘兆宝！"

"你别听朱二嫂的嘴乱说。"

"我瞅着那话就是他说的，我去问问他啥意思？"

"话还能看出谁说的？吉利话都是花篮店里提前给顾客编好的，你真是心眼没那针尖儿大。"春红呛呛地说，"送个花篮能有啥意思，你如果去，我就把它扔了！让人看笑话去。"

"给你，你就留下？"

"送都送了，我正要说，他放下就跑了，怕你多想。再说了，人家庆祝咱生意开业是好意，也图个好兆头。"

春红把切肉刀哐啷一扔，背过身去不再搭腔。

大力拽着腿，轻轻戳春红一下，顺手把墙上的毛巾递给春红，低下头细语道："快擦擦吧，都出汗了。"

"没良心的，你怎么不关心关心儿子在学校里的情况，总爱疑神疑鬼的。"

"儿子又受欺负了？"

"唉，真不知随谁了，软和柿子，谁都想捏上一把。"

"又让他班里同学欺负了？"

"明天我去找他班主任弄明白怎么回事儿。"

"你上次不是去了吗？结果怎么样？高个儿欺负了他，最后还不是让人家倒打一耙，有理说不清。你儿子就随你了。"

"那次不是特殊嘛，那个高个他娘和校长一个小区的，关系真不一般……"

"这次又因为啥？"大力继续问春红。

"还不是嫌你儿子没有交齐辅导费。把他调到了最后边座位……"

"咱不是和他班主任说了，晚交会儿吗。"

"班主任听谁的？"春红问大力。大力说："听校长的？"春红说："这就对了嘛，何况人家又是远房亲戚。"大力欲言又止。接着拿起刀切起了案板上的土豆。

大力边切边说："其实，我还是那句话，咱儿子才刚上初中。再说，成绩根本用不上他那个班主任亲戚办的辅导班，老师尽尽心，课堂上多教教就行了。多少年了，上面早就不让以老师名头私自开辅导班了，多花那个冤枉钱！"

春红不爱听大力的唠叨，插话道："人家都上，就你特殊？再穷也不能苦了孩子啊！让人瞧不起！今天开业，咱好好卖卖，争取快点把儿子的假期辅导费交上！"

大力说："改天，那个兆宝，他来买熟食，咱不要钱了。"

春红没再搭腔，洗了把手找了块干净的手巾，擦干了手，张罗开业前的事项。

天刚亮了，随着光线逐渐强起来，屋外门头上便民熟食店几个方正大红字，越来越显眼。

"快到点了啊。"春红边说边和大力把红红的鞭炮一串串铺在门前的水泥地上，他们将花篮依次呈八字形排开，把三大摞"喜钱"连同半蛇皮袋"元宝"摆在鞭炮的前边。外屋两边的墙上贴着金色的"开业大吉"字样。开业的时辰是春红特地找县医院门口旁边的老葛头算的。老葛头说，这天日子大，立业必成。春红背着老葛头又找了几个问问，得到答案一样后，春红才放下心来。春红并不是不相信多年相识的老葛头，而是觉得好日子，人说得多了就真是好日子了，心里也觉得踏实了。毕竟，开这个熟食店，搭上了她和大力的全部身家。包括选址，春红也专门找老葛头算的。老葛头说，春红在城北能立财。有点旧的城北小区附近虽然不是很繁华，但是人还是算比较集中的，胡同巷子多，平房多，关键是小区北边有一个不大的菜市场，现在生活节奏快了，逛市场的人多了，吃熟食的人也不会少……

"地方是不孬，离家也近，可是那个地方的熟食店有好几家了吧。"春红把疑虑说给老葛头。

老葛头说："你这就想岔了，正因为同行多，去买的人也多，买的人多了就都记住这个地方了。这家不行吃那家，只要做得好，还怕没有回头客？"春红想想老葛头说得有道理，她回家和大力商量定了，就在城北小区的沿街上找店铺，沿街冒着沧桑相，是有些年头了。每间房屋面积不大，只有独立的一层，从东到西一排，有十几间的样子，房屋简陋却不脏乱，窄小还算整齐。经过一段时间的考察和等待，春红骑着电动三轮车拉着腿脚不利索的大力，在沿街靠西的一间三十平方米左右的铺子里和房东签了合同。春红想，一颗着急的心也算落下了。也没有白辜负自己和大力去市里学了半年多的熟食技术。

时辰一到，大力就噼里啪啦点响了鞭炮。"喜钱""元宝"烧完时，天大亮了。两个衣衫褴褛的赶喜老头儿，手拿"冲天炮"不知何时早已候在店门口。其中一个手一举，只听咚隆一声，炮飞冲天白烟滚，另一个打着快板，嘴里也不闲着："财源茂盛，达四方，日进斗金，门庭闹，生意从此红红火火……"大力忙把装在红包里的十元钱递到老头儿手里，春红拉住大力把两盒"沂蒙山"烟塞到他手里，老头儿脸上乐得炸了花，补上一句："恭喜发财生意兴隆。"

东边的天上露出了像炉火里正旺的火苗一样的朝霞，热烘烘的一片。今天真是个好日子，太阳快拱出来了。

今天算是正式营业，说什么也得搞些促销活动。春红把搞促销的油炸萝卜丸子、藕合子、煮鹌鹑蛋、凉拌豆腐皮、红油拌鸡爪、青椒炒土豆丝等放在了熟食专用摊子前面。摊子下面还特地拉了广告布，写着"开业优惠，进店菜品一律打八折"。前几天的试营业，反响还不孬，隔壁家卖煎饼的朱大娘一个劲地说熟食好吃。朱大娘身子呈球形，个头高不出熟食摊位多少。每回她来摊前，踮着小脚怎么也得要上一斤猪肉丸子。"真不孬，特别是你煮的猪肉丸子货真价实、不咸不淡，就着俺烙的煎饼，吃上仨也不觉得饱。"

朱大娘是自来熟，和谁都能拉上话，人送外号"朱二拉"。没事的时候就跑摊子前和春红拉两件事：拉街坊事，拉男女事。偶尔来买熟食的客人，春红顾不上，朱大娘麻利地给报报菜价，给接接钱，顺手扯个装熟食的方便袋。等店门要关时，卖不了的熟食，春红就打包一些放在朱大娘的煎饼摊上。朱大娘说，别总这样，都不容易。然后笑眯眯地把脸上的皱纹挤深许多，又麻利地提起袋子放在煎饼摊下面。朱大娘也时常送来石磨煎饼，她知道大力爱吃那一口。

开业当天来了个开门红，买卖算不错。春红捶着腰，给大力说："这两天可累了。"

大力说："累点说明咱买卖好，盼着往后也这样。"

到了第三天，春红早早地摆好店铺前的摊子，一样样熟食摆上的时候，一个人出现了。

这个人是刘兆宝。春红瞅了一眼，快步进了熟食店里屋，把正在切肉的大力喊出来："肉我切得薄，你去招呼客人。"

大力拖拉着腿出来一看是兆宝，忙招呼道："兆宝大兄弟来了，稀客哟，想吃点啥？猪头肉刚出锅。"

"好，来十块钱的。"当大力把拌好的猪头肉递到兆宝面前的时候，兆宝的视线才从里屋抽回来。

"呀！这得够三十块钱的了。"

"不是别人，拿着吃就是。"

"这怎么行？"推搡了一会儿，兆宝撂下三十块钱迅速走开了。

大力拿着钱喊着在后面撵，硬是没有追上。

春红出来了，接过大力递过来的钱装进了围裙兜里，吩咐大力去了菜市场买些调料，然后望了一眼兆宝背影消失的方向。

"你同事真是大方的主哟。"在一旁看得清楚的朱大娘走过来，"俺听说，他还是光棍吧。"朱大娘边说边瞟了春红一眼，"俺看你这同事对你有意思，俺看人看不岔，你得注意了。"

"哟！大娘，你想哪去了！"春红脸一耷拉，朱大娘低头瞅了春红一眼说："没事，大娘不说就是。"

朱大娘这么一提，春红的脑子里就跑了火车。

兆宝到底想干什么？

兆宝不是别人，是自己和大力十几年的老同事了。几十年前他们三人在同一个企业，企业是小县城成名较早的鞋厂，名为沂春鞋厂，以生产老布鞋为主。春红、兆宝在生产车间：春红在车间的工种由最开始的缝纫电机工到工序质检员，最后干到生产车间的班长；兆宝是生产车间主任，直接管理春红。大力在完成车间，负责包装运箱工作等。那时候，春红和大力正在热恋中，两个小情侣日子过得简朴却幸福。工作上相互帮助，下了班一起上食堂吃饭，晚上一起下班回到自己的出租屋。

春红长得算不上惊艳，身材却没得说，有腰有胯，前凸后翘，女人该有的风韵，她只多不会少。特别是一笑起来，嘴角两个梨窝轻轻一漾，用同事的话说，那真能搔痒男人的心。当时鞋厂里，追求春红的男人不在少数。只是让人没想到的是，春红选了老实巴交的大力。大力不善言语，像头只知道勤恳耕地的牛。公司每个季度评选先进员工大力都在其中。有人就爱开大力的玩笑："大力艳福不浅啊，春红那块地，你耕得过来吗？小心荒了地，被别人种上了！"众人大笑。大力脸一红，一扬手，说："别胡说！"接着抱起一只几十斤重的箱子一下甩上了集装箱。

晚上不用回公司加班，大力在出租房里简单地做了几个小菜。吃饭间，大力低声说："春红，要不你别在生产车间干了，来包装车间吧。我和车间主任说说，给你找份轻快的活儿，咱一块儿干。"

春红说："为啥？我干得挺好。我好不容易混到现在，以后每个月还有奖金拿呢。"

大力不说了，大口大口地把碗里的饭吃了。

"我既然选了你，你就别在意那些流言蜚语。我是什么人，你清楚的。"春红就像大力肚子里的蛔虫，把大力说得直点头。

"那你以后出去少喝点酒，对身体不好。"大力说。

春红没解释。那次厂里开年终会她喝醉了酒，兆宝真没对她做什么。兆宝说顺路，春红就上了他的车。春红是喝了不少酒，但心里跟明镜似的。比如，兆宝几次想碰她的腿和胸脯，她都巧妙地躲开了。春红说："我快到家了，谢谢刘主任送我。哦，不，是刘哥。你快回家吧，别让嫂子等急了。"

兆宝说了很多话，春红也没心思仔细听完整，她只记得自己听得最多的一句就是："别提那个病秧子了，你就当我情人吧。"

春红当啥也没听着，使劲朝车外吐了一些酸水后就下了车。兆宝扶着春红的胳膊，春红挪开他的手，兆宝挽着春红的细腰时，春红将他的手掰开。

到出租屋门口的时候，兆宝说："让我进去坐坐吧……我哪里比不上他？"

春红说："真不方便。"

兆宝说："大力今晚加班到下半夜了，有啥不方便的。"

春红进了堂屋把门关上之前说："你快回吧，别让嫂子等急了。你也别待了，那间偏屋是大力的。"

兆宝临走时又说："别提那个病秧子了。"没想到，兆宝说完这句话的一个月后，兆宝媳妇就病逝了。葬礼上，春红听同事们说，兆宝为了给媳妇治病，房子都卖了，新车换成了二手车，全国各地的医院几乎都跑遍了，也没能留住媳妇的命。

兆宝一个人过时，才刚过四十岁。

听说后来很多人给兆宝撮合对象，兆宝都拒绝了。

春红的质检员干得称职又讨好。兆宝说："你是干车间班长的料。"

春红也觉得自己的人缘及能力完全可以胜任车间班长。可是车间班长没干上三个月时，大力出事了。大力在晚上加班时，被一大排倒塌的装满鞋的箱子砸坏了腿。几个月后，在医院里平静下来的大力说："红，咱别结婚了，万一治不好……你再找个人吧。你看，攒那些结婚的钱，医我这破身子还不够，医院花钱就是个无底洞。"

"怕啥，公司里给出钱。刘主任说了，他把咱的情况多给公司的领导说说，你就放心治吧。"

大力出院一年多后，春红和大力领了证。在春红的结婚酒席上，兆宝喝高了，抱着酒店门口的大槐树不撒手。春红说："刘哥，谢谢你为我和大力做的一切……"

"你怎么谢？咱俩好吧，我从内心稀罕你。"

春红说："'情人'应该是个高雅的词儿。"

兆宝知道大力不能在车间干重活了，但他还是为大力的赔偿款找了很多关系。

其实，大家都能理解鞋厂的难处。鞋厂效益一天比一天差，已经有几个月没开上工人的工资了。大伙纷纷辞职了，只有兆宝还在苦苦地支撑，大家都在议论厂子破产是早晚的事。

春红把辞职信交给兆宝的时候，兆宝说："我找找人，能把大力的赔偿款给多争取点，你能陪我一晚吗？我稀罕你。"

"这是在给我开条件吗？"

"你宁愿跟着个腿坏的人受苦，也不愿我疼你吗？"兆宝把辞职信重重地一甩，"赔偿款一到手，你们可以做个小生意。咱们两个人的事，你不说，我不说，谁知道？"

"我想想吧。"

"想到什么时候？"

"我想想吧……"春红把话提到嗓子眼儿，又无声地咽了下去。

"你想什么呢？"朱大娘喊了春红一声，"人家问你烧鸡多少钱一斤啊！"

春红回过神，赶忙招呼客人。

"大娘，你说欠人家人情，是不是就过得理亏啊？"

"这得看什么事吧。不好说，你欠人啥了？"

朱大娘接着说："听说你那同事经常搅和娘儿们，就是不和人结婚，人品有问题。"

"别听人瞎说。他以前是车间主任，后来还当了经理。"

"不是瞎说，俺家他姑父和你同事一个大院，看见好几回，还能有假？说他经常在路边上摆摊卖鞋。鞋卖得很便宜，说是厂子顶账的，娘儿们都爱找他买鞋。有空俺和你细细拉。"

没过三天，兆宝又来了，春红正在热情地招呼客人。看见兆宝发福的身材，春红心里咯噔一下。春红走不开，因为大力没在家，朱大娘也没出摊。她自己一人忙实在不好挪步。

等人都走了，兆宝点了七八种熟食，春红在收钱的时候，兆宝一下握住了春红的手。眼珠子定在春红高高的胸脯上。春红猛地缩回手，用低低的声音狠狠地说："别这样，到处是人！"

"红，我晚上睡不着的时候，就想你，一想你，全身都发软，像瘫了一样……"

"我是有家有口的人，更不想和太滥情的人……"

"红，你想好了吗？"兆宝把头凑近了。

"这都多久的事了，你还想着。"

春红前后左右扫了一圈儿，低声对兆宝说："等生意慢慢回本了，就还你钱。没什么事，你别总是来转悠了，隔壁大娘老说起你，人都得靠张脸活着不是？"

"我来吃熟食，谁能管着我了？"

"你吃熟食，可以上别家啊！"

"我就愿意吃你做的，你做的谁也比不上。"

"你这样，让我很难做。"

"你还欠我一觉。"

"我只欠你钱。"

春红话罢，伸手把钱拍下，转身去了里屋。

本来很累的春红一晚上没有了睡意。她翻来覆去地想自己这是什么命，她不敢预测未来兆宝会做什么事，会发生什么事。

等天一亮一定去找老葛头卜上一卦，看看有没有破解的法子。想当年，她和大力的事，老葛头也是一口唾沫一个准儿。

大力看着店，春红包了一包熟食去找老葛头。在县医院门口，春红一眼就看见坐在树底下的老葛头。

"葛大爷，我来了，店里的熟食，给您带点尝尝，别嫌少。"

老葛头寒暄完赶紧招呼春红坐下，说："你先别说话，让我算算你什么事，你看我说得对吗？"

春红没说话。

老葛头打量一下春红凝重的脸色，掐指想了想，过会儿嘴里念念有词。

"你店里是遇到事了，我给你出个破解的办法，你到晚上十点在墙角的东北方向烧些纸钱，点上几炷香……"

春红张了张口，没有出声。起身，抬头看了眼阴着的天。树上落下几片叶子砸在她身上，一阵凉意袭来，她道别老葛头向熟食店走去。

大力问春红去干吗了，春红说："累了去前边转了转。"

其实，春红内心清楚自己不是个迷信的人。

大力又问春红："好几个月了吧，怎么没见兆宝来买熟食？"

春红只想熟食店的生意再好些，等攒足了钱还给兆宝。就像兆宝当年，鞋厂倒闭后，是他拿自己顶工资的鞋卖了钱来帮最困难时候的他们……

饭点的时候是熟食店最忙的时候，来买熟食的人越来越多，春红热情地忙活着。突然，大力喊了一声兆宝。春红听见了，手里依然没停下。兆宝下了自行车，走到熟食摊位前打招呼："不急不急，先给人家忙。"等到最后，忙活得差不多了，兆宝没买上一点熟食，骑着自行车，惆怅地走了。

他身上洗得泛白的蓝布褂被风掀起。春红看见远去的兆宝，感觉他像一块风中的破旧塑料布，没有方向地胡乱摇摆着。

兆宝再次出现已经是一年之后了。他走到便民熟食店关闭的卷帘门前，愣怔了大半天。还是朱大娘上前告知，春红和大力换地方了，他们还开着熟食店。兆宝忙问："大娘，他们去了哪里？"朱大娘比画着，如实相告。

在兆宝要走的时候，朱大娘拍了一下脑袋说，春红临走前嘱咐过，让转告兆宝，让他去他们新租的地方找她，并把春红写好新地址的字条递给兆宝。

兆宝半天接过字条，推着车子走得很慢，很慢。等他走出离熟食店几十米的地方，回过头来用很大的声音喊："大娘，要是你再见到春红和大力，麻烦您老给捎句话吧，就说，我不去了，不去找了……"兆宝想，时间长了，突然就不想吃熟食了。然后，他把手里的字条抛了出去。

风过，字条随风飘得很远。

往　复

1

要不是看到牵引袋里带血状的黏稠物从我身体里引出来，我还以为我趴在木桌前等着工人加班睡着了。

母亲蜷缩在一旁的躺椅上，她那样子真像秋天盛在筛子里被晒干瘪的扁豆皮，感觉不能碰一下，一碰就碎似的。她拉着身子坐起来看我，眼里就蓄着两包水。

我说："你看，不就是一个阑尾炎手术吗，也死不了人！"她立即"呸呸呸"三下，拿白眼剜我："快把不吉利的话吐了！"

我没胡说。我知道，一般的手术已威胁不到生命，更何况，现在医疗条件好了，要不是把阑尾炎一再拖成了非得切去的地步，我就不至于动刀子。小疼小痒好像永远不会让我长记性，总想着拖着万一就过去了呢，侥幸心理是一个伪命题。

说起阑尾炎，我脑子里浮出一个人的影子，那个人是我的中学生物老师袁老师。你如果见了她，从她不修边幅的外表看，别人向你介绍她是生物老师，你肯定觉得是在开玩笑。我当时在班里是生物课代表，成绩当然也不错，她很喜欢我。

上生物课时，她曾说过，人体内最没有用的器官首先是阑尾。她说，国外有一个国家，人一降生，就先把阑尾割去。从此，这个人再也不会得阑尾炎了。她说完，同学们就跟着笑，那笑声回荡在教室里，敲在窗台上激打着那个夏天。

那个夏天，十几岁的我也得过一次阑尾炎，疼得我在上下学的路上捂了好几天肚子。

还好，那次挂了几天针，挨过去了。是母亲领我去挂的针，等炎症消了后，袁老师把我叫去她的办公室。她顶顶鼻梁上的老式粗框眼镜，对我说了一番语重心长的话。她说："以后不要抱着侥幸心理，有病拖不得，病了就得及时治疗，不能讳疾忌医……"

我当时极不愿听她讲这些话，因为我们学校都知道她那在县城挂着一官半职的男人拿了不该拿的钱，办了不该办的事被查办了，她还有闲情教育别人呢！不过，我不领情的最主要原因是，我那时的心情确实糟透了，我心里愁啊，全班就剩我一个人没有交学费了，我哪还有心情听她说这些与我无关的大道理。

班主任找我谈过几次话了，他又说起那个耻辱的晚上。我恨不得找个地缝钻进去，再也不出来。他说："你弟弟把学费要回去了，我也没有办法，学校该减免的都减免了。"我把头使劲缩在胸前，脸上火辣辣的。我还能说什么呢？要怨就怨我那个嗜赌成性的父亲吧，他试图把我母亲辛苦卖猪换来的钱拿去赌。我为了不让他的阴谋得逞，下午利用他醉酒的空当，从他的口袋里翻出了一百六十块钱，刚够我的学费啊！晚上上夜自习的空子，我把钱交给了班主任。那天晚上正好是班主任的课。班主任在班上说"咱们班的学费全都收齐了"的尾音还没撤去，我弟弟小良就站在了教室门口。班主任问清了原因，我万万没有想到小良是来要钱的，我的心脏一下挂在了嗓子眼上，也就是说，父亲发现了我把他准备拿去赌的钱交了学费后大怒而又一次动手打了母亲，之后再让小良来学校把钱要回去！小良小，不懂事，我不怨他。可是，当着全班同学的面，父亲怎么能这么做呢，他可是我的父亲啊！他怎么会宁愿拿钱去赌，也不愿给我交学费呢?！我恨透他了，我肯定不是他亲生的！

我当晚就发誓，这辈子和他断绝父子关系。回到家后又在预料中挨了他一顿打。他用那条光滑露骨的柳条抽打我的屁股，每抽一下，我把牙都咬得咯吱响，我故意把气喘得粗粗的，眼珠尽量瞪到最大，腮帮子鼓得像河里要爆炸的癞蛤蟆，这次我忍住没有哭。他一边打，一边发着狠："让你手脚不干净……"母亲边拉扯着边骂边哭。我看着母亲一哭，我也忍不住了，豆大的泪珠砸了下来。

那个夜晚黑黢黢的，弱小的我摇晃在风的缝隙里，只觉两只脚轻飘飘的，只要风用力刮一下，我挨打的地方就像刀剐着般生疼。路边沟壑里的蛙不知趣地发着一阵阵哀鸣，像是为我送行，那是我第一次有了离家出走的念头。

我擦干眼泪跟小良说："你替我保护好咱娘，我要走了。"

小良眼泪鼻涕糊一脸，问我去哪里。我仰起脑袋想了半天说："我也不知道，你知道我没有那个爹就行了，你以后最好也别认他！"

当然，最后我没有走成。第二天，母亲硬生生地把小良要回去的钱再一次送去学校给我交上了学费。就这样像做了一场梦。我又一次坐在了课堂里听袁老师讲着生动的人体解剖学。

2

是啊，我怎么舍得丢下母亲呢！我说母亲，你跟他离婚吧，等我和小良长大了，我和小良管你一辈子。母亲抹下一把眼泪，生硬地咧一下嘴说："小孩懂啥，以后不准说这话。"那一刻，我只觉得母亲懦弱得要命。她那个样子呀，比一只随时能被人捏死的蚂蚁还要可怜。

父亲不光好赌，更可恶的是，他竟然和邻村的一个女人好上了。那个女人是寡妇，带着两个孩子。他甚至有几次在那女人家里过了夜。寒风吃人的夜里，母亲一直不把门闩别上，她说俺不想半夜再起来给那死鬼开门。其实，多数时间，母亲都是后半夜才睡。她等来的依旧是天亮前的一声声鸡鸣。

终于有一天，母亲没堵住悠悠众口，她找到了那女人的家。

我偷偷跟在母亲的后面，她路上气冲冲的，我看得出来母亲的目光是睥睨的。她说："伤天害理，俺倒要看看，是个啥人把老鬼迷转了向。"母亲用什么身份去的？我是万万没有想到，她在自己脸上画两道灰褶子，扮成了外乡乞讨的。几经打听后她找到了女人的家，进去之前，母亲发现了我，不让我进去，我只好在外面等着。她推开那女人低矮的破旧木门，一副做贼心虚的样子走进去，不一会儿的工夫，母亲悻悻地出来了。一路上她没有说一句话，表情还略显悲伤，她不说，我也不敢问。

以后她再也没有骂过那个女人，甚至她还有句没句地感慨："唉，都是可怜人呢。"以后更没有刻意管过父亲。可我们不理解，面对一个家暴狂，对家庭不负责的冷血动物，母亲又有什么好留恋的呢？我们都长大了，母亲还怕什么呢？我竟不懂母亲了。

母亲像一只残毛稀疏的老母鸡东刨一下、西抓一把地养活着我和小良，我们在她干瘪的腹下认清生活的真实面目并坚强地适应了它，驾驭着它。我也在这种灰头土脸的夹缝里，靠着一股子气算是完成了该完成的学业。我暗暗发誓，以后自己做了父亲一定不要做像我父亲那样的人，他是我人生路上最反面的教材。

可世事难料啊！说起抛弃，我也做了回狠心人。

我"抛弃"过我的孩子，他叫豆豆。豆豆是我的第一个孩子，我竟想把他抛弃了。我不是故意不要豆豆的，我是含着黄连吐不出又咽不下。豆豆刚生下来时，非常可爱，白白胖胖的，让人看上一眼，心就能融化的那种。但好景不长，几个月后，我们就发现了孩子的异常，经确诊，豆豆是脑瘫儿。天哪，怎么可能呢？豆豆的妈妈蒋爱凤说，孩儿是娘身上掉下来的肉，前世跟父母都是有缘人，只要有一线希望，就算是拼了命咱也不能抛弃，不能放弃。是啊，我理解做母亲的心，就像理解我的母亲一样。我们辗转去了一些大城市里最好的医院，能做的康复，包括各种民间偏方，我们都一一试过了，可是豆豆还是站不起来。看着他那软绵绵的身子骨，我的心如刀剜着一样疼。那段时间，我把几年来开玩具加工厂所赚来的钱都花在豆豆身上了，甚至还欠了亲朋好友几万块钱的债。我们看惯了医生眼神里无望又无力的暗示。

终于有一天，我有了把豆豆送去福利院的念头。

我先与母亲表露了一点心迹，母亲听后沉默了半晌，我能看出母亲阴沉的脸上藏着悲伤和绝望。最后她说："你们的事，你们商量吧。"

于是，我跟蒋爱凤说："累了，送走吧……"这话刚出来半截儿，蒋爱凤就要和我拼命，死活不同意。我指着蒋爱凤的鼻子说："你不愿意，我能有什么办法？你一个人还要伺候你娘，家里两个谁受得了！"蒋爱凤听我这么一说，头顶上的火烧得更旺了，她红着眼骂我的良心让狗吃了。骂罢话锋一转，接着吼："想当初是谁不嫌你穷得叮当响，对你比对自己亲儿子还要亲！"气头上的我也不依不饶，说："她的亲儿子呢？不也是远走他乡，不赡养父母！"只要吵起来，我们就会扯出无数的枝枝蔓蔓，无休止的争吵煎熬着我们彼此。我心力交瘁，只能看着蒋爱凤委屈的泪水往下滴。

也许我们吵得动静有点大了，这时候，里屋的门咔嗒动了一下。我们才惊觉，正在里屋睡午觉的岳母醒了。门敞开了，她晃晃悠悠地走出来，她这一露面，着实把我们吓了一大跳。如果是晚上，我还真以为是碰见了鬼，她像刚从白面缸里捞出来的一样，满身面粉，散蓬的白发上也全是白面粉，嘴里还吐着白粉。

蒋爱凤跑过去又心疼又像责怪孩子一样，边扑打她身上的面粉，边埋怨我没有把面粉藏好。岳母见着面粉就吃，我真怕她噎出个好歹来。随着病情的发展，她是越来越能吃，好像她的身子、胃和脑子是分离开来的，这一秒正常，下一刻说短路就短路。比如，以前吃饭就吃个没够，我们真疑惑她把四五个大馒头吃到哪里去了，她的胃能装得下吗？有几次我真想把饭从她嘴里抠出来，又怕蒋爱凤把我想歪了，好在蒋爱凤明白事情的严重性。

蒋爱凤说："哪怕她忘事、絮叨、随地大小便，也比吃饭吃个没够要强呢，起码不担心出人命。"

岳母老年痴呆有几个年头了。蒋爱凤唯一的弟弟出国了，几年才回来一次，跟消失了踪迹差不多，照顾老人的责任就落在我和蒋爱凤头上。岳母以前是个爱干净的老人，但生病后，在我们的楼房里随地大小便是常有的事儿。等她清醒的时候，就掩面大哭，像个委屈的孩子做了错事，又不甘心承认。是啊，正常人都是要脸面的嘛。

说句老实话，人都有老的那一天，照顾老人我是真的没有怨言，但架不住时间长啊。

长年累月的这种磨人的生活状态，正常人也会发疯的。而我要谋生，我需要把大把时间都花在加工点的经营上，我总是问自己：还能坚持多久啊？我这不是当半个儿的事了。蒋爱凤说："人家没儿的，不都是闺女的事？"可关键是她有儿啊！

母亲经常说："俺是你的娘，她也是你的娘，好好做吧。"

当然，这也是没有办法的事，就像我的豆豆啊。蒋爱凤说：

"你送孩子，我就跟你离婚！你抛弃孩子是犯法的事。"我当然不会去干犯法的事。但是，我不敢去注视豆豆那双清澈的眼睛。

我想起别人说过的一句话，人到中年是灵魂丧失期。那如果灵魂丧失干净了，还能重新开始吗？我突然觉得，这句话跟母亲那句话有承接关系。她说，人的一念能成仙，能成魔。

我都惊讶，小学文化都算不上的母亲能讲出这种话来。虽然我最终没有抛弃豆豆，但我的心里住过魔，或许是一直住着魔，那看不着摸不见的魔试图牵引着我做出一些有悖良心的事，而我的意识却装成盲人，任由它做自己想干的事。

记起来上小学时，母亲在集市上卖鸡蛋换来了一张五十元钱。母亲说，那人一看就是城里人，穿得周正，话说得也板正，他一下子就把母亲的鸡蛋全要了，母亲喜出望外。对方掏出五十块钱让母亲找零，母亲很少见这么大的钱，也就没有多想，就把布兜里所有的零钱找给了对方。

母亲攥着钱高兴地去肉摊上割肉，没承想，肉摊主给母亲当头一棒，说："大婶怎么能花假钱呢！"钱是假的？母亲又上了几个摊子上找人确认，他们都给了同样的答案，钱是假的无疑。兴奋过后的失望最让人痛苦。

母亲回家后难受极了。这时候我灵机一动，想到了我们村有一家小卖部，经营者是一对母子，儿子白天在外接点建筑零活，家里只剩六十多岁的老太太一人卖着货。我脑子里突然就出了个念头，去找老太太把钱花掉！于是我瞒着母亲拿着钱跑去小卖部，揣着快往外蹿的心脏点了一大堆东西，当我掏出那五十块钱将要递给老太太的时候，我的手突然间哆嗦了起来。

老太太眯着眼做抽钱状，我却把钱捏得更紧了。老太太一脸不高兴，抖动着手喊："崽子，舍不得给钱了？"我有点慌，像做了亏心事一样，放下点好的东西，拿着钱撒腿就跑。一路上我差点哭出来，我也不知道为啥，身后像有只狼撵着似的。

回到家，母亲没有责怪我，她把钱一扯两半，刨了个坑埋进了土里。事后，母亲对我说："你要是把钱花了，俺还是得要回来，不然咱一辈子心不安……"

到现在我知道心魔那个东西并没有彻底远离我。它时常埋伏在我身体一处阴暗的地方，特别是每遇关键抉择，它就蹦出来考验我，让我的心备受折磨，像一次次进炼狱。

那个时候，站在十字路口处，我好像总能看见一盏灯照着我，灯光不太亮，像我那不识字的母亲的目光一般，给我指明方向。事实证明，那微弱的灯光足以击退我藏在暗处的可恶心魔。

我和心魔做斗争的时候，庆幸自己始终没有真正地抛弃豆豆和岳母。但蒋爱凤疲惫的眼神，又让我心里慌张起来。

3

"累啊。"蒋爱凤说出这句话时，我感受到她是真的累了。其实，我早就累了。这两年她要闹离婚，我心一横，就拖着她，拖死她！既然都不好过，就一起受着吧。母亲说她是狠心的人，想当初，是谁拼命给豆豆治病，现在没希望了，她却学着我抛弃孩子！可蒋爱凤为了所谓的狗屁爱情，咬着红口白牙竟然厚颜无耻地讲爱。蒋爱凤说，对方不想让她带孩子……我多次想狠狠地甩给蒋爱凤几个巴掌，抬起的手停在半空，她把头拱向我，说："你打吧，打死我，你有命偿，只要打不死，这婚就得离！"我能打人吗？男人能打女人吗？我将拳头攥紧，重重地砸在自己的腿上。

我知道，蒋爱凤是铁了心了。但是，以前好像没有任何征兆显示她和她那个狗男人混得时间有多长。再长比得上我们十几年的感情吗？女人的心起来真是比海深啊！她口口声声地说跟着我过够了苦日子了，现在日子不苦了，她却过腻歪了。

我承认她跟着我过过苦日子,我们经历过吃了上顿没有下顿的日子,经历过孩子住院缺医药费到处找人借的窘迫,经历过明天要还的房贷还差一百元凑不齐的滋味。

想想那个时候的蒋爱凤还真能吃苦,风餐露宿和我经营着玩具加工点,因为一批货,我们去求过客户张大罗。张大罗算起来还是我刚出了五服的表舅。那次我手里的现金就剩五百元了。我们除去几个工人一个月的工资外,把所有的现金都砸在了手里这一大批货上。

蒋爱凤看着银行卡上的余额只剩两位数后,还安慰我说,等走了这批货,小数点就很快往后移了。我听着使劲点点头。那段时日,我们去母亲家去得最勤,因为母亲顿顿做着热乎饭,这好像是我们不需要任何借口就可以向母亲索取的方式。有几次,她从柜底深处摸出几摞压得笔挺的十元人民币试图递给我,那时候,我心里的酸水流到鼻尖,似乎看到了多年前——她又把省吃俭用的穷日子形象地摆了出来。

我装着不屑一顾的样子,把她手里的钱推进她的衣兜里,说:"不缺你这两个钱。"母亲埋下头,进了里屋没有说话。

蒋爱凤说:"五百元钱花二百请请张大罗吧,再怎么看在远亲的面子上,把那批货收了。"

我说:"花三百元吧,就算没钱也不能太小气了,万一这批货行了的话,咱就能进账几万元,还缺那三百元吗?"

蒋爱凤说:"三百元花了,剩二百元明天就不够交电费了。"

我说:"那好吧。"

那天,我们精打细算地请了张大罗一顿酒席。席上张大罗吃得津津有味。酒过三巡后,他拍着桌子把手朝头顶一扬,说:"那批货没问题,验收好了,一出仓就安排人打款……"

我和蒋爱凤心甘情愿地把笑容都在饭桌上用尽了。

以至于以后,我很少看到过蒋爱凤朝我微笑的脸面。我都记着她跟着我吃过的苦，好不容易熬出点儿头了，她却嚷嚷着要离婚。后来母亲一个劲儿地数落我的不是。我再有不是，也不能让她先提出来离婚，难道她的笑脸都用在野男人身上了吗？

头几年我跟蒋爱凤商量想再要个孩子。她说："不急，先给豆豆治病。"我觉得那个时候蒋爱凤就开始变心了。蒋爱凤把她找的相好的叫"老韩"，蒋爱凤一开始还辩解说，她与老韩之间清清白白的。鬼才信哩！自从蒋爱凤找上老韩后，嘴上心里挂的都是他的名字，动不动就拿我和他比较，说老韩对豆豆比我这个亲爹还上心。我也是个有尊严的男人啊。再说了，老韩是个老中医，给豆豆做康复按摩，不用心行吗？豆豆是他的病人，医生对病人不用心，就是不称职。豆豆在他的诊所里一住就是十天半个月的，蒋爱凤陪着。我隔三岔五地去看他们娘儿俩，没承想老韩给孩子治病却把蒋爱凤的心给治走了。康复治疗一个疗程花费几千元，到老韩手里，他收取蒋爱凤不过千。蒋爱凤指着我的鼻子骂我贱，说给我省钱还矫情上了。我不是矫情，我听诊所里的一些老病人有一没二地说，有一回趁诊所里人少，他们看见过老韩揽着蒋爱凤的腰，肚皮贴肚皮的那种。一开始蒋爱凤还极力辩解，后来直接甩给我响亮的一句话："就是相好的，咋了？离婚吧！"这话比巴掌打在我脸上还要疼。当时，我头一晕差点就当成了气话。我从小就看够了父母在水深火热里纠缠着互相伤害，村里人管这个叫打穷仗。可现在，明明我的加工点生意有所好转，日子见阳光的时候一天比一天多，我哪里对不起她了？她蒋爱凤烧包啊。

4

别说蒋爱凤了，是个女人，我都下意识地躲开着。我高傲的性格里隐藏着一根根自卑的神经，只有在母亲跟前，我才会做真

实的自己。母亲看出我的郁郁寡欢，在她再三地追问下，我终于
与她说了。母亲就说了些简单的话，可就是这些话一遍遍在我脑
海里重播着，给我的皮囊注入一股力量。

从此，我再也没有了障碍。

我答应了蒋爱凤好好善待豆豆，善待到我实在没有能力的那
天，我答应了她很多要求，其中最重要的一条是，我答应了她的
离婚要求。离婚后蒋爱凤隔三岔五地还会带着豆豆去做康复训
练。只不过她换了地方，已经不是她相好男人的诊所了，而是去
了外地一家大型的脑瘫康复医院。我问过蒋爱凤缘由，蒋爱凤哼
哼笑两声，没有答我的话。和蒋爱凤分开后，她来看豆豆，我们
偶尔还会见面，不知为啥，我看到蒋爱凤总像是第一次和她见面
时的感觉，虽没有恋爱那种心跳的感觉，但我似乎早忘了她以前
的种种不好，反而忆起她的一些好，像亲人一样。尽管我们早已
进入成年人最疲惫的状态。

5

最后，蒋爱凤还是另成家了。据说，她嫁给了外县一个普通
的邮递员。无论多远，她还会来看豆豆。豆豆看见她还是莫名地
笑。豆豆也长成了一个永远拥有童心的大人了。

几年后，父亲去世了。在最后的半年里，我和小良给予了他
最尽心的爱。

小良问过我："你还恨他吗？"

我看着父亲皮骨分明地躺在病床上，心里还会难过一会儿。

我说："都是小时候的事，不忘，但也不提了。"

我看着他，就像我们脑海里能搜寻到仅有的幼年时代，他对
我们兄弟俩的疼爱一样。

我尊敬的袁老师也早已退休了，听说她离婚后投奔了自己的

孩子，去了孩子的城市定居了。

　　一晃这么些年过去了，我的母亲也一下子老了几十岁的样子，她花灰的头发也光明正大地亮明了身份，短短的时光里以清白的面目告诉我，她真的很老了，尽管她才六十多岁。

6

　　现在很老的母亲还在照顾着我，就像小时候一样，就像我照顾着豆豆一样。

　　我想出院，母亲说，听医生的。要是好好的，谁想在这药水味混杂的医院里？在我不耐烦的追问下，医生说阑尾炎虽说是小手术，但也是手术，最快也得十天才能出院吧。恢复不好，以后还会出现并发症的可能……

　　我躺着，虽然暂时是不能动的，我的心跳却在我走过的人生路上一刻也没有停歇过，重复着，循环着，像台放映机，一下子播到了结局，一下子跳到了中间档，一下子又像刚刚开幕。

　　不觉，一周过去，我早能下床了。在医院的走廊里，母亲突然跑过来告诉我，她看见挺着大肚子的蒋爱凤在B超室排队等着做检查呢。母亲说，蒋爱凤看见了她，还笑着叫了一声"娘"。母亲低下头说，她还没有改口啊……

　　我听了母亲的话心里很平静，我在心里想对蒋爱凤说一句："蒋爱凤，祝你母子平安。"

裂开缝的窗子

　　三步就能走到头的小房间几乎被聂德香弄成了一间她心目中的无菌室。为此她费了很多工夫，当然这一切都是在江怀伟的指导下完成的，他是功臣。她已经很满意了，毕竟条件摆在那里。错开开门的方向还新加了一道几米的逼仄暗道。江怀伟说，暗道对无菌室起缓冲的作用。聂德香不懂啥叫缓冲，但是，她觉得他这么说了肯定就有他的道理，于是就一一照做了。房间内常年温度保持在18℃～24℃。当然，这温度除了是她自己感知的舒适外，上高中的女儿也给测试过。

　　房间唯一的窗户不能透风，是封闭的，一旦透风，对丈夫李明远的病情无疑是致命的。

　　窗台上面放着一株约四十厘米高的蜡梅。蜡梅枝头挑着三两个苞，正跃跃欲试。

　　聂德香从来不养花草。除了时间、精力上不允许外，她一直没有这个爱好和心性。更别说蜡梅这种在她心里只可供欣赏的花儿了。这株蜡梅是江怀伟前年送来的，江怀伟特地嘱咐说，暂时不适合放在有病人的房间里。聂德香心里笑着说，没一点生气也不好。聂德香觉得自己能说出"生气"两字，内心突然有一丝自豪感飘过。她想，有江怀伟在身边，耳濡目染嘛，自然心里会生出一些以前没想过的词句，这也许就是生活的乐趣吧。

江怀伟听了扑哧笑一下便没有再说什么。江怀伟还隔三岔五地来洒些水，剪剪枝，细心呵护着蜡梅。

聂德香每每看着江怀伟侍弄蜡梅的样子都会出神，怎么会有这么有耐心的细致男人呢。那感觉就像一个婴儿般，让人心软，更让她心里泛起一股温温暖暖的小细流，在夜里也会甜丝丝地流淌。他真是个好人呢！浑身上下都透着一个"好"来，让人不由得心生欣喜和舒服。

想到这些，聂德香觉得自己从头发到脚指头一下子就有了江怀伟嘴里的生机，春天里万物生长勃发的生机。说实话，她不懂那看不见、摸不着的生机是啥东西，她想她就把这种心里的感觉视为生机吧。这种感觉真好，她在镜子面前端详着自己的样子，角度变换着，一遍又一遍，嘴角上扬，指尖轻轻掠过自己的脸颊，她有多久没有好好端详过这张脸了。这样的感觉真好，像这个冬天里植物吐出的新芽。

可是，那么好的一个人却从来不踏入无菌室半步。聂德香想起来这事，嘴角就垂下去了，心里酸酸的。好像在一片洁白的雪地里，有了个刺眼的黑点儿。尽管这么多年来，她与女儿早已习惯了侍候丈夫李明远笨重的身子。可是现在江怀伟出现了，她想，江怀伟对花花草草都这么上心，就不能再把那些恩德施舍一些放在她身上吗？要不干脆把李明远也当成一株花草。其实，李明远多年前早已是一株没有生机的草了，虽然江怀伟有几次向她明里暗里解释过，他说，这是自己内心的一种敬畏，也给自己定下的规矩，不能随便进单身女人的家，更何况是有夫之妇。他无法面对她的男人就躺在床上，男人的心脏还在跳动着。

啥是敬畏，规矩？村里人都知道他对自己的关心超出常人，难道还在乎这一步？他害怕了吗？聂德香一想心里就沉甸甸的。

聂德香挪开镜子再去望一眼蜡梅。算算，蜡梅今年可是第一次见苞，马上就要开花了，能开花多好啊！想着想着，雾霾散去，她心头又有一种说不清、掩不住的喜悦袭上来，喜到兴处又自然地带出来两片浅浅的绯红飘在脸颊。

房间里也没有别人，哦，不，还有李明远。不过，他就是个活死人，跟她自己一个人没有区别。想到活死人时，聂德香心头颤了一下。

活死人就这么交给自己了，也没有征求她的意见，也不问问她愿意不愿意。

今天，她特地梳妆打扮了一番，头一回这么用心地打扮自己。她从梳妆台里层抽屉里小心翼翼地取出一个粉色盒子，那是生日时江怀伟送给她的粉底液，说特别适合她的气色。聂德香平时不舍得用，这是第一次用。她放在鼻子上嗅了又嗅，涂抹了薄薄的一层，一股清香的气味沁入心底，她宝贝似的又放回原处。因为下午在江怀伟策划安排下要去参加"爱心帮"公益协会一个以百人家庭为单位的活动，她作为县里评选的文明家庭代表，是这次活动的重要演讲嘉宾。就是让她讲讲她的事迹，这么多年来是怎么无怨无悔地伺候丈夫，守着自己的家，直到评上县文明家庭的感想之类的。形象还是要注意的，也是一定要注意的，毕竟面对的是百人家庭，当然还有江怀伟。江怀伟是"爱心帮"公益协会的会长。"爱心帮"公益协会是江怀伟在几年前从民政局岗位上退下来后自发组织成立的社会公益组织。作为退休干部下来的江怀伟，心里一直有一团未灭的热火，那就是退休了要做公益，去帮助更多需要帮助的人，作为余生的价值追求。事实表明，几年下来，他把协会搞得不错，受益的人日渐增多，目前协会会员已达百人。这让江怀伟在芝麻大小的县城里已小有名气。

三年前，住在山花村里的聂德香作为江怀伟公益协会的重点帮扶对象，结识了江怀伟。从认识到现在，江怀伟一直把源源不断的爱心填进聂德香的心房空白处。这让聂德香心里那颗冰冻的种子有了萌动的希望。

聂德香又拿起江怀伟两天前就为她精心准备好的演讲稿。

她说："江局长，你把我写得这么好，我都不好意思念出来了呢。"江怀伟莞尔一笑，说："你就是这么好呢，我是实话实说。还有，我说过多次叫我江哥或是怀伟吧！"

聂德香的脸一热就红到了耳朵根儿。多少年了，她以为她的心已经随李明远做了一株空心的植物了。

对于稿子她背诵了不知多少遍了，做饭穿衣、工作、家务、照顾李明远时，甚至到梦里都没有停下来，她想起江怀伟对她说的话，那股甜时不时地就从心里涌上嘴角。

此刻，她又像第一次拿到稿子时，小声地默念起来：

尊敬的各位来宾，亲爱的朋友们，我是来自山花村的聂德香……

刚念完两句，她就赶紧清两下嗓子，喝口水，平复自己起伏的情绪。紧张个啥啊，没出息的劲儿，这还没有上台讲呢，要是真上台了再这样，岂不让江局长失望了？放下稿子，她又把脸挪进镜子里。

说真的，这么多年了，她第一次这么认真地收拾自己。

就连那次去县里接受文明家庭评选表彰，也没有像今天这么认真地打扮过。江怀伟也特地嘱咐过，当然，她也很愿意打扮一下。许久，盯着蜡梅，四十三岁了，她突然觉得自己到这个年龄，这个以四开头的数字也没有想象中可怕呢。

她第一次觉得自己还是一个柔弱的女人。尽管脸上有了皱纹、斑点，皮肤不再细腻紧致，法令纹早早垂了下来，又深了去。但还好，她整体看上去还算长有一张柔和的面相，那可是别人嘴中的旺夫相。此刻，比起那些所谓的"荣誉"加身，她觉得自己心更软了，她更想做一个柔弱的小女人。

聂德香把手里一杯凉下来的温水，放在窗台对面的床头柜上，这杯水应该提前二十分钟喂给丈夫李明远的。是，二十分钟前该喂水了，时间不多一分，也不少一秒。

可此刻，她却没有把水喂进李明远的嘴里。丈夫喝不喝又有什么区别呢？但是他活着啊！甚至她有几个早晨醒来，第一个念头就是跑到李明远的房间里，用手摸摸他的心口窝，或是把耳朵侧贴在他那干枯的胸腔上，感觉一下他的心脏，听听还有心跳没。那颗向命运顽强抗争的心脏还能跳多久？她多数时间摸到的是颤巍着的，如脉搏样的波动在持续着，平缓地跳动，似乎在磨炼着她的耐性。那波动像这个季节正午的一缕阳光，不会冷得那么硬，又暖得那么没有希望，她都开始怀疑自己了。

她脑子里甚至冒出过，李明远已经很多年不是她的丈夫了的想法。他死了吗？他还能活多久？想到这些，她的心猛然跳得厉害了两下。从啥时候自己有了这些想法了？她赶忙把脑子里的理智翻出来，拿手朝自己的大腿上使劲儿掐了一把。

这么多年都撑过来了。

都说坚持一件事满二十一天，就容易形成一种习惯。那七年的日日夜夜，七个三百六十五天照顾形成的习惯，早已让人熟能生巧、烂熟于心了吧。该哪个时间点喂食，哪个时间点喂水，哪个时间点翻身，哪个时间点按摩，哪个时间点擦身，哪个时间点处理大小便，聂德香把握得丝毫不差。时间点上的准确率比她丢弃的花五元钱买来的闹钟要管用，用心程度上比照顾上高中的女儿都要再细上几分。

窗台上的水继续凉下去，虽然房间里有两节暖气片，但外面的寒气还是能浸到骨头里。

这个冬天真冷！一切抵不过时间，一杯水就是最好的证明。即便它慢，即便在炎炎酷日里，它的温度只会越来越凉。

聂德香盯着李明远的样子看了又看，她的嘴角却不自觉地扬上来。聂德香还没有完全把自己跑偏的想法收拾完，李明远大伯家的堂弟李明河来了。李明河进屋就脆生地喊了一声"嫂子"。一进屋的李明河把目光停在聂德香身上老半天，聂德香措手不及地应了一声后，低下头弯腰给李明远掖掖被角，顺便捏捏小腿。李明河的眼珠子追着聂德香的脸蛋晃。

聂德香说："咋了？"

李明河嗫嚅道："嫂子今天心情不孬，穿这一身好看，皮肤也好。"李明河说得自己都有些不好意思了，便马上又转了话头，"听说你就要去县城里讲话？"

"嗯。"她低头应着。李明河手里提着两个保温桶，一个粉色的，一个蓝色的。他把粉色的保温桶递到聂德香的胸前，说："还没吃吧，给，趁热乎。"聂德香接过保温桶放在床头柜上，李明河见她没有打开的意思，又说："鸡汤，我炖的土鸡，你都瘦了，补补。"聂德香说："以后别为我费心，我能照顾好自己。"

李明河没接话，把蓝色保温桶打开，倒出来的是绿色的稀米糊。"他喝水了吗？"李明河看着李明远说。

聂德香说："喝了，喝了……该吃饭了。"

李明河与聂德香与往常一样，把加了消炎药的稀米糊小心翼翼地通过李明远鼻腔里的软管，倒进去。说是倒，其实用的是改良的注射器，一滴、两滴……慢慢地间隔开推进去……

李明河又说："嫂子，你觉得江怀伟这个人咋样？"

聂德香没有看李明河的脸，平和地反问他："挺好的，咋问这个？"

"没啥，就觉得那个江局长不像个过日子的料。他当了一辈子领导了，真能看得起咱老百姓？帮咱那是他觉着有光加在他身上，至于人心还得细琢磨……"

聂德香打断他的话，把嗓门故意抬高："人家从没进过你哥的房间。好了，今天就喂这些吧，等会再让他站站吧。"

聂德香嘴里说的站站就是让把李明远固定在带轮的活动板床上，他们把床立起来，相当于让李明远站起来。

聂德香一个人的时候弄不了，每天午饭过后，李明河来一起帮着弄床，或是女儿在家的时候。女儿在的时候，聂德香就电话通知李明河不要来了。

李明河说："那行，下午你安心去讲话，我看着他。"

聂德香又说："我跟妮儿说好了，从后天开始，你忙你的吧，听说村后有人给你说个家口，你得去好好看看呢。你哥，我和妮儿两个人一块儿照料……"

李明河如鲠在喉，脸色铁青，他觉得自己站也不是，坐也不是，像一只倒吊着被火烧的老鼠。"走了啊。"临走时，他又撂下一句话，"人心隔肚皮，荣誉不能当日子过，你别被他蒙骗了！"

倒流出来的米糊从软管里淌到李明远的嘴角，聂德香擦了一遍又一遍。她知道小叔子李明河说的是谁，她也知道三十五岁却一直不肯结婚的李明河的心思，她心里是万分感激李明河的。

在外人眼里，他是来帮着照顾植物人的丈夫，也是他自己的哥。但她不能也不愿挑破与李明河之间那层纸。她毕竟是嫂子，李明远毕竟还活着。

李明远的身边不能没有人，不说二十四小时守护着，起码夜里得陪床，多少个夜里，李明河就住在隔壁的小房间里，一有什么动静，他第一个跑过来。白天，聂德香要在一家小型鞋厂里做零工供着上高中的女儿，还有李明远日常的治疗护理及生活费用。同事眼中的她还跟以前一样，乐呵呵地过着日子。早有同事劝她，趁着年轻再找一个人，好赖是个健全的人，日子也好过些。聂德香总是笑呵呵应付两声，不再言语。

有些事，她也不想麻烦江怀伟，也许只有李明河真正知道她的苦。有一次，夜里风急雨骤，李明远房间里的窗子开了，李明河赶忙去关窗子，却看见聂德香躲在角落里一个人偷偷地掉眼泪，他看着她的样子，再也忍不住了，上前一把抱起了聂德香。怀里的聂德香擦了把眼泪后，起身挣脱开李明河，把他推到了门外，说："我是你嫂子，嫂子啊！"

李明河一个趔趄差点扑在了地上的积水里。雨急躁起来，李明河顶了一身湿漉漉的衣裳悻悻地回了。

她看着躺在这张床上七年的李明远，面目全非的李明远；一到夏天，褥疮就严重的李明远。他还是自己的男人吗？她真的不认识他了。在外人眼里，他们是全县文明家庭；可在自己心里，她真的不需要做给任何人看。她认命了，也习惯了，她照顾重度植物人的丈夫，仿佛就是天经地义。想想真是命运捉弄人啊，要不是七年前的那场车祸，要不是李明远那次非要去送罗小雨，也不会落得这个下场，她也不会落得这般境地。

那一天，比这个季节还要冷上几度，窗外惨白的太阳光，如无数针芒集结起来的反射聚点，猝不及防地刺在聂德香三十六岁的心脏上，让聂德香差点晕过去。那天，正在鞋厂里做工的聂德香接到了在摩托配件厂当技术工的李明远出车祸的消息。

聂德香也不知道当时自己是如何拖着如两条过水面条似的腿赶到医院的。这一辈子她做梦也不会相信躺在重症监护室里血肉模糊的人，是她的丈夫。抢救了几天几夜后，由于李明远大脑受伤严重，医院告知，丈夫可能永远处于植物人状态。植物人是啥呢，聂德香从电视上看到的植物人不就是活死人嘛！天塌了！

她看着正在上初中的女儿，聂德香说："咱这日子还过吗？"女儿一听号啕大哭，娘儿俩就抱头一块儿痛哭。那还活不活呢？死是很容易的事，留着一口气不上不下的才是难受！这时候女儿的哭声也变得撕心裂肺起来。听着女儿的哭声，她的心又挺过来，不为别的，为了孩子吧。

同时，出车祸的还有罗小雨。幸运的是，罗小雨除有几处骨折外，没有受更重的伤，住了十几天医院后就回家了。

后来，聂德香了解到了李明远出车祸的前因后果。她仰天喊上一声："你做个好人做过头了，把自己搭进去了！"两行清泪滚滚而下。原来，李明远出事的那天，本来是临时调休，但是李明远没有直接回家，他留在了厂子里继续辅导自己新带的徒弟罗小雨。出身贫寒家庭的罗小雨高中没毕业就去了摩托车配件厂。他年龄虽小品质却好，吃苦能干，上进聪慧，性格开朗阳光。

罗小雨过了实习期分配师傅的时候，李明远主动去厂长那里点名要的他。李明远曾多次向聂德香念叨罗小雨："这个孩子有眼力见儿，人也本分老实，我想帮他。"聂德香头一回见丈夫这么喜欢一个人。李明远是个有才又爱才的人，看见老实奋进的年轻人，就想到了自己年轻的时候。他说，他那时候没好命遇到栽培他的师傅，走了不少弯路，也吃了不少苦。现在，他要做个好师傅。他是这样想的，也是这样做的。罗小雨也对他这位优秀的师傅尊敬有加。有几次李明远发了工资私底下还资助过罗小雨。

出事的那天晚上，李明远骑着摩托车送的罗小雨。谁知，就在半路，与一辆重型货车发生了激烈碰撞……

有限的赔偿金在医院那个无底洞里，显得捉襟见肘、杯水车薪。

无底洞，该填也得填。聂德香为此欠了很多外债。

在医院住了漫长的一年后，聂德香觉得也没有继续待下去的必要了，回家吧。回家后，聂德香成了半个医生。

后院里的蔬菜、粮食慢慢失去生机，它们都为李明远的生命让开了道。

聂德香说："他活一天，我就照料他一天。只要我还活着一天，我们欠下的债，我就认到底、还到底！我说话一口唾沫一个钉儿。"

亲戚，包括村里人都不敢再多看李明远一眼。除了那颗心脏跳动外，李明远眼球缺失，身体变形……身上的肉还在溃烂，特别到了夏天，为了少生褥疮，身子需要有人天天擦拭：头、脸、脖子、胸膛、肚子、下身、腿、脚……

李明远成了聂德香第二个孩子，婴儿般的孩子，长不大的孩子。

苦难会彻底改变一个人。没有出事之前，虽是农村出身的聂德香，日子却过得比其他女人精细、惬意、洒脱。她宁愿花几百元买一件衣服，也不去地摊上淘一堆几十元的廉价货。

生活从来不会和谁协商好再去安排他们的命运，聂德香只有咬紧牙关走下去。

同村的乡亲们多次为李明远捐过善款，每逢节假日，生活用品等一些慰问品时不时地扎堆在她家的门口或院子里。有些陌生人不留姓不说名，好人缘的聂德香被乡亲们感动着，乡亲们也被她感动着。

可自出事以后，几年来，罗小雨一次也没有露过面，像人间蒸发了似的。以前没出事之前，罗小雨来家里吃过几次饭，聂德香记得他最爱吃自己做的红烧肉，吃完还一个劲儿地夸："师母，您做的红烧肉比大饭店做得都好吃。"李明远笑着把几块大的肉夹到他碗里。每次发了工资，罗小雨也提着几瓶酒来孝敬李明远，李明远每次都拒绝，拍着他的肩膀："小子，好好学技术，师傅盼着你有朝一日能超过我。"羞涩的罗小雨听着，笑嘻嘻地摸摸脑袋。

聂德香知道，罗小雨没有失忆。听工人说，罗小雨出院后辞了职，去了外地，一句道别的话也没有留下，再无音信。

有时候，聂德香会一边给李明远擦拭身子一边向他唠叨几句："你为你的爱徒搭上了下半辈子，你的好徒弟一次都没有来看过你。你说，你值不值吧？"

李明远仍然木头一般死寂。

聂德香去衣柜前整理自己身上的衣服时，江怀伟打来了电话，说下午开车来接她，等演讲会结束后，一起吃个饭，餐馆已订好，是县城一家有名的餐馆。

同时告诉她，参加宴席的有他之前的领导，正好借这个机会，让聂德香认识一下老领导们。聂德香答应着挂了电话，不知不觉中又平添了一些紧张。她又拿出稿子在心里默念了一遍。稿子念完，又拿起粉底液在脸颊两侧轻轻拍了拍。

回到无菌室，到了给李明远按摩的时间了。她把双手用肥皂洗了两遍。按摩是个力气活，只不过她已经习惯了，并且把双手锻炼得灵活有力。

二十分钟过去了，窗户上起了霜。她靠近，有一些细碎的盐末样的雪慢悠悠地飘落下来，贴在窗子上，倏忽成霜，成水，划下如道道泪痕。

想想两周没见女儿了。前两天告诉女儿自己去县里做嘉宾，她希望女儿能在台下给自己加油助阵。当然，也不纯粹是为了加油，她觉得女儿在台下，她会更加踏实。女儿说功课忙，不一定回来——果真没有回来。她突然发现，上个学期，江怀伟送女儿的新背包，女儿一次也没有用过。她看着床上的李明远，想着女儿，窗上的水花不知从什么时候开始弥漫开来。

把丈夫安顿好后，她喘了口气，不由自主地走到窗台前，细细端详着窗前的蜡梅，有一个粉粉的苞，蓬松欲绽。

她伸出手，握住了窗柄，窗柄有温度，却紧紧地。她慢慢地向外用力，像一声心跳的声响，一丝丝缝隙便裂开。她抖了一下手，接着松开，慌乱地跑出了房间。

推开门的瞬间，李明河踩着时间点来了。去县里的时间到了，聂德香嘱咐了几遍后出了门。

江怀伟站在车外，细碎的雪花斜打在他英俊的脸上。聂德香深吸一口气，远远地，她仿佛看到前路的一道光正指引着，张开双臂等待着她。她径直走去，步履轻盈，有跑起来的冲动。

江怀伟盯在她身上的目光，把聂德香一下子弄得慌了神，迎面细小的雪花有些眯眼。她低下头，裹了裹上衣，脸上却辣辣的。

一路上江怀伟说了很多话，基本都是关于演讲内容等一些注意事项。聂德香认真地听着，又不由自主地开起了小差。

江怀伟摸了一下她的手说："别紧张，有我在呢。"

她下意识地抽离了手，点点头。

有一件事她听得明晰，江怀伟说，前一段时间去村里做公益，遇到了一个叫罗小雨的年轻人，江怀伟把相貌详细描述了一遍。他说："不知道是不是大哥的徒弟……"他继续说，"我从老乡嘴里了解到，他结过一次婚，又离了，现在一直是单身，在乡村做助教老师，基本是公益的……"后面的话聂德香没有听到，她觉得后背上盖上了一层雪花，使她发冷。

雪越下越密集，像一张丝网铺在前方未知的路途上。

到了会场，雪也知趣地停了。参加活动的人并不比想象中少，聂德香前半部分讲得从容自如，台下掌声如雷。江怀伟一个劲儿地拿相机聚焦她，旁边请了县电视台的记者到场。当聂德香后面讲到丈夫李明远的时候，突然戛然而止，手哆嗦起来。

其实她之前已经讲过李明远很多次，讲他的病情，照顾起居，夫妻感情等。而现在面对台下一双双眼睛，她竟一个字也讲不出来。江怀伟脸色变得严肃，放下手中的照相机，挥手示意她不要紧张，给她鼓励。

"对不住大伙了，我……我……"聂德香几个箭步冲出了会场，外面的天空和大地都滴着露水，潮湿蒙住了她的双眼。她早已顾不上精心化了半天的淡妆。

她急急地寻着路过的出租车，她想立马飞回家去。她想起了蜡梅，想起了女儿，想起了那扇本不该裂开缝的窗子。

316 号房

1

扔掉最后一个烫手的烟屁股,庄严利抬起右手掌把白了近三分之一的头发向脑袋后使劲儿薅了下,然后从五菱宏光汽车里下来。还没有站稳脚跟,寒风像把刀子穿透他单薄的衣裳,搜刮起他的肉。冰冷且紧绷的神经马上也要冻僵了,似乎一触碰就要折断。

庄严利像只木鸡般死盯着对面的贵宾来小旅馆。

宾馆起皮的墙体看起来像座荒凉的坟墓。

手机开机,打开导航显示,离下一座城还有二十多公里。关键时候掉链子!车子偏偏选在这个鸟不拉屎的地儿不明缘由地熄火了,不巧的是方圆几公里也没有汽车修理店。意外突然到来,不由分说,毫无征兆。眼看着天被巨大的黑屏吞噬掉,庄严利心里急坏了。人要是倒霉了,放屁能砸脚后跟儿,喝凉水能被噎死。

庄严利始终绷着一根弦,那根弦不知埋伏在脑仁里还是心脏里,他知道那根生命攸关的弦一旦绷得过紧,就会断得快而决绝。有那么几刻，他感受到自己的血将要凝固起来，像台作业多年的老机器到了随时要报废的状态。

北来的风用呼啸宣誓着霸道。庄严利怕电话时不时地来炸他的心脏，就用哆嗦的手又一次掐紧了关机键，他拉着重步子进了小旅馆。

既然不能选择出生，但可以选择地方结束，他想。

贵宾来旅馆的前台站着一个胖矮的黑女人，一脸横肉，生着发紫的嘴唇。矮女人前面站着一个矮小黝黑的中年男人，男人不胖。矮男人左肩上背着一个高出自己半截的蛇皮袋子，右手里提着一个方形拉链蛇皮袋子。不用猜，他定是打工的外地人。矮男人正在右胳膊上的黑色手提袋里翻找着什么。

庄严利靠近女人，拿出钱包，刚要掏出身份证，矮女人头也没抬干脆利索地说："没房了！最后一间 316 号房他住了。"接着扬手指了一下旁边的矮男人。

"什么？"

"嗯。"

"这么巧？"

"巧得很嘛。"女人一直未抬起低下去的头，紫嘴唇只是冷漠地碰着。老子总有一天拿钱砸在她面前，这样最起码能让她有个好态度不是吗？好吧，臆想会加重一只鸟的坠亡。

既然老天爷稀罕自己这条烂命，那就拿去好了。庄严利用手捣了下心口窝，仿佛被灌了一肚子辣椒水般难受。

"要不你们两个人挤挤？我就不多收钱了。"

"大床房？"

"单人间！挤挤能睡两个人。"

"一晚多少钱？"

"六十！"

"那不能挤！我多出钱……"庄严利抢了一句话后才觉得自

己有多么可悲。

"是钱的事？你晓得先来后到，我提这个事就是多余了！"矮女人把嘴唇咬得结实。

一旁的矮男人把攥着的身份证放在前台上，庄严利瞥见了"于万海"三个字。

"你叫我大海就行。"他转过憨憨的脸继续说，"你不嫌，就跟俺挤挤吧，房钱咱俩平分……行……行吗？"这个叫于万海的男人自来熟似的，说完就伸出一只煤炭似的糙手停在庄严利面前。他一开口嘴两边笑出两颗银色的龅牙，庄严利看到他满牙缝里都透着憨厚。

庄严利瞥了一下身边的男人，没打算去握住他的手。于万海放下手，尴尬地笑了笑，往后退了几步，把肩上手里的袋子放下后，身上的黑色棉服像块发面面包一样发着油亮的光。他脸色蜡黄，好像被人抽干了血。

庄严利想转身，想回到车里去，奈何门缝里挤进来的冷风直钻人的裤腿，加之他裹身的衣物太少，他住了步子，想再确认一遍，就问矮女人："附近有修车的吗？""没的！"对方回得干脆利落。他一想，嗨，啥都不怕还怕冷？也不是怕冷，他也说不清楚，心里莫名掖着一股子恨，他不知道恨天恨别人还是该恨自己。

他突然想起了车里的水果刀，仿佛看到男人蛇皮袋里装好的人骨，还有紫色的液体流出来。杀人劫财，然后自首，或是自杀，庄严利的名字上了新闻头条……一个激灵把他拉回现实来，于万海说了什么他没有听见——可于万海不像有钱人。

于万海挪到庄严利身边，跷起脚后跟儿，试图靠近他的耳根，并用手挡住自己的嘴，压低声音："俺上去看过房子了，上头最后一间，有暖气，暖和……"他咬着后边的两个字，像自己捡了个大便宜似的。

　　这家陈旧、前后不着靠的小旅馆客厅里还烧着架排烟管子的炭炉子，炉子上的水壶正热气腾腾。外头屋檐上冒出来的黑烟在北风的侵蚀下，瞬间化为乌有。屋子里确实让人进来就不想再出去了。

　　庄严利没搭腔。于万海用最慢的动作掏出了有些破旧却挺直的二百元钱颤颤巍巍地递给了矮女人。

　　"俺先交上了。"他给了庄严利善意的一笑。

　　房费一晚六十元，房间押金一百元。于万海拿着找回的四十元钱卷成小卷，小心翼翼地再放进胳膊上那个黑色袋子的最里层，并用左手掌用力按了按袋子，然后迈着外八字步，提上所有的"家当"，上了水泥台阶直奔三楼去了，途中还咧开嘴回头望了庄严利两眼。

2

　　天底下的鲜奇事，偏偏遇上个倒霉蛋。

　　这个小旅馆和矮女人一定又是上天派下来折磨他的。反正这辈子不可能活着回去，劫财不成，庄严利想和命运抗衡一下。于是，他在脑子里预想了两种方案。一是他不打算理这个男人，两个男人挤一间房有时候比和一个女人相处更尴尬。二是他用身上所有能代表金钱的东西出马，当然，重要的时候打出动之以情，晓之以理的感情牌，说服他主动离开，给他腾出这点尊严之地。

　　真是滑稽。庄严利又打开了手机，嗡嗡几声响，是短信息，还有几个未接电话。他大体浏览了一下短信息，有骂人的，有往死里诅咒的，有要拿法律武器说事的，也有发狠拼命的，甚至还有扬言要同归于尽的。当然，还有少数以哭穷、哀求的方式服软……

　　庄严利还是用麻木的表情从鼻腔里哼了一下，心里在骂：这帮子催命鬼！老子不就欠你们几个毛钱，要是老子没了，你们要什么！接着，他打开了手机微信。两天整了，儿子庄小明还是没有回话，打电话停机，语音视频不接。这个龟儿子！上辈子的冤家！不好好上大学，他也来讨老子的命吗？二十分钟前，他翻看庄小明的朋友圈，他还发着各种豪言壮语，说什么不成功便成仁的屁话！真是不知天高地厚，看我回去怎么收拾他！庄严利在心里摩拳擦掌，把牙咬得咯咯响，恨不得今天晚上就飞到庄小明身边，先甩给他几个大嘴巴子，让他清醒清醒。

庄严利看一眼外面，又看一眼矮女人，矮女人始终没有抬头正视过他一眼。

他的脚步还是向楼梯的方向挪了，刚迈了几步，矮女人叫住了他："登记！"

庄严利只好乖乖地掏出身份证。

扶梯对面起皮的白漆还用最后一丝劲儿执着地抓着墙筋骨，地面上已有大片脱落的碎渣儿和许多小虫的干尸。

到了三楼，他开始找 316 号房。三楼是顶楼，一共不过五六间房，每个房间里夹杂着乱七八糟的动静。只拐一个弯就到了，在过道最里面有些扭歪的 316 数字是用红色漆写上去的。他想起以前，这类小旅馆他是不会住的，除了嫌弃不卫生，最主要的是不符合自己老板的身份。尽管他经常自谦地对外称，自己只有两个加工厂，手里上百名员工，顶多算是混口饭吃。话虽如此，但他的话里有底气撑着腰。

还有一个重点，不管住什么旅馆，他都不选最后一间，他觉得最后一间不吉利。不光他觉得，周家村的李大仙告诉过他，或是李大仙更加让他确信了这种感觉。李大仙讲，出门在外，别住尾房，有碍财运……他也不是深信不疑，既然听过此话，哪怕不信，他内心都会刻意避免。每年春节他都开着新轿车，经过几个小时的颠簸跑到离自己所在市区工厂几百公里外的周家村找李大仙算上一卦，顺便虔诚地放下几张红票子。好像每每遇到不顺心的事，让李大仙号上一脉心里才踏实。

现在呢，他再也不去了，他觉得太没有必要了。

以前没开工厂之前，说实话他不信这些。前妻王明娟说他迷信。有那工夫，多想想怎样搞活厂子吧，那么多张口跟他吃饭呢。他顶一句，你懂什么，头发长见识短。

黄色的木门房开着道缝，他还是进去了。身体是诚实的，尽管他脑子里还浮现出水果刀。

于万海停下手里的活儿，像迎接客人一样，笑容可掬地把庄严利接进房内。房内就一张眼观不足一米五的单人床，一张老式木桌，桌子上一台老式电视机。床上的白床单还散发着让暖气烘出来的掺杂消毒液气味的霉味。于万海上来打招呼："老弟，316号房多吉利！ 3——1——6，16就是顺顺利利嘛。"庄严利尬笑一下没搭腔，脑子里突然想起了以前看过的一个电影叫《泰囧》，于万海，王宝？我是那个落魄的徐朗？可笑的是，王宝和徐朗也同住过一间旅馆，上演过啼笑皆非的电影桥段。唉，他摇着头叹气，他哪有资格跟徐朗比啊。

于万海连忙从蛇皮袋子里吃力地掏出一卷被子，他一边掏一边说："工厂效益不好，好几个月开不上工资了，老板也不见人影了，卷铺盖回老家喽……"说完憨憨的笑就从他泛黄的脸上渐渐消散了，犹如晴朗的天空飘过一片乌云。只片刻，乌云又倏忽不见。他先把一床旧灰色床单铺地上，地上还有一个垫底的黑色垫子之类的物件，然后拿出被子铺在上面。他说："你睡床，俺睡地。"

庄严利急忙扯着他的被子说："不用不用，我坐着就行。"

于万海被被子扯住了脚后跟儿，跟跄了一下，像只风干鸡。

"坐着哪成？吃人的天，看你穿这么少，俺人糙，俺在工厂里睡地铺习惯了，加班加累了，俺就就地来一觉……"

"这怎么行？你睡床。"庄严利确实有些不好意思。

"对了，那个……房费。"庄严利从毛衣口袋里掏出一百块递给眼前这个陌生人，于万海连忙挡回去："急啥嘛。"庄严利推搡了几次都没有成功，就把钱放在了木桌上。其实，庄严利浑身上下除了几块零钱，就这一百块整钱了。如果车不出意外的话，他打算用这一百块钱给车加油的，车能开到他儿子所在的县城老家，他就别无所求了。他攥了攥手里的手机。

庄严利问："老哥，是不是沂东县城的？"

"你知道沂东县城？"于万海一个激灵。

"哦，俺也感觉到了，你也是那的，一个口音。"于万海像见到了自己的亲人一样，说罢就伸出双手握住庄严利的手。庄严利心里顿时软了一下，他感受到一双粗糙大手传递过来温度。

看着庄严利低头不语，于万海就从黑色袋子里拿出一盒烟。烟，当然是低价的那种。庄严利道声谢没有拒绝，因为他的烟瘾早就犯了。本来，他已经戒烟好几年了，自从去年压力大，他又拾起来了，自从续上了烟，比中毒还厉害，越抽越凶，越陷越深。庄严利点上火深吸一口，烟雾随之跟来。他说："老兄，来根儿。"

于万海摆摆手说："吃不了了。"

"戒烟了？"

"不戒也得戒，摊上了个熊毛病。"于万海苦笑着又叹气又摇头的。

"怎么？"

"肾病，这段时间严重了。大夫说，再不好好治，就成了啥尿毒症……"

庄严利心里一抽，把手里吸了一半的烟掐灭了。

"有病咋还去干活呢？"

"谁天生想干活，可话说回来，俺得感谢俺老板。"

"你不是说你老板跑了吗？"

"跑是跑了，他跑之前对俺还是很好的，知道俺身子不太好，就把俺调到了塑料厂车间外头干点打杂的活儿，不累，真不累，工钱还是照原来的开。"于万海坐在床上，打开了话匣子，赞美着他的老板，不像仇人倒像恩人。

"老板欠你多少钱？"庄严利不知被哪根神经牵了下问。

"三个月的。"

"你们有没有想着去告发他，给自己维权？"庄严利问得有些心虚。

"告发？俺们几个员工也商量过，最后统一想法，再等等吧。他不是坏人，可能遇到难事了，一时想不开吧，拉家带口的，不是万不得已不会跑。俺想，他总会回来的。"

庄严利坐在床上，额上起了一层细细的汗。他不知道是不是温热的暖气起了作用，他把外套脱了。

房间唯一的一个糊了薄膜的小窗明显关得不严实，外头的风用力地摇晃着它，时不时地发出呜呜声，像个哭夜的老妇。

3

"是啊，你的老板一定遇到难事了。"庄严利说，"你不知道干点生意有多难，现在不比以前了，这几年加上互联网的竞争，实体行业太难了。不瞒你说，我就破产了。"

庄严利悲伤的声调里带出两声咳嗽。他接着说："我欠了银行的，亲朋好友的借款，还有员工的工钱……我，打算这次回老家看那小子一眼，就一走了之……人，就那么回事儿。"

庄严利躲闪着于万海惊愕的表情。

"这就是你的不对了，再难也不能走！你就是再大的老板，俺也要说你！"于万海声调抬高，一副智者的姿态。他说，"再说了，你上哪走？天底下，你欠下的，能躲得掉？就算躲起来，你能过安生？"

"不是那个走，是那个走。"

"怎么走？你没有父母、老婆、孩子？"

"有，一个老父亲，老婆去年离了，有一个儿子从学校退学了在老家。"

"你还年轻别老是把那个字挂嘴上，那也不合适啊。"

"唉。"于万海端起塑料杯子，咕嘟咕嘟咽下几口水，接着说，"俺得了病的时候，遇到死胡同的时候，想过一百种死法，一根小绳就在床底下，一瓶农药也在床底下……死不了，这里不甘。"他指了指自己的胸口。

"你就说前年，俺和老婆子寻思了很长时间，决定在承包的十几亩的山脊梁上栽核桃树，这两年村里的核桃走俏，价钱上得去，购买的人也上去了。俺们去几十里远的镇上购来的苗，费好几天的功夫把树苗栽上。本想着过两年能结着利，谁承想，百十来棵小核桃树给俺剩了不到一半。"

"死了？"

"让人祸害了。"

"老婆子指着俺的鼻子说俺活得窝囊，核桃树让人祸害了这么多，报个警都还前怕狼后怕虎的，越老越没出息。"

"警，俺是要报的。俺就是想不明白，啥人非得祸害俺这么多小树，有种的你冲人来啊，树有啥错！再说了，你把核桃树刨走也罢了，非得从中间一半截断了，小树让毒日头一晒，都活不成了！俺心里有说不出的疼啊！"

话到兴起，于万海的脸是火红的，仿佛能烧开一壶水。

"必须报警。"庄严利说。

"俺报了警，警察围着'现场'拍了照片后就要走，说回去研究情况，要是立案的话，到时候让我等通知。其实，俺想跟警察说俺已经知道是谁祸害的，警察说要有证据。俺要是有证据早告他袁麻子了。不过，全村老少都知道是村支书袁麻子派的混混祸害的。"

"最后解决了吗？"

"等着吧，有啥法子，不过俺相信老天会帮好人的。"

"俺先出来挣两个钱养活家。总会有说法的！"

庄严利点点头。

于万海接着说："那年老爷子还活着时，发大水，差一点就淹了他住的小土屋，老爷子没地方住了，俺家里三间小屋住不下。村里会计说正好上头有扶贫政策，让俺背老爷子去村委找支书袁麻子想办法。俺把会计跟支书有过节那茬忘干净了，就去了。不料，俺和老爷子让袁麻子那俩赌博的儿子打了。说俺讹人，俺被打掉两颗大牙，老爷子摔了一跤，在医院里躺了半个月……俺不明白，他凭什么动手打人，谁给他的胆子？他是吃柿子挑软的捏！俺不服，就去告他。就这么把姓袁的一家子给得罪了。"

"没过两年，他小人记仇，没承想俺山上的核桃苗遭殃了……"于万海把自己的脸说得酱紫。

面对于万海的喋喋不休，庄严利心情平静下来，像石头落了地。于万海说："家家有本难念的经啊。"

停歇了一会儿，于万海的脸在房内大于等于二十五瓦的灯光下，恢复了蜡黄。

窗外，风的叫声忽远忽近。

赶巧不如赶早。这时，于万海的手机响了，是他媳妇打来的。老年手机通话旁人听得清楚，庄严利听着电话那头溢出来的激动。她说："村里通知咱们办上低保户了。""真的？"于万海连问三声后露出兴奋的龅牙。

他挂掉电话，像中了五百万彩票一样。有了低保住院就有指望了，报销比例就高了。真好！于万海好像把前面讲过的事忘记了，后面的时间都沉浸在喜悦里。

"回去还有几亩地，再开开荒山，这几年政策好，粮食也在噌噌涨……"

于万海望着窗外，他说，他今晚指定睡不着了，心里喜滋滋的。

"俺说啥来，俺不能死，死了啥都不是……活着就有希望。"

希望？庄严利问自己。

"今年春天，袁麻子的爹死了，俺去主的白事，俺去帮的忙，他闺女出嫁俺也随了礼……你看俺这仇记的。"于万海笑着自嘲起来。

"人死了，啥仇啊、恨的，没了，那你想想活着还费那么大劲儿记仇干啥？"

庄严利瞅着眼前这个其貌不扬的男人，内心也在翻滚。那些邪恶的想法抽打着他，想想自己在外面闯荡了这么多年，倒不如一个病人看得通透。

看着庄严利目不转睛地瞅着自己，于万海又说："老弟别笑俺，活着有希望是闺女说给俺听的。俺有一对双胞胎闺女呢。"提起闺女，于万海脸上浮起一层晴云，银牙笑出光芒。

4

于万海把前面说过的事抹过去了。像擦掉钢笔字的魔笔一样，他擦了开始重新写。话题是孩子。他说："俺两个闺女。大闺女明年要结婚了，不用多长时间，俺就要当姥爷了。小闺女现在在卫校里读了一年护理了，她毕业后一准是个好护士。"

于万海说着起身拿出手机，翻出几张照片给庄严利看，手机里几张两个几乎长得一模一样的女孩子摆着各种拍照造型，笑得阳光灿烂。

"你命真不孬！闺女好，闺女听话。"庄严利是发自内心的羡慕。他再一次打开了手机，说，"我就没有你的命好，我那个儿子……"

他面对眼前这个被生活历练得千疮百孔又坚韧的农民，不坦诚好像对不住人家。他说："我儿子不成器，大学一年级没上完，就要辍学，学校老师找我好几次了。"

"孩子叛逆很正常，爷儿俩多拉拉，拉开就行了。"于万海一副好心肠地说。

"拉了不听，他放着好好的学不上，非要创业，跟着几个年轻人去外地学开发什么软件。他都不知道他老子创业有多难，老子辛辛苦苦赚钱供他上学，望他有个好前程，他可倒好，拿着老子的钱再去创业，这个兔崽子真不晓得自己几斤几两啊！"庄严利肚子里的苦水在翻江倒海。

"别把话堵死了，孩子大了，由着他吧，兴许比你混得强。"

"狗屁！"

"让孩子娘多操操心。"

"她？她哪顾得上管孩子！"提到前妻王明娟，庄严利的心一下子凉了半截。

一看时间是后半夜了，外头的风还在跟窗子较着劲。刚才还兴致勃勃的于万海说蔫就蔫，庄严利看到他的眼皮开始打架了，就扶了他一下："老哥，睡吧。"后半夜的暖气明显弱了，庄严利穿上了外套。

于万海猛地坐起来，一个骨碌滑到地上的被子里，说："俺睡呀，有事明天拉。"

庄严利一把没搂住他，他不想让他睡在地上。但晚了，他沾着自己铺好的地铺就开始打鼾了。

房间内突然安静，气氛像个巨大的水气球笼罩住庄严利身边的空气。他倚在床头，失眠。他想着儿子此刻心里想着什么，他想着王明娟和那个中医按摩师怎么样了，他想着那些怀揣咒骂、哀求的员工，又是怎样的心情在这个寒冷的夜里睡下的。他越想越没了睡意，那根绷着的弦，此刻变得松弛下来。从这个水气球里，他看到世间的另一条缝隙，他使劲儿探进脑袋。还好，起码316 这个数字从这条缝隙里来看，也不是那么别扭了，甚至下半夜暖气消失的小小空间里，它是一个吉祥数字。

5

如果在这个水气球延伸的世界里窥探，王明娟在与她情人好之前，她还是较贤惠的。省吃俭用，买套化妆品都要考虑三天，买身衣裳货比三家……尽管她脾气也像个不定时就炸的气球，教育孩子也爱动粗，可她毕竟是为了把日子过好。

不分昼夜地加班，让王明娟身上的骨头不是突出就是疼痛。所以她找到了一个李姓中医按摩师。从此，在庄严利身上缺失的理解和关爱，不知不觉中随着疼痛的缓解就转移到了李按摩师的身上了。庄严利是无意中发现李按摩师那双不讨人喜欢的手在王明娟身上乱按的，然后工厂里的闲话就漫天飞。说什么，有人专车接送，王明娟气色越来越好……是的，他看着王明娟坚挺的胸脯分明是向自己示威呢。

事后，王明娟眼红鼻子酸地哭诉："不用手怎么按摩？你的良心被狗吃了。"浸泡在硝烟里的婚姻让庄严利喘不过气来。

终于有一天，王明娟提出了离婚。她太不道德了，以前的苦日子都熬过来了，好不容易生意有了起色，她却想逃，逃到李按摩师的怀里吗？

后来，庄严利一咬牙，就和王明娟去了民政局。市区的房子留给王明娟，是她自己要的，几辆车归庄严利所有，后来也被他折腾没有了，只剩一辆五菱宏光了。孩子庄小明说："你们离吧，我谁也不跟。"

王明娟临走时撂下一句话，她说："再也没人管你了。"

是啊，庄严利花天酒地的日子里再也没有了反对的声音。只是没有想到王明娟离开不到两年的时间里，庄严利的工厂效益呈滑梯式的速度下降，他就去想尽一切法子贷款。求爷爷告奶奶的，走动各种关系，比孙子还孙子地去筹货款。钱终于有了，庄严利又鬼使神差地在一个朋友的怂恿下玩起了高利贷，差点进了局子，半年下来庄严利脱了几层皮，他遭受到了上百名员工日夜不停的追资。

只因他听信了李大仙一句，那年财运旺，定能发一笔大财……当然，再给他一次机会，他也不能把责任推到一个算命老头的身上。

王明娟没有错，错在他。

还有庄小明，他又有什么权利去责怪打骂呢？印象里他还是那个顽皮又善良的孩子。他觉得他欠庄小明太多，他需要时间好好和儿子谈谈。他需要见到他。

蜷缩在地铺上的于万海吭了一声，并吃力地翻了一下身。庄严利把床上的被子轻轻地盖在了他身上，并把那一百块钱悄悄掖在了他的蛇皮袋子里。

他起身关紧窗子，发现清冷的天空里，钻出一个瘦小的月牙儿，月牙儿在黑灰的云层里穿过。

死都不怕，还怕活着？

唉！

他希望天快一点亮起来，车坏了，他还有一双腿，他可以走回去，跑回去，一天不行，两天，两天不行，十天。他起码还有一副健康的身板。这就是一切开始的资本。

他想打开手机，再也不关机了。

6

庄严利被外头一阵乱糟糟的说话声吵醒，他睁开眼，一道柔和的阳光从房窗里挤进来，照耀着他的脸。他身上整齐地压着被子，而地铺已不见。他坐起来，看到木桌上红色的一百块钱压在一盒烟下。

没了人影。人呢？庄严利感觉自己像做了一个梦。他连忙下楼，跑到前台，前台边，昨晚那个矮女人正在和几个女人谈笑，她的嘴似乎不再发紫了，甚至圆得有些可爱，她笑得前仰后合的。

一夜的风算是消停了，小旅馆屋里的炉子上的水壶依旧热气腾腾的。屋外，一缕烟飘浮在阳光下。

"请问，316 号房的于万海呢？"

"316？哦，他啊，天刚亮就走了。"矮女人满脸笑意地答。

"对了，他临走前留话给你，让你留着钱打车回老家。"

暮 色

1

回村的路上，天边有几抹红，像染血的飘带飘浮在天边，摇摇欲坠却又倔强着不肯撤去。徐春芳脑子里一直蹿跳着一匹马，马蹄声嗒嗒嗒，弄得她脑仁疼。她心里乱如麻。她朝自己的脸上拍了一巴掌，好让自己快点清醒一下。我咋有这样的想法呢？我这是在做啥呢？徐春芳满心的计划都是为憨龙所想，从小护她疼爱她的堂哥憨龙，这是割舍不断的亲情。

平日里壮得跟牛一样的憨龙说病就病了。他还有几个五十年啊，他心里有想法吗？我要咋开口跟他说？我要不要帮帮他？那个疼我的憨二哥啊，可那种事我要咋说出口呢？哎，人啊，真是复杂的动物，我这是作孽吗？徐春芳脑子里又是扯不开的麻，她叹一声气，眼前飘过村头杏树枝上挑着的青毛杏，她咽下去一口酸水时，一辆青皮小货车由村头跌跌撞撞地驶来。

徐春芳回头，货车后面拉起长长的尾气。尾气聚集成一团，眯人眼睛。徐春芳想到了母亲用玉米秸秆烧土灶时，灶尾里拉出来的烟，远远地看着都呛人。

　　车驶近，戛然而止，下来的人是郑来香。徐春芳不用靠近了看脸面，因为那装束一亮相，就再也不会让人忘了，只瞧着高高的头发盘起来，像个方向盘又像个鸡冠子，乌黑光亮。郑来香不仅和徐春芳是老乡，还是找她批发布匹的老客户。寒暄几句后，郑来香竟提起憨龙的好。她说："憨龙打的八仙桌十里八村找不到第二个——憨龙是好人啊！"

　　说完，郑来香的脸上掠过一丝哀伤，她唉声叹气地接着说："那个死东西真不如憨龙呢，起码憨龙不知道赌博，不知道到处借钱，不知道好吃懒做，不会动手打老婆……"徐春芳听闻郑来香的遭遇已久，便劝慰了她几句后准备继续去找憨龙。郑来香问徐春芳："他到底去了哪里？"

　　郑来香说："你去村东边的大堑找找吧，俺见过几次憨龙在堑上发呆呢。"

2

　　那种红，比血色还要深，比火焰还要鲜亮，不动声色地渲染了半边天，俨然一片血海。不觉中，血海里跃出一匹火红的跳动的马，它的头扭向身体一侧，嘴巴向上空用力张开。徐春芳对憨龙说，那是仰天长啸的天马。憨龙小时候在村里只上过两天学，自己的名字都写不全，他哪里懂"长啸"是啥意思，就连"火烧云"这个词，还是徐春芳告诉他的。坐在堑上的憨龙看着西山边正在燃烧的血瀑布一般的天空，一直乐呵呵地傻笑。突然，他站起来指着那匹马，跳着喊："芳，快看，快看，天马真的跑起来了，它跑起来比俺还慢呢，它跑起来不像马了，像狗！狗就在天上啊，咋还往天上跑呢？它要去哪里？天上还有天吗？俺以后问师傅去。"徐春芳被他逗得哈哈大笑，说："你师傅教你活计都愁死了，你可省点心吧。"憨龙依旧昂头挺胸地在笑。

徐春芳又瞥了他一眼："真是憨龙啊，不能你属狗就像狗吧，我看着它快变成了奶奶的棺材。"憨龙急了："真的，你再瞅瞅，俺不骗你……"憨龙的旁边还有一棵高出他两头的干枯老榆树，细弱的榆树是野生的，说它老，因它外表像棵已死的枯木。徐春芳留意到，从老榆树裂开的腰身处，炭黑衰落的皮层夹缝里蹿出一枝嫩绿的翠芽来。

这是多年来萦绕在徐春芳心头的一幅画。那是一个下午，她和憨龙坐在家乡村东边的大堑上一起看火烧云的情景。满目都是柔柔的云浪，美极了。

徐春芳觉得，世间再平凡的景物在憨龙的眼里都是不一样的。小时候玩耍，为了给徐春芳拿回被小伙伴抢去的泥巴，憨龙被一群孩子摁在黄泥滩边的泥水里揍成了泥人，多少次被孩子们压在大堑下面的深沟里打得鼻青脸肿。徐春芳说："憨哥，打不过人家，你不会跑吗？"憨龙憨憨地笑："俺跑了，你咋办？"

多年后，憨龙的声音仍萦绕在耳畔，转眼恍若隔世。电话里母亲再一次提起憨龙病了的时候，徐春芳的心猛地抽了一下，疼了许久。

挂了电话，徐春芳觉得有一把细细的沙砾卡在喉咙里，眼珠子也被突如其来的酸涩感刺得生疼。那种滋味甭提有多难受了，可是任凭她怎么努力就是挤不出半滴眼泪。如果憨龙就在她眼前的话，她什么话也不想说，只想紧紧地拥抱他一下。

憨龙是自己的亲堂哥，比自己大十岁。其实，憨龙有一个板正的大名，叫徐建龙。大名是徐春芳的三大伯去世前给他起的。

憨龙不到两岁时，三大伯就走了，撇下他娘儿俩至今。"建龙你憨啊。"这句话不知啥时候就成了村里人调侃憨龙憨的标准句子。久而久之，他们就把建龙两字换成了憨龙。

徐春芳叫哥的时候少，多数时候也随村里人叫起了憨龙，但在徐春芳的心里，憨龙并不憨，他只是一个心里装着童话世界的孩子。徐春芳没有亲哥，她小时候坐在憨龙肩头的时候，总觉得宽大厚实的憨龙比一个爹娘生的哥哥还要亲。

徐春芳三年没见憨龙了。

她不在城里，在外地忙布匹批发生意。不干木匠活的憨龙近几年也在外地加入了打工族的行列，两年才回家过个年。得知憨龙病倒的消息，徐春芳取消了去往外地参加布匹展销会的机会，回来就直奔沂东县人民医院。到了医院才知道，憨龙于一个月前就出院了。徐春芳又到了憨龙的家里，还是没见着人。憨龙的老娘，也就是徐春芳的三大娘，也在到处寻找他。三大娘一脸疲惫地诉说着憨龙曾经在痛苦旋涡里做过怎样的垂死挣扎。

告别郑来香，爬上土坡，徐春芳远远就看见四野里，一颗硕大的头颅架在一副弱小的身子骨上，摇摇晃晃地浮在土地表层。果真是憨龙！他多像一块被风雪剥掉的树皮，遗落在荒野中。他面对的不是有霞光的天边，他的视线被一块块蓝色的铁皮遮挡住，铁皮上覆着花红柳绿的广告，那里面将来是水泥钢筋铸造的房子。徐春芳走近了喊两声："二哥！二哥！"憨龙没有动也没有应。徐春芳转过身子，憨龙慢慢抬起头来，还是那张黝黑的脸，脸上的青筋过早地显露出来，但他还挂着往日标志性的憨笑。他笑得很短暂，很淡然，很平和，仿佛是张不能触碰的网，一戳就会破。他脑袋稍歪，脖子上围着一块深红色的手织围巾，围巾打着对扣，整齐地交叉在胸前。徐春芳看见围巾线梢处还沾有一些涎水，憨龙慢慢抬起微微颤抖的右手去擦围巾。徐春芳一把攥住了他的手，酸涩涌上来。憨龙慢慢翕动着嘴唇，叫了一声"妹"。徐春芳收了一下鼻子中的酸涩，大声答应了他。他认得她，他一定认得她啊！但她明显感觉到憨龙的手除了颤还变得僵硬，硬如风化后的顽石。她知道这是脑溢血的后遗症，还好憨龙抢救得及时，病症得以控制。他脑子是清醒的，思想是清晰的，除了身体的颤抖与倾斜，行动也没有受到多大的限制，不仔细瞅，根本看不出憨龙曾患过这般要命的症候。眼下是四月天了，憨龙脖子上还系着毛围巾，徐春芳上前试图把围巾给扯下来，憨龙拽住她的手执意不肯，憨龙有点急："别，别，妮妮娘的。"

"妮妮娘？村里的妮妮娘？"

憨龙使劲点了两下头，徐春芳突然明白了什么。

听三大娘说，自从憨龙得了病，脾气就变得不好了，喜怒无常的，隔三岔五没有缘由地骂人。三大娘常哭着问憨龙："憨子，你到底想干吗？"憨龙不但骂人，一向省衣节食的他变得对一日三餐挑剔起来，不合口味的饭菜还会掀桌子，掀完了桌子，又像个孩子似的哆嗦着手去地上捡起来吃。

三大娘又说，憨龙去年还一百七十多斤，唉，到出院，一折腾就那一把骨头了……三大娘提起这些，声音已抖得说不清一个整句了，只是低着头去抹泪。

母亲哀伤地叹了一口气说："可惜了好人，还不到五十，一辈子不舍得吃喝，憨人没憨福。往后，他想做点啥就依着他吧……"

他想做啥呢？徐春芳在心里反复问自己。

3

憨龙一米八的个子正符合村里人对"傻大个儿"的定义。他在家排行老大，下面有一个妹妹，前几年已远嫁到外村。其实，憨龙应是排行老二的，在他上面还有一个哥，小时因疾便早早夭折了。就这样，憨龙成了老大。徐春芳习惯喊他二哥或憨龙。憨龙见人就笑，张口就笑，闭口也笑，以至于年纪不大，眼角上就挂满了褶子。旁人说："憨龙，你别笑了，笑久了，皱纹多，显老，一显老，更不好说媳妇了。"憨龙咧着嘴嘿嘿笑了，说了一句："不怕。"

憨龙虽憨，却是一名优秀的木匠。那时候，很多人不相信憨龙能学会木匠活，他学木匠不选大木，选的小木。几年下来，一些简单的家具倒也做得有模有样，特别是打八仙桌。憨龙动作慢，说话慢，慢工出细活，做事实在，不偷工不减料，村里人都愿意让他做桌子，他们说憨龙打的桌子结实，让人放心。

但是，憨龙刚开始学木匠时着实费了一番工夫。一开始，拜村里的严老木匠为师。严老木匠不愿收他，别的徒弟讲个三五遍能通晓道理，而憨龙需要讲一天甚至三天才能达到别人所学效果。严老木匠说："说你憨不假，你还拧巴。选大木建个房子，看着费时长，这活儿糙点儿，倒与你对口。你选小木，打家具，那是细发活，容不得半点儿马虎，手艺活儿干不好，木匠这碗饭就难吃喽。"憨龙不说话，只会头捣蒜一样确认自己的决定。

试用期还没过，就被严老木匠撵回家好几次。最后，还是在大娘的几次求情下，严老木匠才勉强答应收了他。

严老木匠说："憨龙，说实话，你不是干木匠的料。你一身的憨劲儿，去学石匠、瓦匠，或者去推车子、垒院墙，卖力气挣钱也容易，何苦学木匠，恋这口巧食呢？"憨龙抱着推刨，提着手锯，嘿嘿地笑道："俺能学会。"严老木匠摇摇头："那就给我打下手吧。"憨龙这一打就打了好几年下手。他从不说什么，就会埋着头傻笑。严老木匠手下几个脑子活泛的徒弟，不管是大木还是小木，当师傅的当师傅，被城里高档家具店请去的请去，只剩下憨龙还跟着严老木匠在村里做着家具，做日常家具或是打嫁妆。一家人的生计也全靠着憨龙的木匠活养着。

徐春芳想到这里，眼眶湿了。想想，自己出嫁时，憨龙不分昼夜地给自己打嫁妆，所谓打嫁妆就是憨龙为她打最拿手的八仙桌。憨龙打的八仙桌不靠黏合剂和钉子，他就用最考验木匠技术的"开榫打卯"法。从选材、抛光、打榫眼，憨龙做得毫不疏漏。昼夜加班，一张桌子用去了憨龙一个多月的时间。除此之外，憨龙又给徐春芳打了八把小木椅。憨龙擦着头上的汗笑着说："妹，俺就会做这些了。"

　　除了打家具，让徐春芳难忘的还有几次晚上抢收地瓜干的事。

　　那时，徐春芳的父亲身体不好，干不得重活，特别是推车子。地瓜切了需就地晒干才可推到家里入仓。遇上天气好的时候，早天晚天的收地瓜干都不碍事，如收到天气预报有阴雨天，就需连夜去地里收地瓜干。那几年，总有几个黑夜时，憨龙帮自家推地瓜干的情景。憨龙脖子上套着车襻，弓着身子，爬上一个一个的土坡，拽扯着一个一个的下坡。哪怕是下着雨，憨龙也干得卖力。碰上落雨的天，大娘着急地说："憨龙，咱家的地近，先收了再去春芳家收也不晚。"憨龙嘴角上扬："娘，先收远的，再收近的。"为了抢收地瓜干，那个雨天硬是把憨龙淋感冒了。

　　眼看着憨龙往四十岁上爬了，还是孤身一人。徐春芳和三大娘焦急的心是一样的，她们都盼着憨龙以后有个家口，能吃上口热乎饭。起先，村里也有热心的媒人给憨龙介绍过对象，如小燕村的残疾姑娘小王，周店村的大龄女青年小冯，朱家峪子村的寡妇小朱，郑家独树村的离异女小周等。可惜的是，憨龙像与婚姻无缘似的，一一宣告失败。媒人把话说在憨龙的脸上，说憨龙憨透了，就知道锯木头，连姑娘的手都不会拉，更别提说巧话逗人家高兴了，你说咋谈恋爱嘛。憨龙听了只管低下头嘿嘿傻笑。

　　徐春芳知道，自己的憨哥并不是真憨，他心里起码还有妮妮的娘呢。妮妮娘前两年由于干电工的丈夫触电身亡，就成了寡妇。妮妮娘丈夫用的棺材，憨龙也参与其中，丈夫葬礼上，憨龙看着妮妮娘死去活来的样子，就跟着一块哭，号啕大哭，鼻涕眼泪糊一脸。旁人就说："看，憨龙又憨了。他爹死的时候，也没见他这样子哭过。"一个妇人拉扯着闺女不容易，剩下的日子里，憨龙时不时地利用下脚料给妮妮娘送去个板凳、小桌椅什么的。妮妮娘说，憨龙一句话不说，把东西放下就跑，真拿他没辙。妮妮娘给憨龙织了一条深红色的围巾作为回报，她问过憨龙喜欢啥颜色的，憨龙两眼眯成一条线说红色的好看。自从有了一条深红色的围巾，除了炎热的夏天，憨龙的脖子上就没有闲着过，不围别的。三大娘看出来了，就托人去妮妮娘家问过，愿不愿意跟憨龙再搭个新家。去人讲，憨龙就是太老实，心眼好使，更会过日子，虽眼下困难了点儿，以后靠他的手艺会越来越好的。

妮妮娘笑笑，说："找个日子让他来，俺跟他拉拉吧。"很快憨龙来了，很快憨龙又走了。媒人问妮妮娘中意吗，妮妮娘并没有点头或摇头。一年后，妮妮娘带着闺女妮妮改嫁到外地了。

从那以后，憨龙的笑容消失了一段时间。他把大把大把的力气都用在了打家具上。

<h1 style="text-align:center">4</h1>

徐春芳这几年在城里一直忙于布匹生意，很少回老家。但在她心里某个地方始终存着一个心结，一份牵念。就像无数梦里，她看到憨龙变得白发苍苍，一个人跌落翻涌而来的大海里或是那片火红的天边化成一缕烟，忽然不见。她想抓住憨龙的手去救他，却于事无补，最后在惊吓中醒来。

徐春芳给母亲打过电话，想让憨龙跟在自己身边做生意上的帮衬，定亏不了他。母亲回话说，憨龙不愿意。徐春芳太了解憨龙了，憨龙是担心自己做不好给别人添麻烦啊。

"哥，咱们回家！"徐春芳扶起憨龙，就像憨龙小时候抱起她一样。憨龙慢腾腾地立起身子，高大的憨龙变得很轻，轻得像秋天里一个遗落田间地头的玉米皮，微风一吹，就吹得很远的那种。

回到家，憨龙很快睡着了。三大娘一颗心也落了下来。

三大娘握着徐春芳的手说："芳，可累了你了。"

徐春芳说："都是自家人，别说两家话。"徐春芳坐在床前陪着他，她很久没有好好陪着自己的憨哥了。看着憨龙，她的鼻子和眼睛又泛起酸痛，她想掉眼泪，又怕那滴不成气的水落下的不是时候，惊醒了睡梦中的憨龙。

路上，已是近黄昏。她抬头，远方是一道灿黄无力的余晖，上空煞白，没一点色彩。雷鸣翻滚，她想把内心所有的难过一并痛痛快快地宣泄给无边的天际。他的生命不能只像这片白得不完整的天空，闪过就匆匆落下帷幕。人世间五颜六色，哪怕是一片热烈的红，也是生命来过留下的脚印，哪怕这脚印只踩一下，深深地烙入土地，也是没有白来过呢……想到这里，她擦干眼泪，蓦然，徐春芳脑子里就冒出了路上遇着的郑来香。

郑来香是村东头李瘸腿的前妻。郑来香在集市上摆摊卖布匹。布匹多数从徐春芳这里进货，徐春芳看着是同村人的面子上，经常照顾她的生意，以最低价批给她货。外头的传言啥版本都有，真是邪。郑来香的男人明明是块吃喝嫖赌的料，还被传成是由于郑来香开始卖布匹勾搭男人，才给无能的李瘸腿戴上绿帽子。就是离婚也是郑来香先提出来的。还有人说，郑来香天生一股子媚相，她不招惹男人，是男人恋她，谁不想看着好看的人多瞅一眼呢？别看郑来香到了半老徐娘的年纪了，在光棍或一些中年男人眼里可是块香饽饽。所以他的男人李瘸腿整天疑神疑鬼地以为抛头露面的老婆不正经，便动手打她，打一顿再来一句："打是亲，骂是爱。"这种日子郑来香是过够了。离婚，离不了，李瘸腿不同意，不同意就打官司，打了近半年的官司，最后法院终于给判了。婚是离了，恢复单身的郑来香没想到身边却也围满了苍蝇。这苍蝇一多，时间一久，环境得适应，她依然盘着高竖头，昂着胸脯子走路。但不得不服，她真是做生意的一块好料。集市上认识她的人碰巧路过，会咂着嘴扔下一句酸溜溜的话："快看，这女的又开始朝男人扭胯了，小心闪了腰！呸！""可不是，看她身上穿的，不知卖了多少肉。"不明所以的人会从那些人的口舌里，揣测出郑来香有多爱钱又多招人恨。

5

看着憨龙清澈如水的眼睛，徐春芳说："二哥，咱们让你郑家妹妹给你按摩按摩，你愿意吗……"

憨龙听了，擦一把嘴角的涎水，扬起嘴角，慢慢地上下晃了一下脑袋。

后天转眼至，等夕阳全部隐去了身影，憨龙特地穿了一件干净的西服，徐春芳打量着憨龙，她觉得憨龙从来没有这么健康过，也从来没有这么帅过。

郑来香出租屋里的灯光，如有温度的暮色，那种温度使人平和、坦然。色调无秩序地晕染开，照亮了屋内的每一寸地方，还有徐春芳的心。

徐春芳与憨龙叩开了郑来香的门，郑来香迈着轻盈的步伐把憨龙领进了里屋，憨龙又像个无辜的孩子回头望向徐春芳。"乖，二哥，你的病很快就会好了……"说完徐春芳带上门回了家。

出租屋的对面有一棵法桐树，徐春芳站在树下，风吹过，树上鲜绿的叶子发着沙沙的声音，仿佛正奏着一支贝多芬的曲子。

出租屋的玻璃窗上多了一层薄薄的纱布，飘动的纱布掩不住屋内昏黄闪烁的光亮。

吱呀一声，门开了。徐春芳快步迎上去。

尘土归位，徐春芳再次看到憨龙时，憨龙一个劲儿地冲她笑。恍惚间，她看见憨龙红彤彤的脸上正飘着云彩，那云不是白色的，也不是五彩的，那云说不上来是啥颜色，难道是属于憨龙自己的颜色吗？徐春芳快步奔向憨龙，憨龙又是灿灿地笑，那笑里划过一串热泪，泪滴晶莹剔透。他那个样子啊，比当年坐在大堑上看"天上天马"的模样还要可爱，一想到这些，徐春芳的心就化了……

朱家峪子的女人

太阳还没有露出脸，红英就把自家店门前以及两旁的路面打扫得一尘不染，嘴里还哼起了沂蒙山小调。

红英打扫完，拖着扫帚正要回店里，往东一瞅——李秀霞骑着电动三轮车来了。哦，挺早啊。她站下来，笑着朝李秀霞打着招呼。

李秀霞也笑着把电动三轮车骑到她跟前，下了车。红英看了一眼她的车后座上，今天不但她自个儿来了，还驮来了一个蛇皮袋子。从那鼓鼓囊囊的包来看，少说也有五六十斤。

李秀霞的家在十几里路外的李家沟村。自从去年田园综合体旅游景点开在了她村的村头，李秀霞和村里的妇女姐妹们做梦也没有想到，小小的山村，以前鸟都不愿在这拉屎，如今，在党的政策扶持下，直接改变了她和乡亲们的命运。并且扶贫工厂就开在她家门口。村头还开设了农村大舞台，成立了农民艺术团。从小爱表演的她经常说，做梦也想不到的事啊。于是她就报名当了农村艺术团的群众演员。几年前还与红英一起被市里评选为新时代的红嫂呢。这在沂蒙山区，这称号甭提有多光荣了。参加艺术团与红英认识后，两人成了无话不说的闺蜜。她们在一起参演的农村剧中，都是些有一两句台词或没有台词的群众角色，尽管角色小，也让她们乐在其中并感到自豪，都已经演出了十几部剧了呢。

没承想，咱农村人也能跟艺术沾上边，日子真是越过越有奔头啊。

李秀霞一指车后座说："旅游景区里来的人也多，看咱这附近村里的人都把自家的土特产拿来换钱，俺也把自家山上产的这些核桃驮来，想在表演节目的空当，顺便在这里卖了。"她说着支好车子，把后座上绑蛇皮袋子的绳子解开，把袋子提下来，敞开，伸手从里面拿出一个装了有二三斤核桃的塑料袋说，"这是给你的，你尝尝，怪新鲜。"

红英说："俺不要，怪贵的，你留着卖钱吧。"

李秀霞说："再贵，也得给你吃。俺不能老是眼盯着那三块五块的钱吧，这是咱姐妹两个的情义！"

话说到这个份儿上，红英就把那塑料袋接了过来。两人说着话进了店，李秀霞把提的蛇皮袋子找个地方放下。

听见媳妇同人说话，红英的男人郑树军走过来，他笑着对李秀霞说："又来演戏了？"

李秀霞说："打电话让来，我不来能行嘛！孬好也得来啊，听说市里有艺术家来观看呢。"李秀霞笑得像朵芙蓉花。

郑树军说："人，还就是个精神头来着。你看看这位……"他指着红英说，"天不明，不但早早地起来烙了煎饼，这不，俺还躺在床上，她就把店门前扫了。说你早来，今天让俺看店，别耽误了和你一起去排练演剧。你们怎么一下子有了这么大的精神？"

"人要欢，进戏班。这精神头，是赶上了现在的好时候呗。"李秀霞高兴地说。

"今天又来艺术团了？"隔壁刚来开张卖茶点没几天的王嫂在门前走过，听她们在说笑，就站住朝店里的郑树军问。

郑树军看一眼王嫂，走到店门口说："前天就来了，你也想参加？"

"俺参加也行，就是不知道怎么报名。"

快人快嘴的李秀霞说："把电话号码留给他们，只要有合适的戏，他们就按照留的电话号码打电话。"

郑树军说："王嫂也快快参加，你看这精神头，就像打了鸡血似的，不然能这么高兴？"

郑树军在景区里承包的这个地方不大，但后面有个小石院，小石院的后面有棵紫藤，紫藤花开了，铃铛样的花缀满了枝丫。风一吹，阵阵香气飘满小石院。太阳光下，串串紫红色的花穗，发着金光，闪闪的。

小石院左边是一条清溪，溪水潺潺，那些分不清有多少条，红英又叫不出名的小鱼儿，在波光粼粼下捉起了迷藏。红英对李秀霞说："张姐，我煮些面条咱们吃，吃了早早去。"

李秀霞笑笑应着，就走到小溪边上，看清清水中的小鱼儿。

小鱼儿一会儿跃上水面，一会儿憩在水里的石头上。

在这景区，红英和丈夫郑树军也是老买卖了，他们俩各忙各的。丈夫经营特色服装，卖八角帽、小孩子穿的红军褂等"军服"；红英则是搞地地道道的沂蒙大煎饼。平常这个时候，她会早早地忙活着洗菜叶子、黄瓜、蒜薹，准备好鸡蛋、肉渣、花生酱、咸菜等必需物品，把各种粮食做成的手工煎饼一一搬到小石院门口的木摊上，准备营业。今天得演戏剧，她就放下买卖，先顾了自己的爱好，参加艺术团的演出呢。

红英的婆婆是位老红嫂，革命时期，担任过村里的妇女儿童救助会会长，给战士们做过军鞋、熬过米粥，还救治过伤员，是人人敬重的沂蒙老红嫂。

如今，新时代了，红英也接过婆婆的光荣传统，拥军爱民，也动员过村里的妇女给部队战士绣鞋垫。

　　她和姐妹们鞋垫绣得最多的内容是绣字：精忠报国、保家卫国、壮丽山河、一生平安等，这不仅仅是寄托，更是对他们殷切的嘱托。她们绣技熟练，慢工出细活，绣出来的鞋垫针脚细密，图案栩栩如生，针针线线穿插之间牵引着过往岁月。她们亲手绣出的鞋垫，曾送到公社武装部，让他们转给部队的同志，表达自己的一份爱心。几年下来，她们送给部队的鞋垫达几万双。更是用几年做小生意积攒下来的物资无偿送往部队，一直到今天仍然没有间断过。更让自己的两个儿子毕业后参了军，成了新时代合格的军人。为此，她无比光荣与自豪。

　　李秀霞则在老家种小米，种山核桃，把它们无私地送到武装部，送给部队战士。把自己节省下来的钱每年都捐给县红十字会，省吃俭用，用自己微薄的收入资助了数十名高中生顺利进入大学校园。她说，张桂梅是她的偶像。

　　正是两个人相似的经历和共同的梦想，让她们一认识就成了好朋友，现在又是一个艺术团的好搭档。

　　红英忘不了四年前的那天早上，一大早，她的摊前就站满了吃煎饼果子的客人。有一个四十岁上下的女人不买煎饼，却一直站在旁边，在看红英手上麻利的动作。看她站得时间久了，红英问她是哪的。女人答是李家沟。红英问她："来旅游的吗？"她说："不是，咱庄户人有啥工夫旅游啊。我是听说来这里能报名参加艺术团演剧，不但能当演员上台，还给钱，就来试一试。可不知道找谁。"

　　吃饭的人多，红英不停地忙活。在她忙得不可开交的时候，一个排队买煎饼的人愣着神瞅她。她一看那穿着，知道是招演员的人，在递给跟前顾客煎饼的时候，红英就冲瞅她的人问："老师，今天招不招群众演员，俺去当群众演员吧？"

　　那人说："招啊，我看还真的需要你去。有个有几句台词的小角色，你去演，很合适。现在导演正需要有特点的群众演员呢。"

"真的？"

"这还有假？"

"俺去，但你看看俺的这位姐，专门从李家沟跑来，也想当演员，你也要上她，行吗？"

"她……哦，我还真不好说，过会儿一起去面试一下吧。"

红英一听要她去上台扮演还有几句台词的群众演员，又能与跟前的这位大姐一起去，高兴得差点蹦起来。

忙活了一阵子，红英把生意照顾得差不多了，停下手里的活，她解下围裙扔进丈夫郑树军的怀里。

丈夫说："你呀，想演剧想疯了。"

红英上前一把兴奋地拍拍丈夫的肩膀调皮地说："好好听话干活，回来不光有奖励，俺还给你煮鸡蛋，给你染红的、绿的，装进网兜里，让你提着吃。"

接着转身对李秀霞说："走，姐，咱先吃点饭再说。"

对，那个想演戏的女人就是李秀霞。

红英拉着李秀霞进屋，叠了煎饼让李秀霞吃。李秀霞说在家吃过了来的，自己去倒了一碗茶喝。红英吃了一个煎饼后，就拉着李秀霞去艺术团面试群众演员。

从那之后，两位沂蒙山的新红嫂红英、李秀霞也走上了文艺道路。

别看红英和李秀霞演戏是半路出家，这一回生两回熟，顺利通过面试之后的几次演戏，让她们真的进入了角色。她们演的大多是抗战时的革命剧，换上旧时的服装，再简单一装扮，两个女人活脱脱又回到了抗战年代。在一次群众大转移中，红英还主动地对李秀霞说："张姐，你再走得慢一点，把包袱有补丁的一面露出来。"红英俨然就像个专业演员，还指导着别人。

有一次剧情演到鬼子进村搜查八路军，把村民一个个押到场上，逼迫村民交出共产党八路军的伤病员的那场戏时，其中一个群众演员有两句台词，团长打量了一下这里边的人，问："谁合适？"

一听有台词，可把李秀霞激动坏了，她自告奋勇出演。

拿到台词练习了几遍后，从李家沟村来的李秀霞表现得信心满满，当了多次群演，这次真的是头一回有台词说，甭提有多兴奋了。等到真正开拍时，她完全把自己融入角色，举起胳膊喊："二婶子，你不要怕，八路军的伤员是我藏的，我带他们去。"没想到第一次说台词的李秀霞，竟然一下子过了，还受到了团长及剧务组的夸赞。

时间一长，李家沟村的李秀霞与红英成了闺蜜。一天，看到剧组里一个五十多岁，长相气质都很好的中等个子男人，李秀霞的心动了，她一直瞅那人。红英看她那样瞅一个男人，就问她瞅什么。她小声告诉红英，那人，很像她当年暗恋的那个人。

接着她说，那年，她还不到二十岁，村里学校教学的一位老师姓刘，四十多岁，她和同班大的女青年王霞傍晚到学校玩过几次。后来有一次，她自己一人经过学校，刘老师正好在门口，平时她对刘老师就很有好感。她从小就稀罕有知识、有文化的人，而刘老师就是她梦中情人那一款……告诉了红英这些，红英什么都明白了。红英问李秀霞："你同你丈夫的感情，现在……"

李秀霞说："很好啊，俺心里有他，他也很稀罕我、疼我，俺也对他好。说句掏心的话吧，我还是不好忘掉那个人。毕竟他在俺心里了，他的样子已经烙在俺心里了。自从他走后，俺还念叨了他好一阵儿，一看到眼前这个人，我抑制不住想念多年不见的那个他。我这样想不是不道德，他在我心里是纯洁的，现在更是革命的纯洁友谊了。"红英点点头，拍了下她的肩膀说："人的感情是复杂的，你说的这些，俺能理解。"

"但是，可别忘记了咱们是红嫂啊！"

"当然了，咱们是红嫂。"

李秀霞说："来到这里后，尽管做剧组群众演员，但我感觉自己像变了个人似的，精神很充实。这里的环境好，又有革命传统。"李秀霞挺起胸脯来，接着说，"我从书上看到，当年，这里是咱沂蒙抗日根据地的中心，咱们中共山东分局（山东省政府前身）、八路军山东纵队、鲁中军区，山东战邮、大众日报、北海银行等众多领导机关和单位都曾在这里驻扎。徐向前、罗荣桓、王建安等众多开国将领都曾在此工作、战斗和生活过，留下了光辉的足迹……"

"自从政策一落实，下边派驻村干部来，田园综合体建起来了，我们的家园一天比一天好。你看这几年这里的变化，成了全国的'第三批中国传统村落'和'中国十大最美乡村'不说，还被称之为'北方小云南'。厉害吧！咱们这里的村庄好就好在完全原始，依然保持着朴素的古村落。你看这村庄里所有的巷子、墙、房子全是用石头一块一块搭建的，没有钢筋水泥的凝固，更没有工业的污染，是纯正的原生态。就像你烙的煎饼，原粮，不掺假，菜都是自己家院子里种的。游客一个个地品尝，吃一个还想第二个……来这里的人也一样，来了就会慢慢爱上这里的。"

李秀霞把心里的话向红英说着，红英就点头同意。

她很有感触地说："俺来团里演戏，家里的事也不能撂了，种麦子时我就在家种麦子，掰玉米时就掰玉米，刨地瓜时就刨地瓜，农活照样做，红嫂咱照样好好当。山上的几亩核桃也耽误不了。咱是农民啊，不能抛开了农活去干其他的。团里有需要，就来当群众演员。参加演戏，走进艺术是为了开心，为了有精神寄托。那天，胡家营的那个瘦个子女人对俺说，这个团里剧组给钱太少，才给四十块钱。俺说，你没想想，咱换上衣裳拍了有几个镜头啊，十分钟不到，人家就给四十元。人，别不知足。"

说到这里，李秀霞哈哈哈地笑："真没想到，俺这四十多的人了，一下子还成了演员。有了这份欢快，心里真舒坦。看你还经商做生意，俺把自己家的农产品拿来，不演戏时，俺就卖咱地里出的、树上结的，俺也要学会经商，当个商人呢！"

听李秀霞在看待钱上的态度，红英一下子感觉这个女人很高尚，是自己心中敬佩的红嫂，红英喜欢她的性格。她为有这么一位有一定精神境界的闺蜜而高兴。

她俩自然是无话不说的知己。李秀霞还告诉红英，那天，演日本鬼子抢花姑娘那场戏时，群众呼呼啦啦地跑，日本鬼子在后边追，过后团长表扬她差点摔倒那一下，演得很真实，身上很有戏，很活泛。她说，那哪是身上很有戏，是让右边的一个老头一挤，脚下有块石头一绊，并不是故意演的差点摔倒。

"看来是让你无心插柳，柳成荫了。"红英笑着说。她继续说："就是俺一直瞅着的这个哥，他在俺旁边跑，眼看我要摔倒，他一下子扶了俺，胳膊架在了俺的胸脯上，俺才没摔倒。""哦，原来是这么回事啊。"红英插话说，"那次，吃盒饭的时候，你直立立的身子，像个雕塑样坐着，饭也没吃两口，也是心里光想着他吧。"李秀霞说："俺就觉得他那双眼睛在后面正瞅着俺呢，俺得表现得好点吧，再说咱不能失了红嫂的身份呢。"红英竖起大拇指："你真是这块料，样样都行，俺得跟你学习。"

"哪里，说这话，俺才真的脸红呢。"

李秀霞这样一说，红英笑着看了她一眼。这一眼把李秀霞看得有点羞，一个四十多岁的女人竟然害羞得像青春期的少女一样，脸一下子红了。

李秀霞又说："他也不是故意扶俺的，你可别瞎想。"

红英笑着小声地对她说："张姐，演艺圈里的绯闻太多，咱可不能演了几回群众演员，整出一些让人家当笑话讲得满城风雨的绯闻来。咱是新时期的红嫂，还得板正地过日子，传递正能量啊。"

李秀霞听了，用胳膊肘狠狠地一捣红英。然后，两人"咯咯咯"地笑了。笑声悠远，回荡在美丽的小山村里。

牛 哞

媳妇往鏊子里添了一把麦秸，鏊子上热气腾腾的煎饼就开始卷边了。媳妇脸上的肉紧缩着，泛着铁青色。

她对刚磨完牛饲料回家，蹲在鏊子边等着吃热乎煎饼的刘宝山说："宝山，烙煎饼前，我去牛棚里发现那头老黄牛又不吃食了，它肚里还怀着崽呢，你说咋整？"

"啥？前两天不是精神了吗？"刘宝山接过媳妇递过来的煎饼，脖子一抻，闭上张大的嘴巴，立马把热煎饼撂下，两步跨出了锅屋（灶房），小跑着直奔牛棚。

老黄牛双腿屈膝，把长脑袋直挺挺地滩到地上，像蔫巴的秋茄子，皮槽里的大豆饼牛食没见少。

刘宝山心里像揣了只兔子，他忙蹲在黄牛身旁，来来回回摸着牛头、牛耳朵、牛脊梁和隆起的牛肚子，他用湿布轻擦着从牛嘴巴淌出的涎水。老黄牛眨了两下眼，它的眼里已没有了玛瑙般的光泽，一层污浊的水雾蒙在有血丝的眼球上。

情况不对！刘宝山心里的鼓越打越响，急忙掏出手机给兽医老李打电话。电话刚通，刘宝山声音急促："老李，快来！看牛！快点！……忙？老李老哥啊，十万火急，先过来看看牛！十里八乡的谁不知道你的医术……长翅飞？要是能长翅最好不过了，赶快吧！你再不来，我这就去你那里请你。"刘宝山带着哀求的声音说。

老李在电话那头安抚了刘宝山一番后，说尽快过去给牛瞧病。

挂掉电话，刘宝山出了牛棚，点上老旱烟，紧皱着眉头去了刘家庄村外的田埂上。

刘宝山抬头仰望，似乎只有在田野上，在农家院里憋足了力气的牛哞的一声叫唤，难熬的冬天才会过去。春上，温和的风儿一刮，返青的麦苗们、草儿们听到牛的哞声，一夜就能醒过来。再过几个节气后，土越发松软起来，草真正强盛起来，成群的牛儿便也可以到田间地头撒起欢儿来。

刘宝山坐在田埂上瞅瞅天，昨日牛群布满山坡的情景从脑子里涌出来。刘宝山对牛的感情淌在骨子里，他小时在生产队放牛，爱在沟边，在岭坡同牛拉呱，诉心事。他最爱拉的就是，他小时候差点被河滩里的水冲走了，幸亏抓住了河滩边上一头老牛脖上的缰绳才没被水冲走……牛是他的救星，牛是他的福星。

他最喜欢听的就是老牛憋足了力气，对着原野发出浑厚的叫声。老牛长长地拉开嗓门的一声"哞"，年纪小小的他听到的似乎是天与地在和他对话。

牛不仅能帮他耕地，还给他换来了不少钞票，让他日子越过越有奔头。想想在城里打工的儿子也到了成家的年纪了，他盘算着将小牛犊们拿去市场卖，卖到一个好价钱，他就有了底气了。

农忙过后，他还时不时地把牛牵到田间地头上来啃草，这时村里也有几头牛出来，老的小的。于是，你叫一声，我应一句，满坡春雷般的动静让人心里充满乐趣。

看着牛棚里的老黄牛，刘宝山就像看到了自己。辛劳之余，他坐在牛棚里泡一杯浓茶，把嘴一咧，逢人就吆喝："老头子我靠养牛，不比年轻人在外面挣得少。你们知道吗，国家现在提倡养殖产业，我是举双手赞成。去看看我牛棚里的牛崽吧。"

媳妇从田里回来，朝他自豪的脸吼了一声："麦苗旱了，你不浇地，整天揣着那些祖宗夸！"

刘宝山瞥了媳妇一眼："你懂啥！到麦季后，我种上十亩八亩的玉米，让这些家伙吃饱喝足。"说罢便抿一抿嘴，拿起自制的木耙子，嘴里哼着曲儿，走到一头正在嚼草的小牤牛跟前给它挠起了痒痒。小牛抖抖身子，甩甩牛尾，轻轻哞一声。

刘宝山就没有外出打过工，养牛数量少时，就跟随村里的建筑队打些零工。他不是恋家。他说，自己从年轻时就恋牛，一到晚上听不到牛哞，就睡不好觉。农村人听不到牛哞是很难受的事情。在家看看田间地头上的庄稼，多听几声牛的叫声，脑子就活泛了，精神也抖擞了。

刘宝山的这些话其实是说给儿子刘强听的。

"听说有继承老子财产的，没听说有继承老子养牛的。"刘强顶撞他。

刘宝山憋红脸说："别人出去上哪我是管不着，但是老子就能管得了你！谁让你是我儿子！成了家，替老子好好守着这些牛。"

刘强不听他那一套，扭头就走。

真是一对活冤家呢！

儿子喜欢在外面闯荡，他对牛哞声表现得很厌烦。"都什么年代了，还喜欢听牛叫，还想让我在家听那些刨蹄子的犟牛叫，真是神经病！"刘宝山听了刘强的话，气得肚子鼓得活像牛栏里的老黄牛。"兔崽子，牛是有灵性的，认人，它从来不踢我！"

从田里回来，整个下午，刘宝山一直猫在牛棚里，催促着兽医老李。老黄牛病情加重，像人一样发出一阵阵轻重缓急的咳嗽声，嘴角还流下一摊子涎水，长长地扯着一条线。它眼睛愈发浑浊，头耷拉着，滴水不进。怀着牛犊不吃食怎么行！媳妇专门给熬了小米粥，刘宝山把食里多添加了黄牛平时最爱吃的豆饼，这些措施最终也没起啥作用。刘宝山看在眼里，急在心里，很快，刘宝山的嘴唇烧起一个个上火起的燎泡。

刘宝山脚一跺，骑上摩托车去了郑家独树村，硬是把兽医老李拽来了。老李白天在县城里的兽医站上班，晚上回家后找他给牲口看病的仍然不在少数。现在村里养牛、养猪的越来越多，他干脆从位子上退了，回来在自家院里的偏房开了间药铺继续当兽医，必要时提供上门服务。

老李来了给老黄牛看了一番，说是黄牛得了流行的疫病，需要马上打针灌药。刘宝山听了，吓得赶快照吩咐办。

一天一夜过去，黄牛的病情好像轻了许多，但他丝毫不敢松懈，因为老黄牛怀着牛犊。他一直盼望着老黄牛九个月后能顺利生下小牛犊，现在还差两个月。

村里实行责任田制后，刘宝山家的牛的数量更是递增式地涨。多数喂养的都是牯牛，养头老黄牛不光是耕地需要，老牛如果下了崽也是一笔不小的收入。这些年，刘宝山第一次养母牛，他本想用这头老黄牛春耕秋收的，没想到买了一头带崽的母牛。

当初，刘宝山把黄牛刚牵回家，媳妇就没看中，说："这牛这么老了，凸着肚子，一看就消化不好，又瘦得吓人，你怎么敢买？又让牛贩子坑了吧。"

刘宝山不搭腔。他看着瘦得排骨凸显，又鼓着大肚子的黄牛也一度对自己当初的决定产生过怀疑，难不成得了大肚子病？直到叫来兽医老李给看了后，他的脸上阴转大晴。

老李说："牛没有毛病，就是怀牛犊了。老刘，你等牛犊下下来，养到年底一卖，那就又白赚一头牛……"

打点完老李，刘宝山大喜，对黄牛更加细心伺候着。用媳妇的话说，伺候祖宗也没有这么上心。

刘宝山一开始并不是觉得自己花钱少捡了个宝，而是觉得黄牛和自己有说不清楚的缘分。

　　当初买牛，是刘强陪着去的牛市。牛市地点设在独树村的农贸集市上。可以说，在小小的沂东县城内，这是远近有名的一处大牛市。不知什么时候形成的规矩还是习惯，牛市赶黑，人们在牛市里交易完，天都不会亮，等天稍微一放亮，牛市就收市了。由于牛越养越多，小牛崽买不着，正是资金青黄不接之时，刘宝山怀里揣着借来的几千块钱，到处寻找着心目中可以耕地的黄牛。他发现了一边角落里的老黄牛。很快，牛经纪看见了他，就凑过来问他中意哪头牛，有啥要求等。他把心意跟牛经纪说明白了后，牛经纪也推荐老黄牛。刘强劝刘宝山不能买，嫌牛太瘦且老。刘宝山不听，听了牛经纪的建议，说瘦牛要是一旦养上膘，卖的话又赚一大笔，要是留着耕地，有劲儿，抗劳。

　　就这样，刘宝山给了牛经纪五十块钱介绍费，又掏空了口袋里的钱，把老黄牛牵回了家。

　　刘宝山尽心尽力地伺候老黄牛。有一天，刘宝山龇着牙跑进堂屋里，对媳妇说："你知道牛笑是啥样？"媳妇瞥了他一眼，没有搭理他。

　　刘宝山说："牛刚才对我笑了呢。"

　　媳妇有些不耐烦地说："牛会笑？你怎么不说它会说话了？它没有叫你声爹？你咋知道它那是在笑？"

　　"你看看，你咋不信呢！"

　　刘宝山鼻子一抽，眼一挤，露出一排前牙，褶子聚一块，使劲挤出笑的模样来，说："你看就这样笑，和人差不多。"

　　媳妇就问他："牛为啥朝你笑？"他说："我给它添草时，让它拿头拱了一下，结果我没站稳，摔了个四脚朝天，我回过头来，它就朝我嘿嘿嘿地笑开了。"媳妇看着他的滑稽样，活像个小丑。

　　"老头子，你是被牛弄魔怔了，改天我烧张纸。"

　　刘宝山使劲白了媳妇一眼。

　　黄牛真正趴下去没有再起来，是在一个有雨的下午。

那天的绵绵小雨下到了深夜，刘宝山就守在黄牛的身边。媳妇红着眼对他说，牛趴下去估计就起不来了。刘宝山让媳妇闭上乌鸦嘴，他说，他不相信。他一遍遍地给黄牛饮水，甚至把黄牛的嘴巴泡在了水里。

刘宝山一切努力终还是白搭，牛滴水不进。刘宝山急了，根据多年的养牛经验，这不是好兆头。

天黑时，刘宝山瞅着牛肚子喊："快看！小牛犊在肚子里还动弹了呢。"

凉气在半夜大量涌出来，刘宝山冷得回屋睡了一会儿。就在这时候，黄牛突然仰头朝天，吃力地张开嘴巴用低沉、呜咽的声音叫了一声："哞——"

后来，老黄牛头就垂下去了，两条前腿先跪下去后，整个身子侧着趴下去了，牛眼也慢慢闭上了。

刘宝山看到这种情况急得豆汗直流，半夜又骑上车去敲老李家的门。

门半天才敲开，老李说救不了了。

还没等他吐出下半句话，老李就被刘宝山带来了，老李给躺在地上的牛检查了一番后，把头摇得像拨浪鼓，说："唉，没得救了。"

"牛犊呢？"

"牛犊下不下来！"

刘宝山一时没有缓过神来，像被当头浇了一盆子冷水，半天才说："不到两个月，牛犊就能下下来了！"老李说："老刘，我尽力了，牛太老了又带着牛犊。要是小牛的话，这个病还有救过来的希望……唉，你这次损失不小啊……别难受了。"老李叹完气接着说，"趁现在黄牛还热乎，你得抓紧找下家，趁现在牛价行情好，找牛肉贩子，卖肉吧！只有这法还能减少些损失！"

刘宝山说："它是牛啊，怎么能忍心把它开膛破肚？"

"我也是看在眼里，急在心里啊，这头牛不光是你的心头肉，养了这么长时间了，说没有感情那是假的。我当兽医，对牛也是有感情的啊，更别说，它肚子里还有头小牛犊，可惜了！"

老李说得刘宝山和媳妇眼泪止不住地往下掉。刘宝山说："老李啊，我求你了，再操操心吧，你有经验……就……"

"自己处理吧！"老李临出牛棚时又撂下一句话，"老刘，明天还能行，眼看这天一天比一天暖，时间长了，肉就不行了……"

刘宝山把头垂在胸膛上，媳妇只管把头摇得像个拨浪鼓一样。

把老李送走后，刘宝山自己一人一直坐到了天亮，眼不闭，水也不喝。媳妇知道他心里舍不得将牛卖给牛贩子，那是一头牛啊！农村人对牛的感情是他人所不能体会的，也理解不了的。不单单是损失钱的事。它是农村人的亲人。媳妇的嘴里也像嚼了口酸苦的杏儿，心一软，泪珠子扑簌簌地掉下。

巴掌大的小村子里谁家买了牛、卖了牛，或是下了牛、死了牛，消息传播得比瘟疫还快。加上老李在牛棚里折腾了半天，刘宝山家死牛的消息，惊动了左邻右舍，他们都来露头凑个热闹。

第二天，太阳刚露出脸来，邻居赵丰国来了，他一进屋就喊，你家里折腾了一晚上，牛处理了吗？

刘宝山拿红红的眼珠瞟他一眼，说："我一会儿就去把它埋了！"

"啥？埋了？"

"嗯！埋了！"刘宝山像是跟自己说的。他说这话，媳妇听了也很吃惊。媳妇狠狠地拧一把自己的胳膊，感觉一下是不是在做梦，感觉一下他还是不是刘宝山，她还是不是张秀兰！

媳妇没有听错，刘宝山要把牛埋了。

"喂了大半年的牛，你要埋了？"赵丰国不敢相信地瞅了一下刘宝山，他看到刘宝山铁着板硬的脸，便没有再言语。

"你还嫌祸害的钱少啊！你打算把它埋了？"媳妇问他一遍，她怕刘宝山脑子一时进了水。

"埋！"刘宝山冲媳妇吼了一声。

"埋了，儿子房子首付款拿什么来交？儿子打电话来说，他把媳妇领回来，明年一成就要定亲了，定亲，结婚哪里花不着钱！我看你咋办？你拿什么还亲戚的账啊！别人家死了牛，谁家不卖肉啊！少赔一点是一点，多少卖给牛肉贩子些，还能得几个钱，庄稼人来个钱容易嘛！"媳妇说完眼泪又唰唰地向外流……

听媳妇带着哭腔的抱怨，蹲在地上的刘宝山抱着头像个瘟鸡。

前些天，在市区里打工的刘强说，已经交了女朋友了，今年过年领回家来看看，如果合适，过完年就要把亲事定下来。

定下来之前得准备在城里买套房子，这是女方家要求的，也是儿子在城里将来发展的需要。可买房不是小事，是农村人一辈子的大事。县城里的房子眼看着飙到万八千元一平方米了，市里万元的房价属正常，可对农村人来说，交个首付款就需搭上一辈子的积蓄。定亲还有定亲的花法儿。

比如，男方还需送女方三金——金项链、金戒指、金耳坠，这是风俗。媳妇跟刘宝山心里有沉甸甸的责任。他们知道儿子现在手头上攒的首付款根本不够，剩下的还得老两口想法子。再者，儿子准备定亲，礼金也不是个小数目，再加上这三金……

现在唯一的希望老黄牛也指望不上了。从那以后的几天，刘宝山吃了饭，闷着气就去岭上转悠，远处工地上大大小小的叉车、吊车施工的动静搅得他心里烦透了。他把脸拉得老长，他让媳妇问问大舅子，能不能今年先不还他钱。媳妇说："我怎么好意思开口，让我娘带话吧。"唉，都怨刘宝山那头倔牛。现在好了，一家人每天晚上都睡不着觉，一心在想还能去谁家借钱呢。他们把村里能借的、可借的、合适借的都来回想了几遍。咋去借，借的时候说点啥，借多少，他们能给多少，一家人计划啥时候还上等问题。有时候，鸡叫了，两口子才合眼。天一亮，刘宝山又像个哈巴狗一样，说儿子现在在城里刚扎下根来，老板也开始重用他，以后混得肯定孬不了，女朋友也不孬云云。媳妇拽他一把，小声插话："你是来借钱的，说这个干吗？"他又呵呵地笑着将话锋一转："就是临时还缺点钱，社会越来越好，困难都是暂时的，你看等小牛崽一起来，那，不差钱儿……"然后两手指做着捏着钱的动作。

那头死去的牛毕竟也是来钱的路啊。媳妇说："宝山，别人说得一点也不假，想想村里谁家死了牛，不管是病死的，还是伤死的，他们都找来牛贩子处理掉，把牛皮一扒，批发到外地，肉是看不出来的。买回家吃他个一星半点的，吃不死人。就像去年赵丰国家病死了的那几头猪，通过老李牵线连夜把猪运了出去……猪死了，但也耽误不了卖猪肉，价格低点卖出去，在村里也不是什么稀罕事了。村里有养猪的，要是摊上时运不济，一窝子猪说倒下就是一晚上的事，怎么治，跟你一样，埋了？不太可能，被人发现了，可能埋几只，盖盖就过去了。剩下的还不照样偷偷运出去，到小饭店、小作坊、熟食店里都成了好吃的鲜肉。可再咋说，也没有埋牛的啊！那么大的家伙！宝山，你口口吆喝良心、良心的，良心现在又值几个钱？"

"你满眼是钱蛋子！"

又是一夜，天刚放亮，刘宝山早饭也不吃，低着头去了牛棚。不一会儿的工夫，牛棚大门响了，只见他向前倾着身子，像头耕地的牛。他吃力地拉着排车出来了，排车上躺着的不是别的，正是死掉的那头老黄牛。他也不知哪来的劲儿，一个人能把牛弄到车上，他还把黄牛身上盖上一层塑料布，牛的蹄子和尾巴还耷拉在外头。

媳妇一看急了眼："刘宝山，你个憨种，你真要埋牛？"

“它是一头病牛，人吃了你晚上能睡着觉吗？”

“咱们又不吃。”媳妇把腔调降低，话说得有点心虚。

“你咋知道咱们不吃，说不上转转就转到咱们盘子里去了！再说，这是一头牛啊，我一手喂养过的一头牛，它已经死了，让我用它再换钱，我做不来。”刘宝山瞪大红眼，“吃出问题来，你兜着走！”

媳妇知道他的牛脾气上来了，不然，那年怎么让人家从县环卫所里撵下来。“唉，憨货，你是九头牛也拉不回来了。”

把病死了的老牛拉出牛棚后，刘宝山放下排车，转过身去了牛棚，拿出了一把镐头，媳妇气得脸红一块紫一块的，看来她是阻止不了他埋牛了。她咬着牙说：“宝山啊，大白天的去哪里埋？你想埋也得等晚上没人的时候吧。”

刘宝山终于把媳妇的这句话听进去了，他憋得脸通红，又把拉出来半截的排车推进牛棚去。

晚上的时间来得很快。刘宝山蹲在排车旁，老旱烟点了一根接一根。刘宝山问媳妇把牛埋在哪里合适。媳妇没好气地说：“你爱埋哪里就埋哪里！”他再一次把牛拉出了牛棚。他让媳妇给他在后面推着排车，媳妇没有搭理他，媳妇把脚边的一只盆子使劲踢到一旁，又赶紧跑过去拿起盆子轻轻放在地上扭头回了屋。刘宝山埋下头使出浑身的劲儿，向前倾着身子，拉着排车去了南岭。

走在半道上，刘宝山觉得失去生命的老黄牛竟然比以前轻得多了。

那晚，月亮的影子像被蒙了一层黄土似的。媳妇站在不远处的大堑上，依稀看见像只虾一样的刘宝山一下一下把镐头高高扬起刨下的影子。媳妇觉得，刘宝山不像在埋牛，像在送他的亲人。

等大坑挖好，刘宝山背上已渗湿。他蹲在一旁抽了一袋烟，小心翼翼地用牛曾经睡觉铺过的草席将牛包好，两只牛蹄子露出来。刘宝山在往牛身上撒土的时候，他发现牛蹄趾缝间还夹着几块碎细的石子，他放下铁锨，用手指轻轻地把石子抠出来，抠得干干净净，然后合了合牛蹄缝，轻轻撒上土。

夜深了，大门开了，媳妇知道，人算是回来了，显然牛已经被他埋好了。第二天天不亮，他还去看看埋牛的地方，并在埋好的土上面盖了一层干玉米秸秆，他想让牛安稳地入土为安。

出于对一头老黄牛的感情，刘宝山说要给牛烧点纸钱，媳妇气愤地阻止了他，说："埋了就埋了，还要烧什么纸！村里人都把你当成了神经病！儿子回来，你就准备数着米过日子吧，你还给我净弄景儿（弄景，方言，意为找事）！"

把老黄牛埋了的那天夜里，刘宝山说，他到天亮都在梦着老黄牛。媳妇说，他走火入魔了，生死有命，人力挡不住，他已经把那头老牛埋了，心里无愧就行了，想多了就是给自己的心里上锁，锁住就困住了，困住就难了，难日子就不好过了。

在想着给儿子筹集钱付房子首付款、买三金、卷烟彩礼之时，刘宝山也没忘了去南岭看看老黄牛。只隔一天的工夫，他从岭上回到了家，像丢了魂一样。媳妇问了他半天，他垂个脑袋不搭话，只见他两个眼圈红里透紫，从牙缝里嘟噜一串："牛不见了！牛不见了！"

"什么不见了？"

"牛，牛不见了！"说完，刘宝山竟像个孩子一样，蹲在地上呜呜大哭起来。

媳妇一口气跑到南岭上，岭上埋牛的地方就剩一个坑，一个大坑。

被翻过的春土还是鲜茬儿，抬头看去，天上的散云没了头顶。

牛呢？牛被谁挖走了！

到底是谁挖走了呢？

卖火烧的姥爷

我姥爷卖了一辈子火烧。

你肯定没吃过我姥爷做的火烧。那可是老沂水南乡的非物质文化遗产。清代道光年间，姥爷烙的火烧在当地最为有名，还在界湖街开了几家火烧铺子。

鬼子还没有进来时，街上刘记火烧铺子前，买火烧的人过了饭点都还在排号。到姥爷这一代，已经是第五代传人了。后来小鬼子来了，界湖街的火烧铺子便没了。我姥爷不能丢了吃饭的手艺，只能用小扁担担着一对柳编筢子卖火烧。柳编筢子上边盖着秫秸做的盖顶。冬天，盖顶子上边盖了纯白小棉被，为了保温，让火烧香酥可口。远远的，只要听到"卖火烧来喽，卖火烧来喽——"就是我姥爷卖火烧来了。

姥爷起伏圆润的叫卖声里，既有几分老沂水腔，又有外地卖货郎的味道。当然，他与外地卖货郎叫卖的东西不一样，但共同点是他们都走街串巷。想想祖上当年在界湖街上火烧铺子的辉煌，到如今担着一对柳编筢子各村跑，姥爷心里定有不少感慨：这个世道啥时候能变好呢？

姥爷的叫卖与卖货郎还有不同点是，卖货郎路过时手里举着噼里啪啦，时不时摇两下的拨浪鼓，乡亲听到鼓声便知货郎来了，而姥爷只靠一个响亮的嗓门吼。总有几天太平的日子，村民们只要听到他一喊，买火烧的就会从家里出来。有拿零票的，有用瓢端着麦子、豆子、秫秫、地瓜皮子交换的。你两个，他三个，不用跑几个村庄，姥爷的柳编笾子里就只剩下三五个火烧了，这时他便不再卖，因为他要去葛庄。

姥爷烙的火烧有一个祖传的名字，叫刘氏瓢子火烧。这个名字和烙火烧的手艺都是祖上传下来的。火烧瓢里有豆油、葱花和花椒面，一层一层卷起来，中间留一个碗口大小的眼，像个小版的车轮。春上或秋后，走亲访友的人们习惯买刘氏瓢子火烧，用绳子捆了，提溜一串当作礼物。拿串香酥火烧串门、送人，白面又稀罕，自己平时哪舍得吃。当然，年关除外，吃不上肉的人家，买个或换个火烧全家就能过个好年。

刘氏瓢子火烧在当地很有名气，常吃火烧的大都是些殷实人家。

这天，日头离西山头还有短短一截的时候，姥爷才拖着身子靠近王沟村的老巷子口。他看到了姥娘，姥娘早已站在巷子口，不住地把手里拿着的一根光秃的拐棍，狠狠攥进地里。

姥娘在等姥爷。

姥娘等姥爷是近些天的事。

见姥爷到来，姥娘那双老眼里放射着凛冽的寒光，像两把尖利的刀子，逼得姥爷胆寒。

姥爷不敢看姥娘的脸。他担着两个笾子贴着墙根走，想绕过姥娘，走进巷子回家。然而姥娘堵在巷子口，明显是有备而来，哪能让他轻易绕过去呢。

"闷驴养的，咋才回来！"姥娘发声了。

姥爷步子停下来，耷拉着头，没有搭腔。

姥娘又问了一遍："最近太平，没听见枪响呢。咋地，耳朵震聋了？”

姥爷怯怯地说："那小桥塌了，我要到有钱有物的人家门上化点钱，想……想把那小桥修起来。"

连着王沟村和葛庄，中间隔着一片不浅不窄的河滩，河滩上面是矮矮的堤坝。如果没有这片河滩，王沟村和葛庄就是一个娘胎里分娩出来的。而河滩则像把锯子从中间拉一道口子把它一分为二。两村的人们有不少血脉亲戚。每到夏天河滩里发水，离了一座结实的桥的确不行。桥已经失修多年，经不住那么多要过河的人，才你一块石头我一根木头支起来的，没水的时候，还能凑合着过，如果真来了大水，那已经不能叫桥的土木堆子，被水冲过后只露大半截骨头架，且弱不禁风，更别说过人了。为了安全起见，多数的村民选择另辟新路，转远路绕道走。

最初，葛庄与王家沟的桥还能过人，一堆土石上面有块大石板压着，后因两个村子起了冲突，大石板被人毁坏掀进了河里。没了大石板做支撑，桥也就没了。两个村之间较劲儿，苦了两边的村民，无奈之下只有绕道。人就是这般，一旦赌上了气，个个鼓着"伤敌一千，自损八百"的劲头。为了一口气，宁愿把为难打肚子里咽下去。无桥，过不了就都一块儿过不了。感觉只有这样，心理上的那口恶气才平衡。水小时，往来于两村之间的人垫石头过河，水一大，则不安全，特别是老弱妇孺。但，让人想破天也想不到的是，姥爷竟然会化缘修桥。

卖火烧的姥爷在村庄之间行走着。姥爷说，两庄宽裕的人们各出一些钱，桥不就修了吗？既方便自己又功德无量。在没有人主动地把修桥的事当正事来考虑的时候，姥爷便开始化缘修桥。

用姥娘的话说，都说泥菩萨过河，自身难保。何况，你连泥菩萨也算不上。你化点钱物修桥，你是村长还是乡长！桥坏了，人家都喝着河水过去的？你逞什么能！白脸、红脸、花脸的，你算啥脸！姥娘的眼直勾勾地瞪着姥爷说："怕是又想去葛庄了吧!"

听到"葛庄"两个字,姥爷脸涨得通红,嗫嚅地把声音憋下去。姥爷看到姥娘的眼里伸出刀子,头上正烧着一把火。他怕再吱一声,那把火非把他烧成一撮灰不可。

挨了一顿厉声责骂的姥爷低着头,侧着身子背着柳编笼子拐进巷子。他小心翼翼地绕开姥娘回家。他在前边走,姥娘骂骂咧咧地跟在后面。姥娘用手里光秃秃的拐棍,戳得地面咯噔咯噔直响。

姥爷和姥娘感情最初还算可以。姥娘的娘家在当地是个小地主,姥娘是个不折不扣的地主小姐。以前,地主家的日子自然过得殷实。而姥爷家则是靠卖火烧为生的小商人。那时,姥爷的家中也有几亩薄地,农忙时收种庄稼,其他的日子就烙火烧走街串巷地叫卖。这样算来,姥爷也是穷苦人家出来的孩子,靠起早贪黑出卖苦力生活。他们两个的结合一是媒婆撮合,二是共产党过来后,姥娘的父亲算得上是一个开明的小地主,在拿出钱粮支援革命的同时,看姥爷勤劳能干,姥爷的父亲又在农会,就有意把闺女许配给他。重要的是,姥娘看中了姥爷的为人,又经常吃他的火烧,听姥爷带着腔调地叫卖火烧,尽管门不当户不对,他们还是很快就成了亲。

姥娘的娘家尽管从兴盛走向没落,但姥娘从小娇惯,有个大小姐的脾气,那脸上阴晴不好说。动不动脾气上来了,刚才还嬉笑着,阳光灿烂的样子,一下子就变得阴沉起风。尤其是生活的清苦,更有着让她受不得却也得受的委屈。婚后不久,他们就开始拌嘴吵闹。尽管后来他们陆续添了三个孩子,也阻挡不了把吵闹融入他们的生命岁月里。

姥爷与姥娘的吵闹,多半都是姥娘一个人的主场。她习惯喋喋不休地向姥爷开炮,炮指向哪儿就打哪儿,哪怕是芝麻粒大小的事。打过之后,姥娘偶尔也会后悔自己的行为,但她心气高,心里明白,嘴上却还挂着刀。姥爷是受害方,永远抱着一副打不还手，撅（山东方言，即骂人）不还口的态度。姥娘撅他："瞅着你这副死猪不怕开水烫的熊样，我更来气！"

这次回家太晚了，姥娘自然是饶不了姥爷。等回到家，姥娘的拐棍头就捣上了姥爷的身上。

姥爷还是一贯的那样窝囊。等姥娘的棍子打向他，那让人失去尊严的话语无情地泼向姥爷时，姥爷实在受不了了，两腿一软，蹲在屋门后的小床边上，在那个小小的角落里，姥爷头一耷拉，从口袋里掏出不知何时装进去的两团棉花，塞进了耳朵里。接着是拿下别在腰里的老旱烟，摁上一锅烟，点着火抽上一口，从他的嘴里、鼻子里若无其事地冒出一阵烟雾，好像刚才的一切事都跟他不沾边。

岂料，姥爷这一举动彻底惹毛了姥娘。

姥娘用尖厉的声音气愤地喊："好，你还给俺来个耳不听为静是吧？"说罢，她一脚踢过去。这一脚的分量虽重，可她又是裹过脚的人，尽管后来放开了，但脚板不大，踢在姥爷的身上时，姥爷那身高八尺的身子骨像一块石头碴子，并没有踢动。姥爷的大高个子并没有白长，敦实，且抗造。然而，身材娇小的姥娘却被自己的蛮力反弹回来，只见她跟跄一下，差点把自己手里的拐棍反弹掉了。

看到这一幕，几个子女从心眼里觉得姥爷太窝囊。一头白发的人了，且还是个男人，还在如此地承受着一个老太婆的"虐待"，放在谁身上都会受不了的。但姥爷天生的就是好欺负的，从来不反抗。姥爷的名声算是传出去了，每当他出去卖火烧，熟人总会远远地调侃他："刘友顺，又挨媳妇撅了吗？别再过河了啊，小心晚上不让上床……"

姥爷听后呵呵笑笑，故意把吆喝声抬得高高的，心气提得稳稳的。

有闲人就说，姥爷属鸡，姥娘属猴，他们相差一岁，两个人命里注定合不来。其实以前，姥娘虽有脾气，但不至于这般。这种变本加厉也是从一年前开始的。确切地说，是从姥爷去葛庄卖火烧卖勤了开始的。

唯一养家的买卖就是烙火烧卖。姥娘当年虽然是小姐身子，自从没落了嫁给劳动人家后，一切都得学着做。在做火烧上，姥娘劲儿小，只能做些发面的活儿。不过，只有她发的面团是最好的，引子的多少，水添多少，她把握得更准确，做出来的火烧更好吃。她把发好的面团切成大小均匀的小面团放在案板上，姥爷动手做之前先用杆子秤称好小面团，小面团为半斤，也就是一个火烧的重量。姥爷利润留得只少不多。剩下的活儿——揉面、做火烧、烙火烧，到走村串巷卖火烧，也全是姥爷一个人。

在姥爷烙火烧的时候，姥娘习惯坐在炉旁监工。

姥爷每次烙火烧都会打着十二分精神，不敢分一丝神。撕面团，擀面皮，切葱花，碾麻椒面，抹油，调试锅温，烧火……虽说是做了大半辈子的面食手艺，但每一次他都做得认认真真，火候掌握得恰到好处。旁边的姥娘两只凌厉的冒着寒光的眼珠子里，也便有了一丝暖意。

化缘修桥，姥爷不顾姥娘的反对，持续了两年多。其中的辛酸只有他自己知道。最后，他用平时节省下来的钱贴补，让一座窄窄的小石头桥，孤立而坚强地卧在了河滩上，不管风雨多急，它依然紧紧地连接着王家沟与葛庄的土地，迎来送走过桥人。

化缘修桥不简单。姥娘想的是姥爷去葛庄卖火烧，一不小心卖出丢脸的"事"，并且触碰了她的底线。

姥爷的"事"藕断丝连，就像灰里藏着不灭的火星子，借着修桥这事，又着了起来。其中缘由，姥爷不说，无人能猜得透。

晴天打了个霹雳，姥爷有了相好，对象是桥南边葛庄的王洪莲。

姥爷不止一次进过王洪莲的家门。同村嘴欠事儿多的村人发现过。真应了那句话：好事不出门，坏事传千里。何况，这种让人感兴趣的"闲事"，一旦有人发现，会像风一样很快刮起来，越刮越远，刮到各个犄角旮旯。

姥娘的姨家表姐家在葛庄，听说了此事，更是偷偷地向姥娘传了话，姥娘有了姥爷的小辫子。

姥娘知道了这件事后，拖着病身子虽然不能暗查个明白，但她估摸姥爷回来的时间，就到村头等候姥爷。等姥爷回来，远远地她就不留情面地大声喊："火烧卖到了这时候？又上哪里去浪了！小心吃枪子儿！"姥娘发着牙狠。

姥爷当然不答，躲开姥娘往家走。姥娘就跟在后边，边往家走边撅，喋喋不休。回到家，姥娘的火气真的上来了，再怎么审问，姥爷只顾烙他的火烧，就是不吭声。姥娘跺着小脚大声呵斥："你个闷驴养的，我不是在问你吗？你什么时候和那个人好上的？真没想到你卖火烧卖出风流债来了啊！"

姥娘撅得昏天暗地，火也不烧了。姥爷既忙着做火烧，又忙着烧火，像聋子一样忙他的。他知道姥娘的脾气，她正在气头上，万万是搭不得腔的。只要一搭腔，更是说不清，她会刨根问底儿，要是气急了，非把炉灶给掀了不可。

姥爷木头般不吭声，姥娘天天把日子搅得昏天暗地。这日子在外人眼里直接没法过了。他们后来分床睡，分房睡。姥娘把姥爷"挤"到了做火烧的锅屋里。锅屋本来就小，姥爷白天自个儿忙活着手艺，走街串巷地叫卖，晚上回来在窄窄的地上铺上一些麦秸，像一条老狗一样蜷曲在上面，熬着一个个长夜。

直到碰上日子真的不安稳了，小鬼子在外头作恶闹腾的时候，姥娘和姥爷的日子才"安稳"些。

葛庄的王洪莲倒是个老实人，性子平顺，和姥娘的刚烈截然相反。乡邻们在暗中传话，姥爷也是个男人，他在家受够了虐待，很想找个温柔体贴的人拉拉知心话。于是才找到了王洪莲。

晚上，睡在麦秸上的姥爷，睡眠不行，他在想王洪莲吗？想与不想及怎么想，姥爷不肯承认，也从来没有对外人讲过，对于此事，他的嘴像被人焊住了一样，撬不开。

王洪莲是葛庄有名的贫困户。两个孩子小，男人砍树时让树砸了，虽然保住了一条命，但是瘫痪在床，万事需要人伺候，日子过得不易。

姥爷第一次认识王洪莲，是去葛庄卖火烧。王洪莲六岁的小女儿正在和同伴玩耍，听了卖火烧的吆喝声跑过来，盯着姥爷的篓子看。旁边妇女听了吆喝，就给自己的孩子买了火烧。她的小女儿看着同伴吃火烧，眼馋，口水滴了一地，回家要娘买火烧。王洪莲走到门口，那是姥爷最清楚的一次见王洪莲。

她纤瘦高挑，看上去四十出头的年龄，鬓角处有一绺头发已经呈霜色，眉目长得清秀。单薄的开襟衣褂里有些空荡，腿上的青蓝裤子高高吊起来，裸露出一截红红的脚腕。

姥爷看清了，她有一只眼看着好像不太灵动，像蒙了层雾气。她在姥爷的跟前站了站，最后还是拉着孩子离开了。姥爷的目光第一次在一个女人身上停留那么久，火烧也不卖了，他显得有些激动了。整个人杵在那里，半天才缓过神儿。

孩子不走，王洪莲硬拉，旁边有看热闹的人。拉着孩子回家的王洪莲看着自己的孩子一个劲儿地嚷着要吃火烧，她狠了狠心，又回到姥爷篓子前，问火烧价格。姥爷说，火烧做得大，一个壮汉吃上一个管饱，两个铜板一个。

王洪莲又问姥爷："能不能拿粮食换？"

姥爷说："中。"他看看眼前的女人，说了句："妹子，你是第一次吃俺的火烧吧？"姥爷说着就拿出秤来。

王洪莲没有答话，忙回家去，不一会儿端着一个葫芦小瓢，瓢里是麦子。她到姥爷跟前，姥爷一看，瓢里的麦子少得可怜，且还有沙土、麦皮等掺杂进去。姥爷看沙土实在太多，让她找簸箕簸一簸。王洪莲就又回家拿了簸箕簸。她娴熟地掂着簸箕，稀少的麦子在簸箕里扬起来。

簸后，她把剩下的麦子放进姥爷的秤里。姥爷心底生出对这个女人的好感，不舍得把秤砣向秤杆里边的星移动，在秤杆子托不住秤砣，并快速向下滑的时候，姥爷一把扶住秤砣后，把麦子倒进了袋子里。"二斤整。"姥爷说完，从筺子里拿出三个火烧，称也没称地放进了王洪莲胸前的葫芦瓢里。

王洪莲一下子愣住了："是不是您称差了，咋换这么多？"

"没事，拿去给孩子吃。"姥爷说。他很欣慰地看到，王洪莲的女儿抱起大火烧，蹦蹦跳跳地进了家。

"卖火烧喽，卖火烧喽……"姥爷吆喝着，担起挑子又朝前走了。王洪莲怔怔地望着他的背影，观望了好久。

第二天，太阳升到一竿子长时，姥爷踏过桥又来了。经过王洪莲的大门口，见门还没敞开，四周没人，他放下挑子敲了敲门，王洪莲开开门，接着送出一个笑脸来，这让姥爷悬着的心立马放下了。她用温柔的声音问："大哥，又来卖火烧了。"

姥爷瞬间感觉自己的脸有些烫。多少年了，姥爷的脸烫不是让姥娘撅烫的就是发烧时烧烫的。确切地说，发烧和让姥娘撅得脸发烫，那不是烫，是难受！现在是温和的烫，很舒服。自己这么大年纪了竟然因为王洪莲的一句问候而脸烫，姥爷自己都说不清楚是咋了。

"今天不要火烧了……"王洪莲表情严肃，但姥爷能看到她眼里放射出来的光芒。

"不是，俺渴了，想讨点水喝。"姥爷说着，把手里早准备好的一个小水瓢向前一递。

王洪莲没有接过姥爷的小水瓢，而是用眼神示意要姥爷进家门。

姥爷左右瞅见没人后，不作声，把挑子挑进门里，随王洪莲进屋。

王洪莲家有三间矮屋，两间正屋，一间偏房。他们两人进了偏房。一袋烟的工夫后，他俩一前一后从屋里出来。王洪莲把姥爷亲自送到大门口。姥爷一脸笑意地挑起担子，仿佛自己一下子年轻了十多岁，嘴上说着："你家水真甜啊，解渴。"

姥爷经常到王洪莲的家门口。每次路过，都会从篼子里拿出两个火烧，用稻草绳一穿，左右前后看看没人，上前挂到王洪莲家的门鼻上。挂上后，他动作麻利地使劲敲几下门，听着门内有回应后，便挑起小挑赶紧走，走到不远处的小巷子躲起来。等过一会儿，悄悄在墙根瞅上一眼，见门鼻上的火烧不见了时，才舒一口气离开。

姥爷常在"河边"走，终于"湿"了鞋。姥娘知道后，心像被霜打过的茄子一样突然蔫了。从此，对姥爷的虐待更是变本加厉，折腾得姥爷在锅屋里没敢踏进堂屋半步。

有一回，风声紧得很。姥爷不听家人劝阻，非要去葛庄不可。在靠近河滩时遇到危险，碰上了几个鬼子。眼看几个带枪的鬼子小跑着上来了，姥爷已来不及跑开。过来的鬼子把火烧全抢了，其中一个急眼的鬼子把枪顶在姥爷的肚皮上。其余的鬼子嘴里一个劲儿地吧唧着，又向姥爷伸出大拇指。姥爷头上冒出一阵阵冷汗。万幸的是，火烧虽没有了，姥爷安然无恙。之后，村里又在传，姥爷为了给相好的送火烧，小命差点丢了……

日本鬼子占领沂河上下的几个年头里，不管姥娘再怎么闹，姥爷的心一直没有收，一直与王洪莲保持联系。

当鬼子从苏村的小杜家庄据点、辛集的苗家曲据点撤离，他们的王家沟、葛庄成为共产党领导下的区域后，地下党员被公开了。人们惊讶地知道，长着憨厚外表，揣着"风流"心，又固执的姥爷和曾经为革命事业导致眼睛受伤的王洪莲，竟然是共产党转送情报的地下联络员。

河流不曾走远

1

县城边缘上有个斗大的村庄是我的娘家。在这个麦收的季节，它像是刚从热锅里捞出来的，我从里面出来，热浪到处烫人。我眼里出来的空气发射出晃动的波纹。

烧包！三十五岁的人喽，折腾个啥，日子长，磕磕绊绊，没啥过不去的坎儿，将就将就吧……

我用最原始、最刺耳的声音反抗这些令人厌恶的话。而母亲却一遍遍重复，不厌其烦。父母难以理解我的态度和行为，我也懒得解释。就连道别也没学会，我驱车一直往北。

路上有几个电话我没接，其中两个是丈夫周华打来的。两个是陌生号，我没有看到我最想看到的电话。

我在决定出发之前，用微信告诉了聂教授。我说我去处理一件事，等处理完了就去找他，让他等我！后来又加了一句，有事电话联系。我希望他能主动联系我。

聂教授名聂谦，是我绘画老师的好友，在一次画展上认识的。他是省美术学院一名小有名气的书画教授。我们认识时间很短，用他的话说，一见如故，是上天注定的缘分。我说，以后请他多指点画技。他握紧我的手说，他很荣幸。他平和、谦逊的样子一下子拉近了我们之间的距离。

很长时间，微信没有动静。我想，他肯定在忙，没有看微信留言。一定是！

我看见沿途那些顽强的植物开始慢慢迎接烈日的考验。它们或许会低头，但绝不妥协，我仿佛能透视到它们根部的倔强，我想它们很少会自己枯萎掉。我索性关掉手机。人类已经进化到现代了，还能被一个电子产品牢牢束缚住吗？我想听一听自己内心的声音。于是，我把住声音的脉络，去寻找另一个自己。车轮碾过一个个曾经蓄满河水又裸露出大地骨骼的地方。

一路向北。

确切地说，我是去寻找一个人。一个在记忆里模糊了二十多年，只剩下一个影子的老人。他面目不详，甚至安羔未知。粗略的记忆里，"莫哭，不怕"四个字，即便在梦里也无比清晰，从没有被岁月长河淹没过。哦，那是一位老人的声音，他上身穿一件无袖白T恤，手臂上裸露着被太阳着上古铜色的皮肤。他下身是一条沾满泥水并挽到脚踝的黑色长裤，站在河滩边上的泥沟里，手拿铁锹。大水后，他在为枯黄的庄稼苗开沟放水。他的右边是一条宽广的河。

那年，村子下了几场大暴雨，河水暴涨，河边的杨树根被湍急的河水洗得清白并暴露在外。卧在村落之间的小石桥已四分五裂，随时面临着被迫四海为家的风险。

2

一个十二岁的小女孩在河的对面停住了。她推着一辆白色的弯梁自行车。自行车手把上挂着空油桶和准备装盐的麻布袋。河中间能看见青石板样的小石桥，不间断的河水从它上面冲刷而过。她伸出一只脚探了探水，水凉清骨。她犹豫了半天，不得不过去，家里需要吃油、吃盐，天黑之前，她要完成母亲交给她的任务。她没有选择，过去河滩就安全了。她要去打油称盐的村子，正好是她四姨家所在的村子，四姨会带着她去熟人那里买油盐，那样会省上一笔钱。此时，她多么希望四姨或四姨夫就站在河对面迎接她。她弯腰挽挽裤腿，扶紧了比自己高不了多少的自行车，准备过河。

她每迈一小步都先轻轻试探石板的坚固，踩稳，然后再抬下一脚，几块石桥板晃动了一下，水流无处不在。她踉跄地把自行车推到胸前。走到了河宽三分之一处时，她后悔了，冰凉的河水越来越急，又一股劲儿缠绕着她的腿。

她回过头却转不了瘦弱的身子，只能暂时和双手里的自行车相依为命。她想掉眼泪，感觉撞击肋骨里的心脏快要跳出来了，感觉水里面有人抓着她的脚脖子，让她挣扎不了，逃脱不掉。她从来没有这么害怕过。以前被坏人追过，被野狗咬过，被别人打骂过，被同学欺负过，甚至面对堂哥的死去，她都没有这种感觉。她脚下愈发不稳，这愈发加剧了她的恐惧感。

河水不会因为她是个孩子而停止它决心吞噬万物的脚步。

终于，她的力量再也抵挡不了四面汹涌的河水，一瞬间，她陷入桥板下面的泥沙里，车子倒了，她彻底失去了重心！刺骨的河水没过她的胸腔，她马上就随着河水消失不见，手里还紧握着一只自行车的手把，她在做最后的挣扎。

坏了！我还没有回家就这么死了吗？她放声哭出来。河水淹过她的脖子……

啪啪啪，河里溅起几个大水花，一双有力的大手扶住了小女孩和她的自行车——在女孩将要被河水冲走的瞬间。

小女孩被托过了对岸，坐在河滩边上，哭声未止，惊魂未定。眼前泥水混合的黑色长裤在女孩眼前闪来闪去，说道："莫哭，不怕……"

3

前边是个十字路口，我停下了车。路两边是垂下头的金色麦田，一辆辆收割机在收着麦穗。人们已经不去用磨镰刀、摊场、碾场、扬场、抢收了。茫茫麦海里，两个人就能把鲜活的麦粒装进蛇皮袋里，用农用车拉回家里，装进粮仓里。

我擦了下蒙眬的眼睛，清楚地看见从西边过来一个十七岁的少年。烈日下，少年汗流浃背，推着一辆黑色的大梁自行车。自行车的后座上托着一个四五十厘米的木箱子，木箱子上面用两道皮绳绑着一条小棉花被褥，木箱下面还渗着水滴。紧跟在自行车后面的是那个打油的小女孩。小女孩短发，瘦小的身子在改良的蓝色短袖大褂里穿梭。她脚穿一双底已经裂了的塑料凉鞋，边跑着，一只手边扶着木箱，嘴里喊着："卖冰棍、卖雪糕了，冰棍一毛两支，雪糕一毛一支，还有好吃的草莓冰块包……"然后用胳膊抹一把额头上的汗珠，脸上便多了一道汗印。

他们两个是堂兄妹。少年是堂哥，女孩是妹妹。他们的目的地是路东边一片片等待麦收的麦田，麦田里听到小女孩喊声的人们，纷纷从麦田里露出头，伸直腰看向他们，连麦穗也摇晃起脑袋来。地头握镰刀的大叔开嗓了："嗨，来两包冰块包！"那头捆麦子的老奶奶清清干渴的喉咙："妮儿，这里买冰棍……"就这样，不出半小时，小女孩的口袋里就塞满了一元、五角、一角，还有五分的硬币。堂哥从木箱里拿出一支最贵的雪糕递给女孩："来，奖一支雪糕。"小女孩接过雪糕，用舌尖轻轻地舔着，烈日下她红红的脸颊开得像朵喇叭花。

我在车里不由得笑了。我知道，这是炎热的假期里或是周末里，兄妹俩最愿意做的"生意"。做生意就要有本钱，钱自然是堂哥出。他们顶着烈日，走街串巷，或穿梭在田间地头。扣去本钱，堂哥总会多分给女孩一些，他告诉女孩，不许乱花，要留着买学习用具，好好学习。女孩兴奋地接过皱巴巴的零钱，紧紧攥在手心里，晚上她会小心翼翼地把零钱一张张反复数完后平整地叠在手绢里，将手绢包着的钱夹在一本小人书里，然后压在枕头下。她觉得堂哥是她最亲的人，她想以后考上大学了，第一个要孝敬报答的人就是堂哥。

在她上初三的那年，堂哥跟随着村里的一些青年到上海打工了。她舍不得堂哥走，堂哥嘴里哼着那首刚学会的"走四方"说，他要到大城市闯一闯，他要赚大钱，将来说个好媳妇，让父母过上好日子，还能帮助妹妹上大学呢。女孩仰头看着堂哥一脸憧憬的样子，她也在想象大学的样子和堂哥未来媳妇的模样，她开心地咧咧嘴。可是她从小跟惯了堂哥，习惯了堂哥对自己的爱护。堂哥这一走，她内心难受了好久，晚上藏在被子里抹眼泪。

我慢慢启动了车子，驶过了十字路口，车子里的我竟然不知什么时候笑出了两滴泪，那泪水咸咸的，甜甜的。

堂哥一去就是三年，中间除了几个电话，春节也没回来过。村里人讲，他去国外打工了，不到时间回不来的。她有空就跑去大伯家打听堂哥电话里有没有提到她。自从在她读高一的一个初秋的下午，她再也没有去过大伯家，是父母不让去了。父亲两眼发红，像头发疯的狮子，朝她吼："你再往那边跑，我就打折你的狗腿！"

她只能在梦里一次次与堂哥对话。想起堂哥的样子，他肯定是穿上新皮鞋、新西服，打领带的那种。她想堂哥了，陪伴她的是堂哥临走时留给她的一只铁皮绿青蛙，她时常对着上了弦蹦跶的青蛙发呆。

其实，她挺恨父亲的。她生气父亲一棍子就把大伯的头开了一个碗口大的豁儿，她看见过血很快就漫了大伯整张脸。院子里的牺牲品不计其数。当然，大伯龇着牙也把她的父亲身上揍得青一块紫一块。她不明白，曾经的亲兄弟竟然为了半分土地，不惜以性命相拼。奶奶说："是自己上辈子作了孽！"爷爷说："仇人也没有这么狠的！"爷爷说完这句话就气病倒了，成了一棵意识还算清醒，却只能被人伺候或是被人摆布的植物了。

三年后的一天，堂哥终于回来了。那是个中秋节，秋高气爽，堂哥脚穿崭新瓦亮的尖头黑皮鞋，人也高大英俊了，不过他没有穿西服，是件卡其色休闲外套。当然，一看就是大城市里待过的人。堂哥没有去看她，甚至碰面了也只是低着头皱起眉。她很难过，她在心里已经喊了无数次的哥哥了。明明动手打架、老死不相往来的是彼此的父母，不是他们。

车子驶过一段颠簸得坏掉的水泥乡间路，我慢了下来，看见一个村头有一座土地庙。农村有习俗，家人会为死去的人到土地庙前设灵堂祭拜。在我记忆深处，一直怕看到这个，我不愿看到排着长长的队伍，披麻戴孝的人哭天喊地，更不愿看到有人离去。

小女孩是亲眼看见过从抢救室里两个白衣大褂推出来的那双熟悉的大脚，只有脚呈八字状露在白布外头时，那已经是一具尸体了。尸体上面趴着痛不欲生的大娘。小女孩与母亲在一边直视着，但她并没有哭出来，只是小小的身子已经变僵硬，发着怵。她扶着母亲，母亲的手是冰凉的，母亲开始呜咽着。母亲边哭边说："这个孩子，从上海回来，还没开口喊我一声婶子就走了！"母亲曾指着父亲的脑门发牙狠说："这就是你的好兄弟，把地送给人家白种，也不给你这个兄弟，你这辈子给我记清了，你走你的独木桥，他过他的阳关道！咱井水不犯河水！"堂哥走了，母亲还是失言了，流下一滴滴心疼的泪水。同样，堂哥也没有喊小女孩一声妹妹就走了。一个不到三十岁的生命就被一场无情的车祸带走了，肇事者早已逃逸。

多年来，她的大伯在追凶的路上也已渐渐老去。堂哥虽然没有举行送葬仪式，只是从医院里回来后就匆匆入了土。但是她还是怕那些白白的队伍里发出哭喊的声音。后来，包括她的爷爷、奶奶、舅姥爷相继离开人间，她跟随别人混迹在队伍里不敢大声哭喊，或者她根本不想用这种方式悼念她的亲人，她常被潮湿的梦打醒。

堂哥是她懂事起第一个失去的亲人。堂哥说过会供她上大学。如今堂哥走了，家里还有三个兄弟姊妹，她真的也没上成大学。父亲自从下岗后，酗酒成性，作为老大她只能辍学。她曾经向命运抗争过。那时升高中，需要一笔学费，她偷偷把家里养了一年的三头猪卖的钱拿去交了学费，那钱是用来修缮家里的老房子的。那一年正赶上几场大雨，家里的土偏房被雨泡塌了两间。她看见父亲的眼神里发出的不是怨恨就是忧愁。可是偏偏不争气的是，那一年她在班里的成绩一落千丈。她想喊，却发不出任何声音，就像当年她被困在河水里挣扎一样。

4

我寻找的那位老人距离我的娘家并不遥远，我却走了很久。这么多年了，我知道找到那位老人的概率几乎为零。甚至那条河滩早已干涸消失。母亲说过，执拗的人总会吃亏。

也许我不曾看见过周华微信上那些暧昧的聊天内容，也许我可以暂时放弃工作，养育孩子。从我二十岁遇见周华时，就觉得他就是我这辈子要嫁的男人。为了跟他在一起，我与父母抗争过，也与现实斗争过。

为了每个夜晚的浪漫约会，我下班后刻意去十元钱一次的澡堂子里把自己洗得干干净净。我用微薄的收入在上班的地方租了一间民房，为了每天都能见到他、为了能给他做上热乎的饭菜。我心甘情愿地理解他的出身，同情贫困家庭带给他的艰难。我会一次次地鼓励他奋发作为，我用自己无比旺盛的青春精力感化一颗爱的种子，希望它生根发芽开花结果（即便有人称我是"恋爱脑"发作，我也是快乐的）。

如愿以偿，我们结婚，我们生活，我们为未来努力着。哪怕在那些艰难的租房岁月里，我也没有选择向后退一步。黑暗不会永远存在的。

当年那个小女孩已经锻造了这样的本领。

我说："周华，我们试试贷款买房吧？"周华说："你想好了，做房奴不是容易的。"我说："想好了，再难也是自己的。租房到啥时是个头啊。"于是，我们去借钱，很长一段时间，我们谁也顾不上谁。

我们的目标一致，想方设法弄到钱，住上自己的房子。终于有一天，我们凑够了十万元的首付款。我们欣喜得流泪。房子是正在建设中的期房。每一次走到那些完工的叉车附近，我都刻意停下观望一会儿，工人不在的时候，我就跑过去，围着工地转一圈，想象一下新家的样子，未来家居的布置……全然忘记了每月令人头疼的月供。那些日子里，我头发一大把一大把地掉。

住上新房的日子重复着租房时的柴米油盐，锅碗瓢盆。习惯是一种顺水而下的无奈和麻木。

周华的微信聊天记录，我是从电脑上看到的。他上班前走得急，忘了退出登录。当我看到那个诱人的美女头像时，心里就紧绷着一根弦。顷刻间，我的脸已被咸咸的液体铺满，然后泻在电脑键盘上，像血一样漫延。

结婚超过十年了，周华还是用这种平凡夫妻惯用的方式让我认识了现实生活的残酷。我万万想不到，我们一起经历过借款，还债，经商，破产，互相激励，扶持，从头再来……最终还是抵不过时间与精神的控制。

周华知道自己的行为泄露后，第一时间表示了"清白"，发下了毒誓。他说："我是闹着玩呢，开个玩笑，较真你就输了！"

之后，他那种苍白无力的狡辩只会让我更加恶心，他说他有时候被我怀疑得喘不过气来，从此，我主动离开了我们一起去购买的双人床，独自睡在了书房里一张清净的小木床上。

之后，我报了当地一个国画美术班。因为绘画可以让我的内心安静下来。

就是报了个美术班，才让我认识了聂教授。后来知道聂教授四十五岁，离异，带一女。

聂教授谈吐儒雅，学识渊博，这是吸引女性乃至获取男性尊敬最朴素、最有效的方式。只是让我没有想到的是，聂教授竟然对我一个半路出家，对绘画艺术略懂皮毛的人给予了鼓励肯定。骨子里的不自信让我见到聂教授手足无措，比起一些在场女人的大方得体，男女之间的相互拥抱，我卑微得如一片秋天即将凋零的树叶。

后来，我们顺理成章地加了微信，聊天、崇拜、好感、暧昧，甚至渴望。就像我此刻关掉手机后，心里却没有完全忘记他。有几个时刻，我手指下意识地碰了它又缩回去。我知道，那是一种藏于我精神深处的毒瘾，致命的毒瘾。

聂教授的优秀，容易让我拿来对比。我想到周华，他说过我是那种容易被外表迷惑，看不清本质的人，甚至被人卖了还帮人数钱那种。我又想起那个落水的小女孩，青春年少时的她也犯过错，但是她内心纯洁如雪，不谙世事，知错会改，积极阳光。小女孩的影子在脑子里闪着，回到现在，我又有什么不可面对的呢？

我又打开了手机。短信、未接来电、微信、短消息如河水般涌来。我终于找到一条聂教授的信息："我等你，到时再联系

吧。"屈指可数的几个字,让我坚信他一直在忙。而电话里多了
前几个小时还在骂我的父母的电话,剩下的全都是周华的。

聂教授曾说:"你离婚吧,我等你。"我吓了一跳,竟一时哑
言。我低下头,聂教授又说:"我等你。"我望一眼窗外,正是繁
花盛开季,天蓝蓝的,没有一丝杂质,那种海水的蓝,晃眼,使
人心悸。

童年时伙伴在一起玩耍,难免会打闹。吃了亏的一方,特别
是要强的一方呈现出人性自有的报复性。动手还回来!或是用胜
利者的姿态表示我们扯平了。而我和周华之间扯平了吗?

我不知道,感情破损后能修补吗?会有痕迹吗?谁会在意痕
迹?时间真的会抚平一切吗?我也不知道。

我给父母回了电话并为此前的态度道了歉。意在让他们放
心,不用挂念我。那个小女孩啊,儿时被父母打骂过,赶出家
门,受过委屈。可她骨子里,家还是家,亲人是一辈子的。

我没有关机,我只是把手机调成了静音。

5

我加大了油门,外面的热浪席卷着车的门窗玻璃。前边的村
庄模样变化很大,村庄的前边有一座座崭新的青年楼房,霸占了
庄稼的地盘。还好,从我的记忆深处搜索,它的位置和名字堪比
指南针。

我沿着村里的水泥主路一直向北。那个小女孩无数次打油称
盐途中溅起路边的每一粒尘土,已经为我指引了前进的方向。

陆续过了三个村庄后,我站在了河滩前。几十年的变迁,河
滩已不是河滩,河滩的东面已成为平整的水泥土地。几座小楼房
建在上面,西面一块红底黄字的"合居村农贸市场"的牌子赫然
站立,尽力展示着这块土地的繁盛。河滩中间一座宽阔高耸的石

桥立在我面前。我下了车，桥修得太高了，我不敢向前挪步了，当年那个小女孩是不是也有这种心情呢？但是我必须过去！我清晰地记得那位老人当年劳作时在河一岸的位置。只要我找到了那块记忆中的田地，我就能找到田地的主人。我找到他后，我要当面谢谢他，谢谢他当年在危急关头跳进水里，救了那个小女孩。这也是我留在这里最后的一桩心事，我要有仪式感地告别这里。我打算和周华离婚，去另一个城市找聂教授。

我开动车子，挂了一挡，二挡，三挡，加足了油门，车子发出嗡嗡声。脚下的坚定驱使车子一鼓作气向上攀爬，终于，我上来了，桥中央的桥腹是一段平坦之路。有几位老人坐在桥边的石礅上喝茶聊天。我客气地下车走过去和他们打招呼，脚下的田地，他们一无所知。他们用好奇的目光盯着一个外来者。我，不为人知的秘密也终将成为秘密吗？

阳光暗下来，桥上的柳条随一股微风荡起来。

石桥的下边有几间民宿，我选了一家接连住了几天。其间，母亲来电话说，周华满世界疯了似的找我，让我别再作了。

我等的聂教授，始终没有来一个电话。我曾几次试图拨下他的电话，但望着烂熟于心的数字，我始终没有拨打。

乡村的民宿把炎热明显地藏起来几分，真是个度假的好地方。成排的老柳树不惧苍老，它们摆啊摆，飘啊飘，在岁月的飘摇中，它们无声无息地把一份静之气带给每一位过客，包括我。

我居住的民宿房主是一对年过花甲的老夫妻，他们就住在另一间偏房里。老夫妻热情好客，几天相处下来，我发现他们时常斗嘴，彼此嫌弃着对方。吵闹得热乎劲儿不出半天，他们又像孩子，恋人般，在为对方妥协。老太太常挂嘴上一句话："两个人，两个脾气，谁不犯错？哪能一辈子顺顺当当的，只要无大错，还是得扶一把，向前看。"我问她："大娘，什么叫无大错？"

"嗨，你问问你的心，能过去的就都不是大错。"

　　我点点头，其实，那条河流就在我的脚下，在我的身体里缓缓流淌着，不去找寻，也永远不曾走远，消失。至于那个老人，二十多年前就早已融入那个女孩的生命里了。

　　女孩，你如今已经长大，成熟了，不是吗？阳光正好，好好走下去。

　　告别老夫妻俩，我坐上了车，发动油门，打算原路返回。我觉得前边所经过的道路上，一定有来时没有发现的风景。

　　在准备返回前，我回了一条简单的信息：下午我准备回家，勿挂！信息收件人是周华。至于聂教授，已经不在我的电话簿里了。

广场上

我很难受。难受的不是我的肉体，是心灵。这滋味，如针尖在上面挑，挑一下，心被揪一下地疼。

我坐在破得已经露出海绵的老式沙发上，老婆刘淑香站在我的跟前，一个劲儿不住声气地活撅。

撅，在我们这地方代表骂。沂河中游这方的人，对骂人称作撅人。他们觉得"骂人"这个词太洋，且没有力度，都用一个"撅"字来代替。气愤至极地骂人叫"活撅"，用上"撅"字，它比"骂人"的"骂"字劲儿更大，更能给人解气！

面对老婆的活撅，我手里拿着遥控器一个劲儿地调着电视频道。尽管没又看老婆的脸，更没有看她嘴里的那排列不齐且还有两处已经有了"漏洞"的牙齿，我都知道她是在咬着牙撅我："你个不成料的，孬窝里出来的，我一直提醒你，这样的巧食咱吃不得！可你非听你爹娘的话不可，你还学着蛤蟆打哇哇地说这叫理财。你理了半年的财怎么来着，财没理来，那些血汗钱如今不知飞到了你哪个爹娘的手里！你齐嘴巴子还想吃磨眼里的粮食，看着人家钱来得容易就想自己也能行，跟着一群一肚子弯弯心眼子的人把财理了个两手空空。你没睁开你的眼好生看看你那钱和人家的那钱是一样的钱吗？人家那钱是动动心思就到了手的，你的钱是卖你这百十斤油都不多了的老骨头，是滚肉蛋！是连同我早起晚睡地馇豆种菜一毛一毛地攒起来的。你的钱上面都是汗珠子，没有一分钱不是用我的汗珠子换回来的！我扯着耳朵一遍遍告诉你，这年头，底层人挣几个钱不容易，你可倒好，一下子都活瑟（山东方言，糟蹋）进去了，这回舒坦了是不？我看你是瞎了狗眼！"老婆打开了机关枪一般的嘴。

是的，我被骗了。钱投进去，连个水花也没见。心本已被刀子戳得难受，加上老婆不停地活撅，我不得安生。我使劲儿摁着电视遥控器调台，好用电视机的音量抵消撅声。

刺啦，一道强烈的闪电，后面伴随而来的是一声剧烈的炸雷。我想赶紧捂耳朵。

老婆一惊愕，唰地一伸手把遥控器从我手中夺出。她的嘴也没有闲住，边夺边撅道："你还有闲情看电视，你别给我把电视一同祸害了！"接着，她便把电视机关上了。

轰隆隆，炸雷响了，炸了一个天翻地覆！我感觉这个巨大的响雷就在我的头顶，整座楼好像剧烈地摇晃了一下。劝我投资理财的那几个人肯定害怕。哎，老天爷啊！要是把那些坑人虫、害人精劈死该多好！

老婆把遥控器往破沙发上一扔又开了腔。为了避开她毫无休止的尖声厉气，我起身，拖着小瘟鸡一样的"病身子"，来到了卧室。我实在是太累了，我连跳井、上吊的力气也没有了，干脆一头攮进了床。

老婆瞪着眼，怒气冲冲地跟了进来，撅得更凶了："你个不担财的坑人鬼，我跟着你这么多年过年一件新衣裳都舍不得添，好不容易攒了那么点钱，你就烧包得不行了，搞哪门子理财！你个穷鬼托生的，难道你真的连自己辛辛苦苦挣的干净钱也担不得吗？怎么钱在你手里，人家就能轻易地让你送出去呢？"

为了堵住骂声，我把旁边的床单一拉蒙在了头上。我的这一举动，把刘淑香的火彻底激了起来，她上前用力把蒙在我头上的床单一扯，边扯边喊："你还有心情睡觉！我让你睡，给我起来！"她用力过大，我紧攥着床单，"刺啦"一声，那条已经用了十几年的床单被撕成两截。接着，她一把把我从床上提了起来，咬着牙把我的胳膊拧得火辣辣地疼。我想想自己活了大半辈子，头发都花白了，居然挨撅被打，就动手与她纠缠在了一起。

我毕竟理亏，不想再动手，眼下只有一条路，出走。被撅，虐心呀，再这样与她眼瞪眼地熬下去，我非死了不可。她是杀了我的心都有。我起身，拿起门口的旧伞，推门跑了出去。老婆仍然不依不饶，她冲着我大声撅道："走了就别回这个家了，就死在外面！"随后便是吭的一声门响。

我很难受。这样的天，人们都是往家奔，回家。我却有家难回。这大雨天的，我能上哪里呢？

乌云裹着雨在翻卷，头顶上的闪电一个接连一个闪个不停。推磨一般低沉的闷雷声不绝，乌云挟着闪电和雷声又朝我头顶压了过来，暴雨到来也是眨眼的工夫了。

我迈着两条绑了沙袋一样沉重的腿朝前走着，感觉自己整个身子像一棵摇摇欲坠的小树，说不定刮阵风就把我刮倒了。

前面不远处是我所熟悉的小广场。我向小广场走去。突然间，一道晃眼的闪光刺得我眼疼。紧接着，一声响雷，轰隆隆，我被吓得汗毛都竖了起来，心很慌。我突然想，老天爷要是直接把这个雷砸在我的身上，岂不一了百了？

雨水落在地上很快形成水流。我手中有伞，但没有打开，我想让雨水淋淋。我的褂子很快就贴在脊梁上了，雨水顺着脸颊往下淌着。雨水像麻药一般，激得我浑身有种麻木的疼痛感。

小广场不大，建成没几年，是我经常过来的地方。靠南端的几处健身器材我很熟悉，平日锻炼的人很多。现在，它们无人问津地立在雨中，一种孤独感袭上我的心头。

当初，这里还不是广场，是一片小树林，它是我和刘淑香年轻时谈情说爱的地方。

那时候的她，单纯开朗，说话声音大，天生的大嗓门。我说小声点，别让他人听见。她就像一棵刚长出叶子的含羞草，温顺听话。我从树上摘下一朵小花，放在她的手里，把大一点的花朵插在她的头上。

她看看手里的小花，再看看我，把手中的小花全放在我的手上，然后幸福地揽着我的腰说："以后再来，我们领着孩子过来，一家人多好啊！"

再后来，小树林没了，建了广场。孩子大了，生活的压力也大了，我们常常晚饭后，看人们集中在这儿放上音乐跳起广场舞。刘淑香跟在队伍后面，扭过几次，让我笑话后再也不去跳了。她说："一天下来，累得腰酸背疼，哪还跳得了舞，俺比不了那些闲人。"

广场的东北侧栽有两棵老柿子树，树上挂着扁扁的青柿子，青柿子藏于绿叶之中。柿树叶密，是躲雨的好去处。

我抬头看看，感觉到青柿子的涩。我怕传染上苦涩的味儿，倒不如在广场上痛痛快快地淋淋雨！

我转身，远远地看见东边的石凳上坐着一个人，一个身穿粉色连衣裙的女孩，她竟然也在雨中淋着。说不清为什么，我的脚不由自主地走向那个方向。

整个广场，除了我和女孩，再无他人。女孩像雕像，坐在石凳上一动不动。我冒雨来到广场，是身不由己，想象这女孩肯定也像我一样遇到了坎儿。她一定也有缠心的心事吧。

路上，一辆疾驰的面包车把凹洼里的水溅起来，溅起的水炸开了花，车像狼撵着一样不管不顾地疾驰。

这个石凳我很熟悉，我曾和刘淑香坐过。我站在石凳十步开外的地方，斜眼望着雨中女孩。

没用任何防雨工具的女孩浑身已经被斜刮过来的雨淋透。她手里攥着手机，手机上套着一个白色的塑料袋，她在打电话。

我好奇，慢慢地向前靠近，想听听电话内容。

听女孩口音是外地人，我心里忽然升起了一种莫名的怜悯。她的声音并没有完全被淹在远处的雷声和近处的雨声里，偶尔起个高腔。不起高腔的时候，我听得断断续续。

又是一道晃眼的闪电，女孩马上挂了电话。她似乎察觉到我的存在，瞥我一眼，然后又看看天。女孩年轻白净，头发扎成一个长马尾，扎马尾处落着一只红色的发饰。

我听得出女孩是来见男朋友的，男朋友却没有见她，她很沮丧、懊恼。我这个年龄了，对于一个女孩恋爱之类的事情如果过多地好奇，会让人感觉不稳重，没有道德。在女孩看我的一刹那，我把窃听的耳朵拉回来，身子转过去，朝老柿子树走去。那地方建广场的时候并没有垫平，可能是施工的黑了心，图省钱，把这个小小的广场弄得高低不平。呵，我居然一时忘记了前一刻的难受，竟然悠闲地走过去，蹚起水来。

又一轮炸雷在头顶炸得天崩地裂，我心里没了一点恐惧感。走得正，站得直，不怕打雷的人，问心无愧。

我在水洼里来回地蹚着。这种蹚水的感觉真好，它让我似乎回到了儿时无忧无虑的快乐之中，只可惜里面没有鱼。要是有鱼让我摸摸，是多么惬意的事情啊。

雨变得细了，雷变得稀了。我见那女孩站起身，又打起电话。我像被电话的声音拽着一般，慢慢地蹚回来。

他们这次的通话，我听得清清楚楚。她不再回避我的存在，一次次地对着话筒喊道："昨天晚上没风没雨，你为什么不见我……你还是没有把我放在心上。上次我来，你怎么能出来？我看出来了，你就是想甩我……你上次到我那里，我是请了假与你见面，还陪了你一晚上……现在你想甩了我，没良心的，告诉你，现在，我已经从宾馆出来，走到了上次见面的小广场，你最好快点过来见我，说几句话我就走。你别说雨下得大找理由，你要是真有心，就是下刀子也会来。我就在这等你，你一个大男人怕雨大？你是怕打雷，老天爷劈了你吧！"

电话那端的内容我是听不到的，我看着女孩的表情，她似乎听了什么后又突然大声发问："你最初和我说永远和我在一起是什么意思？你这个大骗子，现在我擦亮眼了，鬼才相信你！你不用敷衍，你要是不认真对待我投入的感情，那我就豁出去，向有关单位告发你，让你头上那顶小乌纱帽保不住！"

电话那头说了什么我不知道，女孩在听。她激动的情绪收敛了好多，突然抽泣起来。她又说："你知道我多爱你吗，我在收藏里一遍遍翻着你的照片。我盼着今天你能来见我，你却……"女孩说着，嘤嘤地哭了。

不知为什么，我也想哭。

人啊，就是怪，前一刻还让老婆撅得想死的心都有。现在，竟然怜惜起这个小女孩来。当我绕到她对面的时候，忽然觉得这不是女孩，这是女人。面对一个这样被男人伤害的女人，我竟然很想安慰她，甚至产生了把她揽在怀里的想法。

作为男人，一个老男人，我为我怪异的想法而脸热羞耻。不过，我真的想把她劝回宾馆，安慰她，与她讲讲我的婚姻经验和体会，同时也说说我的苦楚。当然这是不可能的。我一个糟老头子，绝对会让人觉得我居心叵测，那不是自找无趣和麻烦嘛。

不由自主，我走得离女孩更近了。我发现她露在外面的小腿真白。刹那间，我想起了刘淑香的小腿。那时，我们还在谈恋爱，也是个大雨天，在树林的一块石头上，她把凉鞋脱了，拿脚在弄水。我看着她白嫩的脚说："淑香，我想亲亲你的脚。"她瞪大眼睛望着我喊："你有病啊，脚有什么好亲的！"我说："我没病，我是亲你，我看你哪都喜欢。你脚很白，胖乎乎的，我想亲。"她生气地说："我喜欢正常的男人，不喜欢有特殊癖好的。你要是有这癖好，咱就散了。"我忙赔着笑脸，让她别生气，我说："我稀罕你，才说出这样的话，我绝对没有吻脚的癖好。"

爱情与婚姻不同，我被骗了钱，把财理得不见财的踪影，刘淑香逼死我的心都有。唉，哪还有甜蜜的爱情可言呢！

我是一个很俗气的男人，无法避免想入非非。我真想上去抱抱女孩。突然，一个雷把我打醒，我仿佛看到了老婆那张脸。她肯定在念叨："雷雨那么大，他又死哪去了？"她尽管撅得我"体无完肤"，但她还是在乎我的。唉，话说回来，好不容易挣来的辛苦钱，让我全打了水漂，她，一个顾家的女人能不心疼吗？

想想她跟我这么多年，没过过几天的好日子，吃的不都是苦？她撅我，撅得对。如果她现在还想撅我的话，我绝对不离家出走。我会拍拍她的肩膀，或者抱抱她。我这么大年纪了，还想着天上掉馅饼的事，活该！天上往往掉的是石头，单砸投机取巧的！放着人道我不走，非得跟着鬼过水……

人心都是肉长的，我想起从县摩托车配件厂下岗后，刘淑香去一所中学的食堂里洗碗，每月的工资并不高。她早晨去，晚上回家再做家务。不到五十岁，身子弯得像一只虾。冬天，她的双手粗得像老树皮一般，指头上大大小小的血口子争相裂开，她绑上块白纱布继续把手伸进水里去干活。

为了省钱，刘淑香在集上专挑小的、不完整的、最不新鲜的青菜买，图便宜。别人不要的白菜叶子，最后都进了刘淑香的菜篮子，她边拾菜叶子，边赔上一张笑脸对卖菜人说："怪新鲜的，扔了可惜，让我拾点儿回家喂鸡。"带回家的所谓喂鸡的菜叶子，最后都进了我们的碗里。她很少逛超市，过年时也舍不得添件新衣裳……

雨还在下，不过已经变得很小，天的东南角开始放晴。坐在石凳上的女孩不再抽泣，她依旧低了头，两手抱着肩，把脸挂在胸前埋得很深。猛然间，我觉得女孩很可怜。呀，她像是我的亲人，和我的女儿一般年龄。她无助、迷茫。想到亲人，我心里涌动起一股暖流。这股暖流冲走了非分之想，杂念全无。

我本想离开，可我担心她想不开，怕她自杀。我鼓起勇气，走上前，安慰她，说："你这个孩子，听你的口音不是本地人吧？雨这么大，你坐得这么久了，你应该回家了。"

我的话还真起了作用，一直低垂着头的女孩抬起头来，她怔怔地看着我。看着眼前的陌生人，没有敌视，没有恶意，没有防备，泪水混杂着雨水涌了出来。

"需要我帮忙吗？"我说。

她终于开口了，说了一句："没事，谢谢你，大叔。"

我回了一个微笑，说："下雨天多穿点衣服。"

我又追了一句："你还很年轻，人生才刚刚开始，没有见到的风景太多了。下雨不怕，走好脚下的路才最重要……"

她点点头，没有丝毫嫌弃我的意思。她起身离开了坐得很久的石凳，拖着一身雨水和疲惫，朝着车站的方向走去。

望着她的背影，我的心突然一阵酸痛。

我想，我也该回家了。

等

1

在沂蒙山区沂河中段，20世纪70年代以前的农村，上了年岁的老人的石头老屋子内，靠近门口一旁都会放一口髹深红漆的棺材。

脸上宛如核桃皮的老嬷嬷老爷爷们，家里生活再苦，也要备下一口棺材。他们大多在结婚时就在自家宅院内栽下一棵能做棺材的树，这种树或榆树或楸树。到时把树砍了，请个木匠来解解板子，待晾干后按尺寸大锯一拉，刨子刨得光滑，凿好卯榫，用胶涂至卯榫处一摽，卯榫对接好，一口棺材也就做好了。

生活殷实人家的子女，则是购买上好的柏木给老人打一口棺材，以示孝敬。当地有"拙老婆会做鞋，笨木匠会做材"的俗语。打棺材用大板子，做起来没多少技巧，只要量好尺寸，出徒的木匠都会做。做好后摆放在门内通风的地方不走形，更深层次的含义是向同年龄的乡邻显摆一下，俺也有"材"了。有了"材"，剩下的日子也就不用急了。

郑家独树村的小脚奶奶也有一口棺材。

小脚奶奶的乳名叫作"姣",人称小姣。她天生一双白嫩细腻的小脚。母亲把她的一双脚裹得太紧,民国开始提倡放脚,她的脚没有放好,比同年龄姐妹的脚小许多。

结婚那天晚上,她的男人于祥贵为她洗脚,脚在瓦盆内像极了两条胖滑的小白鱼,用这种方式接触自己心爱的女人,于祥贵心里痒痒的。他用手轻轻地摸弄着就是洗不够,眼瞅着新媳妇的脸说:"小姣,你的小脚真好。"话一出,在门外听房的嫂子,兄弟听了去,于是就有了"小姣,小脚真好"。从那时起,村里人就把她叫起了小脚。

人经不起岁月晃,一晃,就把当年小姣晃成了小脚奶奶。在20世纪60年代末,小脚奶奶有了属于自己的棺材。棺材做好了,像完成使命一般。

但,自从有了这口棺材之后,奇怪的事就不断地发生。

2

坐落在沂河左岸的郑家独树村,传说中出过很多灵异事件。

早些年,深更半夜,郑家福的爷爷醉酒后,从镇上赶回家,至村前时,一盘石碾突然咕咕噜噜作响。他原以为有人在推碾,定睛细看没见人影,碾磙子在空转,吓得他跑在雪窝子里连摔了几个跟头,逃到家后,还大病了一场。

一年的雨天,家东边的大榆树上挂了一个火旗溜,被雷劈断,竟然着起了火,在雨里燃烧。有人说,是神龙把蜘蛛精追到这里,蜘蛛精想躲藏在树上,导致被劈了。又传,夜里,有人经常听到巷子里有女人的哭声,胆大的人出去一看,看到一只白狐,弄得大人、小孩一看天上有黑影就不敢出门了。

小脚奶奶的棺材就出了灵异事件。

放置家中的棺材都有一个讲究,备用之时棺盖与下半部分都会错开一点，留有缝隙，缝隙用木塞垫着，木塞被叫作"银子扣"（棺帽盖）。有"银子扣"是为了不让棺材完全合上，等人到入殓入土的那刻，"银子扣"正好卡在棺盖与棺身的槽里。此棺材再也不会被轻易打开了。

可小脚奶奶的棺材盖与下半部分竟然不止一次地合在了一起，放在棺盖顶上的"银子扣"没有了踪影。头几次人们怀疑是她盼望与自己的男人团聚，弄的这么一个个景象。邻居们围着她一再询问棺材合上的事，她一脸茫然。

人们猜测，老嬷嬷年纪大了，心情焦虑得了夜游症、健忘症之类的症候，自己做的事情过去就忘了。

但三年前，她生过一场大病，显然已没有了掀动棺盖的力气。可眼前棺材却又真切地合上了。再看她找不到的视若命根的"宝贝"们，竟然全在棺材里！这不是灵异又是什么！

<h2 style="text-align:center">3</h2>

人们清楚地记得，那年，小脚奶奶拄着拐棍，推开两扇鬏了黄铜色漆的木门，慌忙从院子走到胡同时的情景。

周世娟和宝成娘正好从巷子南头走来，看她神不守舍的样子，周世娟问："婶子，你不舒服？"

小脚奶奶两眼怔怔地望着她俩说："世娟，你和宝成娘快上俺屋看看。"听了她这句话，两人惊愕地跟着她往屋里走去。

屋门推开，光线一下子挤满了堂屋。除了门左边南北走向放着棺材外，屋里一片狼藉。

进了屋后，周世娟和宝成娘乍看屋内状况，以为招了贼。神不守舍的小脚奶奶这里扯扯，那里翻翻，嘴里不住地叨叨："俺那东西呢，老天爷，谁动了俺的东西！俺的牛角火石、火镰，俺的旱烟袋和布鞋呢？"

床上床下，柜子内，笸箩里，小瓦缸后面，当着她俩的面，小脚奶奶把犄角旮旯都找了，能藏东西的地方全翻了一遍，啥也没见。小脚奶奶颠儿颠儿地在屋内寻找，不停地打着转儿，嘴里絮叨着，头上渗出了一层细汗。

屋内没有，她们仨来到院子，一眼就能望透的小院，石台下，小锅屋一目了然。哪有东西的藏身之处！此时的小脚奶奶像丢了魂一样，坐在地上不动弹。

小脚奶奶的家在村西头，后边是一座小山，家西边是一条沟。明朝洪武年间郑姓迁此立村，后来李家、王家、刘家、吴家、于家陆续迁来。这里最大的特点是石头多。

她家的小石院坐北朝南，房子是十几年前翻盖的。再早儿子于万军要为她翻盖一下老屋，她说什么也不让。

她说："这两间小屋是俺和你爹住过的，不能动了它。"

在城里工作的于万军见母亲一天比一天老了，想让她搬到城里跟自己一起住，有个头疼脑热的也好照应，她却执意不肯。

为了让母亲住得舒服一些，最终还是把那两间小石屋翻新了，盖起了三间有玻璃门窗的新屋。儿子要把院墙的石墙换成砖墙时，老人说什么也不让再动。门口也不让动，她说："儿啊，你再动，你爹回来就找不着这个家了。"儿子听母亲的，只把原来的门口扩了一下，安上了一副大铁门。

小石院，除了三间新屋和一副大铁门外，院墙、院中的石台子还是当年她嫁到于家时的老样子。院墙是由不规则的青石块垒砌而成，石块与石块之间没有任何附着物黏合，它们赤裸而又紧密地贴在一起。靠近大门口的墙顶上敷着一层黄褐色的薄石板，石板上面几捧土里长着几片仙人掌。岁月沧桑，经风见霜的仙人掌最底部的掌片顽强地卧在那儿，输送着养分供新片生长。院东边安着的一盘石磨没有动，任凭一场场雨雪落在上面，那是她与自己男人推过的。推磨的脚步声、嬉笑声和石磨的"吱呀"声依旧响在她耳畔，响在她心头。

两个女人神情异样地嘀咕着，引来了看热闹的人。人越聚越多，周世娟的公公郑嘉福问小脚奶奶："你这又是咋了？"

她哆嗦着说："俺的牛角火石、火镰、旱烟袋、布鞋找不见了。"她说完不停地抽泣，一颗颗老泪淌了下来。

郑嘉福经过这样的事儿。他转过身子朝屋内一瞅，棺材一尘不染，通体鲜亮，火焰一样刺眼。他靠近："呀，棺盖咋又合上了！"幸亏"银子扣"没落在槽处，要是一旦落入，再开棺就有难度了。郑嘉福一愣神，停下步，之前自己怀疑是小脚奶奶自个儿弄上的。现在，她已经没有挪动棺盖的力气，这棺盖到底是怎么合上的呢？

4

十年前，郑嘉福经历过小脚奶奶棺材合上的事。小脚奶奶得了一场大病，棺材却突然间合上了。眼下，怪事十年后再次上演。他走近定睛细看，棺身和棺盖又摞在了一起，"银子扣"不见了。郑嘉福想，这次干脆让木匠一次性多打几个"银子扣"备用。那次，小脚奶奶也是在找她的东西，也把屋里翻了个底儿朝天。

郑嘉福和来的人一起把棺盖打开。

打开棺盖，所有丢失的东西呈现在大家眼前。

原来，小脚奶奶要找的物件全在棺材里！东西找到了，小脚奶奶喜极而泣。她对赶回家的儿子说："儿啊，昨天晚上俺做梦梦见你爹了。你爹回来，脚上穿的还是临走时俺给做的那双千层底布鞋。"

"俺爹还说啥了？"于万军顺着娘的话问。

"你爹进家后就坐到了俺跟前。后来在床沿上坐着，和俺拉小时候，拉他打仗，也拉你。你说他真回来了吗？

"俺问他，你爹没有回俺的话。他说，他想吃煎饼，俺就去叠煎饼，把葱剥下老叶子和葱裤拿给他，还给他去咸菜缸捞出一块腌菜疙瘩，切下一块，让他就着大葱吃煎饼。

"看着你爹，俺又问他话。

"你爹还是没有回俺的话。他说煎饼柴了，想吃新烙的。俺让他等着，就去泡粮食，刷磨，推糊子，支下鏊子烙煎饼。俺把新烙的煎饼拿给你爹，他老是看，不吃，又看着俺，说他想再带上一双俺做的鞋。要那种用针锥扎，用麻绳子纳起的千层底鞋。说俺做的鞋他穿着最合脚。俺说：'早给你做好了，一年做一双，都给你攒着呢。俺盼着你回家拿，今天可算是回来了。'俺把包着几十双鞋的包袱拿到他的面前说：'都带上，保你穿个够。'末了，他要他的旱烟袋，从烟荷包里按满一锅烟，要俺给用火镰打着火。他抽了一袋烟后对俺说：'这回，俺真回来了，回来，俺要带着你一起走。'他说着，拿着他的那杆旱烟袋，烟袋杆上还挂着俺给他绣的烟荷包。

"俺把每年给他做的满满一大包袱千层底鞋挎在胳膊上就跟着你爹走。他没有走，而是看看俺，吸了一大口烟，吐出来，吐出的烟圈真大，等俺使劲儿睁了眼再找他，他就不见了。

"后来俺看清他进了屋，俺想对他说几句话，嘴没张开，俺的喉咙堵得气上不来。俺把气咽下去一半时，他就进了俺的棺材，伏下身去，躺在里头……

"俺跑过去问他，你是不是真的回来了？他坐棺材里冲俺笑，在里面一拉，就把棺材盖盖上了。

"俺哭醒了，原来是个梦啊，要是你爹在梦里才回来，俺永远也不想醒啊。

"儿啊，俺守了那么多年的东西都进了棺材，那可都是你爹的宝贝啊。那个绣有鸳鸯荷花的烟袋荷包是俺和你爹定亲时，俺给他绣的，铜烟袋锅、细竹管玉石烟嘴的烟袋是在你爹成人时你老爷爷给他做的，那块牛角火石和火镰是你老爷爷留给他的。青布鞋，俺每年都给他做一双，几十双包在包袱里，俺打算等他回来时给他的。"

"唉。"小脚奶奶叹一声，眼泪扑簌簌地直往下掉。她又说，"想起你爹，俺就觉得有把尖刀剜在俺心窝子上。棺材合上了，那是你爹来叫俺，看来，俺真得走了。"

于万军看了娘一眼，有些生气："娘，别说这些丧气话。"

"是啊，别说丧气话，哪能走呢。"郑嘉福也劝道。

此时，小院里人越聚越多。听郑嘉福说那棺材上的盖合上了，人们凑到跟前看。啊！棺材真是又合上了！他们在大门外的墙根嘀咕着。有的妇女看了一遍仍然好奇，又悄悄踮脚走到屋门外，棺材真的合上了！红漆，红得瘆人，不由得令人起一层鸡皮疙瘩。

5

小脚奶奶掉完泪就会点上一锅烟。在烟雾缭绕里，她又一次看到于祥贵小时候的样子。

于祥贵的小名叫铁柱，是爷爷给起的。他们两家都住在郑家独树村，一个住村东头，一个住村西头。铁柱七岁那年就和小姣一起过家家，小姣当他的媳妇。流着鼻涕的铁柱回家钻进娘的怀里说："俺长大了要小姣当媳妇。"娘笑弓了腰说："你知道媳妇是啥？"擦一把鼻涕的铁柱说："俺就要她当媳妇。"娘说："好，好，就让小姣给你当媳妇。"铁柱要媳妇，逗得娘和一旁的婶子大娘哈哈大笑。

稍大一点后，小姣总爱玩铁柱手里的火镰和火石。用火镰打火石，你一錾，俺一錾，比一比，赛一赛，看谁先把秫秸穰点

141

着。铁柱跟在爷爷后面看着爷爷抽旱烟，他想抽旱烟，爷爷不
让，说："小孩家不能抽，等你长大了，说了媳妇再抽。"

铁柱和小姣没有事的时候就满村找葫芦秧。他们把干了的葫
芦秧底部的粗棵扯下来，回家用剪子把两头的接骨剪掉，秧棵里
边有孔透气，火镰打火石点着秋秸穰后，避开大人的眼，他们
学着大人的样子"抽烟"。看着"烟"燃了，小姣就唱："青铜
管头琉璃嘴，鸳鸯莲包丝穗头，牛角火石钢火镰，不是一錾是
二錾……"

铁柱猛地吸一口，葫芦秧向里燃一小节，再一抽，草味满
口，除了微微地呛人之外，还有甜丝丝的味道。抽罢，铁柱嘴里
学大人念道："抽袋烟，歇一歇，养足神气好干活……"

铁柱真正吸烟是十岁那年。他趁爷爷打盹儿的光景，把爷爷
的烟袋偷拿出来，跑出家门找到小姣，先是像爷爷一样，把那杆
竹杆子铜锅玉石烟的烟袋别在腰里馋小姣。等小姣非要看时，他
便拿给她看。小姣看了一会儿后，他要过来学着爷爷的样子把烟
锅伸进烟荷包，往铜烟锅里摁了满满的一锅烟，然后用火镰錾火
石，点着秋秸穰后点烟锅里的烟。那烟太呛，只两口，就把他抽
得像打愣了的鸡，小姣也吸了两口，醉了。

铁柱十八岁时，家里为他举行成人礼。爷爷亲自到集市上买
来一个小小的铜烟锅，一拃长的竹竿做烟袋杆，把一个玉石烟嘴
给嵌上，做了一个烟袋，一同把自己使了多年的牛角火石和火镰
送给他。爷爷说："你是大男人了，到了说媳妇的年龄了，可以
抽旱烟袋了。"他接过后，看了又看，铜烟锅锃亮，玉石烟嘴温
润。当着爷爷的面，他按上一锅烟，有滋有味地抽了起来。

不久，于祥贵短短的烟袋杆上挂上了好看的烟荷包。

烟袋荷包是心灵手巧的小姣亲手做的。上面搭配了五色线，
粉水的鸳鸯鲜活。月明星稀的晚上，小姣约上于祥贵来到村东头
没人的大杨树下，把烟荷包放在他的手上说："你得稀罕它，不

然……""不然咋了？""不然俺不嫁你了。""你不嫁俺，俺就打一辈子光棍，你舍得吗？"小姣红着脸蛋剜他一眼……于祥贵嘿嘿笑了两声后，把烟袋荷包看了又看揣进了怀里。看看朦胧月光里俊秀的小姣，于祥贵攥着她的手激动地说："姣，俺想抱抱你，就一下。"

小姣听到这句话后脸一热，心跳得慌，她低头说："不行。"然后拔腿就往自家跑。

第二天，那个烟荷包挂在了于祥贵的烟袋杆上。

6

小脚奶奶永远忘不了新婚夜及后来在田间地头丈夫给孩子起名字时的幸福。夜里，于祥贵笑着对她说："姣，过会儿俺给你洗洗脚。"他把她的鞋脱下来，露出白嫩的女人脚。望着脚，他说："你的这双脚真好看！"随后揣进自己的怀里，说："人家都说娶媳妇是给自己暖和脚的，你看，俺给你暖和暖和脚咧。"

小脚奶奶娇嗔道："你不愿意？"

"愿意，愿意。"

本家兄弟送来的"尿盆"，先是让他们洗脚。这瓦盆是有寓意的，有首小孩都会唱的歌谣："送尿盆，送尿盆，让嫂子为俺早生侄儿。"

瓦盆里盛着热水，于祥贵把小脚奶奶的脚放在热水盆里，他端详着小脚，三寸脚面白嫩得像刚剥掉的鸡蛋一样，细细的脚指头如嫩藕芽一般，白生生的，透着翠亮。一双脚泡在盈盈的水里，像两条会游动的小鱼，于祥贵轻手摸着"鱼"，不舍得用力去擦。

"没见过人的脚啊？"小脚奶奶害羞地把脚从盆里拿出来说。

"没见过这么好看的脚，看一辈子也看不够，稀罕不够哩。"

于祥贵"咯咯"地笑。

不久，小脚奶奶便有了身孕。于祥贵正锄着高粱地里的草，他一高兴，一口气锄了百多步。他把手放在媳妇的肚子上摸一摸，感受孩子的心跳。

于祥贵幸福地说："俺看你肚子里准是个儿子。"

小脚奶奶又嗔怪："你不稀罕闺女？"

"不是。"于祥贵说，"闺女像你一样俊！儿子如俺一般壮！"

小脚奶奶剜他一眼说："儿子、闺女都好，都是俺和你的骨血。哎，咱孩子叫啥名字？"

于祥贵摸着脑袋说："如果是男孩，小名就叫壮壮，俺的辈分下面是万字，咱爷爷早给起好了，大名叫于万君，君子的君。"

"要是闺女呢？"小脚奶奶笑嘻嘻地问。

"要是闺女，咱娘说，小名叫春梅。爷爷没给女孩起名，俺想，大名叫于万梅。"于祥贵高兴得嘴皮子包不住两排白牙。

7

日子随着秋风紧起来。战争年代，部队扩充兵力，有血性的于祥贵和村中的其他三名青年一起报名参军，成了一名新兵。穿上军装，小脚奶奶的眼安在了男人身上再也挪不开了，她捋着他的衣裳说："真像个男人！可俺为你担心。"

于祥贵说："不要为俺担心，照顾好身子，俺还真放心不下你。"

男人随部队临走的那天下午，小脚奶奶把他稀罕吃的煎饼叠了一摞，又把他的旱烟袋、牛角火石、火镰包裹好，一并装进男人的行囊里。还把一双新鞋拿出来，递给他说："祥贵，俺给你做的这双鞋，你穿着上前线，好打胜仗。以后，俺每年都给你做一双。"

于祥贵深情地看着媳妇，他把旱烟袋、牛角火石和火镰取出来，递给小脚奶奶说："俺穿上你做的鞋，带上煎饼就行了。烟袋和火石、火镰你好好留着，战场上用不着这些，万一有一天俺在战场上让那不长眼的枪子儿打死了，你和孩子看看这些物件，也好有个念想……"

"别胡说！"小脚奶奶一下子急了，"你福大命大不会有事的。俺等你回来。"

部队集合的时间到了，于祥贵转身离去，他这一走再没有回头。

于祥贵走后，小脚奶奶每天都到村口张望。她把目光抛向很远很远的远方。她在等，像村人在等一场春雨。然而，从春雨等来一场秋风，一声闷雷，一片初雪，村前人来人往，但都不是于祥贵。

儿子出生，她想，在战场上的于祥贵要是知道这个好消息，肯定高兴得不得了。她一次次抱着孩子在大门口等，领着孩子在村口等，孩子学着她的样子把头脖子长长地探出去。

惨烈的淮海战役，于祥贵和许多的解放军战士一起，鲜血染红了那片战火纷飞的战场。

不久，消息传来，一封信和一张烈士证递到小脚奶奶的面前。年轻的小脚奶奶颤抖的两手再也捧不住这千钧重的一封信。她黑白所盼、日思夜等的消息，终归附于一纸信上。她瘫软在地，浑身像被人抽了骨，眼泪无声无息地顺着腮边直往下倒，一直倒到她两眼发干，再也涌不出半滴泪。

小脚奶奶哭干了眼泪后，把儿子的名字于万君的"君"改为于万军，军人的军。

睹物思人，她拿出丈夫留下的火镰、火石、旱烟袋，摁上一锅旱烟，把思念化作缥缈的云雾。晚上，等儿子睡了后，她从怀内的开襟衣兜里掏出牛角火石与火镰。拿着火镰打火石，錾一下，錾两下，火星子一闪一闪，那小小的火星中，她似乎看到了于祥贵的影子飘过。一股辛辣进入口腔，进了肺腑，进了灵魂。她在那团缥缈的云雾间与于祥贵重逢……

8

日头落下去，满天星星出来了。低矮的石屋内，郑嘉福坐在小脚奶奶的对面。他抽了一锅烟后，抬起头说道："小姣，日子再难，也要往前走，俺想帮着你一块往前走。你少吸点烟，吸多了对身子不好，俺挂心。"

郑嘉福家在小脚奶奶家前面，两家只隔一条胡同。憨厚的郑嘉福在村里是个窑匠，十五岁就跟着既是父亲又是师傅的老窑匠学蹬轮子，整瓦罐、盆子等窑货，也学着烧窑。

学会了蹬轮子之后，他又学整盆、整罐，日子一长，练就一手好活儿。

于祥贵牺牲后，看着于家的苦日子，他就帮着春种秋收。晚上没活，他时不时地到于家串门拉呱。

郑嘉福从窑场里不是提来一个瓦罐，就是抱来一个盆子，送给小脚奶奶使用。他总是把最好的盆子拿来。

"这盆是俺踩的泥，细，亲手拉的坯，晒得最圆最好，还打了滑石粉，和面不沾盆，烧得也好，称心，拿来给你用，擦了滑石粉的和面不拉手。"

小脚奶奶说："俺有盆子用，以后你不要再拿来，省得叫人说闲话。"

郑嘉福走了之后，她躺床上睡不着了。她知道郑嘉福一次次来的目的。她在想男人，想一个和自己好的男人。看看别人一家有男有女地出出进进，自己还年轻，日月长着呢，应该找个人。夜太长了。但这样想的时候，眼前就出现了于祥贵的脸。

郑嘉福进自己的家门，乡邻会说闲话。小脚奶奶说过，但郑嘉福不听，隔些日子又提来一个小瓦罐。

这天晚上，郑嘉福吃过晚饭，悄无声息地提溜一个小罐子。一只牛眼小罐，比牛眼大一些，很耐看，是男孩子喜欢的玩物。放下后，两人默默地抽了两锅烟，郑嘉福说："小姣，俺想和你一块过日子，你再好好想想。"说完后就走了。

儿子自然对这只牛眼罐稀罕得不得了，他提上小罐与小伙伴去村东头的小河里逮鱼捉虾。

小脚奶奶去河边洗衣裳时，儿子把小瓦罐放在她旁边。望着清凌凌的河水，看河水无声息地泛起涟漪，看着成长中的儿子，她心里好像流进了清泉水。

郑嘉福对自己儿媳妇的好，婆婆也看出来了。这里的天塌了，要儿媳妇再找个撑起另一片天的人。

婆婆说："趁着还年轻，再找个人吧。"

小脚奶奶明白婆婆的心意，她一次次在想，她的心里很矛盾，一直在问自己的心。

又一个晚上，郑嘉福又来了。这次他喝了一小碗 62 度的烈酒。进门坐下，摸出烟袋低头抽了一阵闷烟后说："祥贵都走了好几年了，你的日子不易，一个人拉扯着孩子太累。再说，晚上一个人睡觉床也冷……"

小脚奶奶早知道他的心思，说："嘉福，说真的俺也想找个人，俺是个女人，日子也很长，也很想找个人陪伴。"

"那你为啥不找？"郑嘉福说，"你是怕村里人的闲话，还是不中意俺？"

"都不是。"

"那是为啥？"

小脚奶奶说："俺也想过与你过日子，可祥贵他要是旁人，是普通人，俺早就嫁给你了。哪怕是葛木匠、王石匠、贩海货的李贸子，俺就是不给你当媳妇，也会给别人当媳妇。可祥贵他不是别人，他是革命烈士，他是为国死的，俺有他的烈士证。上头说他是英雄！所以俺不能再踏进你家的门槛，与你一个锅里摸勺子，就是和你好一次也不行。那样做了，俺对不起祥贵，对不起英雄！"

微微的灯光里，郑嘉福看着小脚奶奶俊俏的脸，又吸了一袋烟后，他很清楚自己在这盘錾子上"烙下的煎饼"已经不起边了，于是站起身，拉着她的手说道："你不跟俺过日子，你是心中有祥贵，俺理解你。这样吧，俺不强求你进俺家门，俺是个男人，俺想亲亲你抱抱你。"他把小脚奶奶拉起来，紧紧地抱着她，"你把俺当成祥贵吧。"愣住片刻的小脚奶奶回过神来扭头用力地躲避开。

外面一阵鸡叫，听到鸡叫，小脚奶奶说："天不早了，你回家吧。"

郑嘉福说了声"对不住"，便悻悻地离开了于家。

送走了郑嘉福，小脚奶奶关上了木门，细心地别上了门闩。

如豆的灯光亮着，她看看熟睡了的儿子，小小的于万军鼻眼模样里透着几分于祥贵的影子。

9

日月往前赶，赶得小脚奶奶真的成了奶奶。是时候打一口为自己的后事备用的棺材了。

夜已深沉，小脚奶奶从床上爬起来，兴奋地走到院子里，她抬头看天，一片星星砸下来。她听到了那个沉在心底的多年没有听到的声音，那个声音在唤她，唤她的声音在墙外。她打开门闩就往门口跑，哦，她在梦中见到了祥贵。

小脚奶奶对郑嘉福说："有空你和葛木匠到俺家，把俺院子里的那两棵老楸树砍了。"

"做啥？"郑嘉福问。

"俺想做口棺材。"

"你要打棺材？"

"嗯。"

看你长命百岁的相，着啥急，做啥棺材？

小脚奶奶笑着说："年纪大了，是时候了，早做早省心。"

"万军不是要给你买口上好的柏木棺材吗？"

"俺不用他操心，就用院子里的老楸树。那是俺和他爹一块栽的。什么木都比不了俺家的老楸树。"

"行！"郑嘉福点头答应下来。

选了个好日子，葛木匠和徒弟带着大锯，郑嘉福抱着捆绳，又邀请了村里的几位壮年，大伙开始砍树。安全地把树放倒，第二天便来解板。解了木板后，把板子倚在屋墙上晾。经过一段时间晾晒，板子干了后，葛木匠开始做棺材，他是郑家独树村周边一带最好的木匠，木工活儿做得细腻又成样。小脚奶奶忙着燎水冲茶，割了肉买了菜，准备了面饭。她笑着对葛木匠说："他叔，你做了这么多年的棺材了，材头的图、尺寸，你看着来，俺得鎅最好的红漆，不能省的钱咱不用省！"

做棺材没有多少细活，大板正面一刨，楸树的木材好，光光滑滑的。打好卯榫，一对接，老师傅三下五除二就做起来了。又待了两天，让其干透定好型，便开始鎅漆。把兑好的漆往材通体一刷，鎅了漆的棺材，放在院子正当中，通体鲜亮，像一堆火焰在燃烧。棺头用"金漆"写了一个大"寿"字，棺身两边绘的是松柏和仙鹤图案。

棺材做好，所有帮忙的坐在一起吃了一顿饭，俗称打饭场。周世娟把小脚奶奶养了三年的老公鸡杀了，打来了酒，郑嘉福和葛木匠等男人们开怀畅饮。小脚奶奶走近棺材，看着自己的这口好棺材，脸上挂上了笑。

10

棺材在小院里放了几天之后，郑嘉福又约上几个男人，将其抬进了屋里，把葛木匠给弄好的几块"银子扣"放在了棺盖上，这是等到人入殓时才派上用场的小物件。棺身与棺盖在相对的地方左三右三各留着上下小口，口子里衔着一块"银子扣"时，人也就入土为安了。村里自古有这个讲究，人活着的时候，棺材是不能合上的。

把棺材做好，抬进屋里后，棺材的灵异故事就不断发生，棺材不止一次地合上，令人纳闷。岁月催人老啊，老太太病倒了，于万军守在娘的面前，她躺在床上待儿伺候。

奇怪的事在此时再一次发生，棺材盖竟然又合上了。同样的，小脚奶奶的东西又不翼而飞了。

她告诉身边的郑嘉福，说她的"宝贝"昨天夜里不知怎么丢的，听到一阵响，后来就找不到了。

郑嘉福听她这么一说，一看合上的棺盖，认定那些物件极有可能又进了里面。他过去掀开一看，果真，又在里面。

11

周世娟走到小脚奶奶的床前看她，小脚奶奶拉着她的手说："彬彬他妈，昨天晚上俺又梦见你叔了，他想吃俺家的那盘磨推出的糊糊烙的煎饼，让俺去时带上。"

周世娟说："好，婶子，俺给俺叔烙。"周世娟就去提水，把多年不用的石磨刷了，刷得干干净净，又到自己家泡了粮食，把小麦、玉米、红薯干泡在一起，只等明天一早推磨，推出糊糊烙煎饼。

第二天一早，小脚奶奶就醒了，周世娟和宝成娘端着泡好粮食的盆子来到后，她非要起来，到磨前看着推磨。于万军拗不过，就在石磨旁搭了一个地铺，把老娘抱到地铺上，他和周世娟抱着磨棍推起磨来。

看着儿子和周世娟推磨，小脚奶奶喃喃自语："俺和你叔刚结婚时推碾。在老槐树旁的碾上，月影儿下，你叔在前面抱着碾杆推，俺在他的身后扫，跟着他一圈又一圈。两个人拉着呱，多少年了啊，推一晚上都不觉得累。"

糊糊推好了，宝成娘打扫好小锅屋，拿来了柴火，支下了鏊子，于万军又把老娘搬到锅屋门口，看着宝成娘烙煎饼。

鏊子底下的火升起来，鏊子热了，糊子在鏊面上成形，一张张煎饼烙出来，煎饼的香气从小小的锅屋里散出来。看着那大太阳一样的煎饼，小脚奶奶嘴角动着，拉起了长腔："一个个煎饼香喷喷，送给咱亲人解放军。"

12

瓜熟蒂落，小脚奶奶走完了她八十六年的人生历程。

小脚奶奶活着的时候一直有个心愿，她要儿子于万军把她的祥贵找回来。她嘱咐儿子："把你爹找回来，这么些年了，他要和俺埋在一起，他一个人在外边怎么能行！找不回来，俺走了也闭不上眼。"

记住了娘的话，于万军就去找父亲的尸骨。可爹的尸骨在哪里呢？最后，他辗转去了当年的淮海战场纪念馆。在纪念馆，在那些鲜活的雕像里面，于万军真的看到了"爹"的样子，那样子和娘描述的一模一样，尽管他从出生都没有看到过爹啥模样。他走到纪念馆的院子里，双膝跪地，用热泪捧回了一抔战场旧址的热土，抱在怀里如同抱着爹。他亲手把"爹"抱到娘的身边……这抔热土翻越六十多年的山山水水，终于回家了，回到了小脚奶奶的身边。

于万军把荷包旱烟袋、牛角火石、火镰放在娘的衣服里，让它们陪着娘和爹。在棺材里的还有六十多年来，娘兑现的每年为爹做一双鞋的承诺，以及永远在郑家独树村飘香的石磨煎饼。

"送汤"结束，一切入殓完毕。这时，真正把棺材合盖，把银子扣砸进留好的槽里，银子扣入槽，再也开不了棺了。

小石院里所有的秘密似乎都被时间和秋风窥探过，落叶无声。铁门依旧低矮，门闩敲打铁门，两扇门东西向大路敞开着，有人碰一下门面上的裂口，它似乎再也发不出沙哑的疼痛声。

一阵撕裂的悲鸣过后，身穿孝衣的于万军站上板凳，手举扁担，面朝西拼尽全身的气力喊四次：爹娘，上西方大路朝前……

红棺起灵，棺身与棺盖浑然一体，从此再也无法分离。原野铺开，只见，白白的送葬队伍里有一团不灭的火焰，红彤彤的，正燃烧在天地间。

黄土做伴，苍天之下，大地苍茫。棺材双人合一，终入大地。

到七日，五七坟至，烧纸漫天飞起，打起旋涡。于万军和家人跪在坟前焚纸。郑嘉福落着泪对于万军说："你娘和你爹终于在一块了，永远不分开了。"

接着他又说起棺材盖一次次合上的灵异事。于万军看看苍老的郑嘉福，擦掉眼泪说："咱们村其他灵异事或许真有，但俺娘的棺材合上其实都是她自己所为。"

"自己所为？"

"是！她念着俺爹，前几次时她还有力气，自己把东西放进去，合上盖，不放心到处放，忘记了再到处寻。上次是俺娘让我把东西放进去拉上的棺盖。她忘了。"

"娘说经常梦见爹，爹经常在梦里嘱咐她，别弄丢了他的东西。娘还说等她进棺材的时候，让火石、火镰、烟袋陪着她下土，有了它们陪着，她才能安心……

"娘等了爹一辈子，但是俺知道娘从来都没有后悔过……"

于万军说着，一股热泪夺眶而出。他把一沓黄草烧纸放进火堆里，火苗一下子大了起来，黑黑的灰烬被火的热浪一吹，像一只只蝴蝶，围着坟茔飞了起来。

差点没上上上上海的车

昨夜的狂风暴雨留给早上的路面除了深一块浅一块的积水外，就是满地的树叶及残枝断梗。

车窗外的事物从许成艳的眼眶里急匆匆地躲远。她的闺蜜张茂菊从后视镜瞥了成艳一眼后，扑哧一下笑出声来："快说，那晚，你们到底在没在一起？"

"看你笑得多邪恶呀，真是个女流氓！"成艳狠狠剜了一眼驾驶座上的茂菊，"能不能有点纯洁的想法？"

"你就说说吧，你老同学把你怎么着了？肯定和你……"人都有好奇心，成艳越不说，八卦的茂菊好奇心就越重。

成艳脸颊一红说："不害臊！你快好好开你的车吧，不要误了点！"

茂菊稳稳地把握着方向盘，两眼紧盯着前方，嘴里嘟哝："放心吧，咱走这么早，还有好几个小时呢，定耽误不了你的好事。"

车在向前疾驶，好奇心仍在茂菊的脑子里作祟，她又说："那晚，你们俩肯定有事儿。"她故意勾引成艳，把话题引到了那天晚上。

成艳没有搭腔，她觉得心很累。她往车后座的靠背上靠了靠，想合眼休息一会儿。从茂菊有点诡异的笑里，成艳想到了丈夫宋开运。想到了宋开运也是像茂菊一样刁难她。不同的一点是，宋开运可没有像茂菊这样戏谑她。宋开运像个一点就燃的炮仗，他指着鼻子尖的手指让人感到喘不过气，后背凉飕飕。

那个夜，丈夫宋开运两眼瞪得滚圆，如果是杀头牛，他的手中也就差一把刀了。"说，你们俩到底有没有事！"宋开运怒不可遏地吼，摩拳擦掌地发着威，成艳压住心头的一口气，伸手挪开宋开运的手指。她忍受着，难道是做贼心虚？从结婚到现在，虽说两人矛盾不断，成艳心里明白他算是个善良老实的人。这是她第一次看到宋开运大发脾气。

成艳忍受着。

事情已经过去多日，那天晚上的月色柔和。月光温柔地透过薄薄的窗帘洒在成艳和汪一新的身上。他们聊得很开心。汪一新穿了一套浅蓝色西服，粉红色的领带，身上喷洒了成艳最喜欢的茉莉花香味的香水。

汪一新说："这次走得急，没顾上给你准备什么礼物。"

成艳娇羞一笑，说："你人来了，就是给我最好的礼物啊！"

他们是高中同学。这么多年过去了，不管汪一新变成什么样，在成艳心里，他还是教室里那个瞅自己出神的汪一新。

为了这个美好的夜晚，成艳专门把自己打扮了一番。她拿出宋开运同事送她的化妆品，为了这名贵牌子的化妆品，成艳还费了好些周折。她不是那种随意收人家礼的人，可来人偷偷放下就再也还不回去了。她很清楚宋开运同事私下送她礼物的意思。经过一番思想斗争，成艳觉得不能对不起丈夫，就掏腰包买了一件高档衬衫想方设法回赠回去，这才算心安。茂菊知道此事后，脸上透露着不屑，说："要是送给我，我用了就用了，还还他个什么人情。他要是想你这个人，你跟他去一回不就摆平了？"

听到茂菊吐出这样的话，成艳没好气地说："咱俩怎么能成为闺蜜呢，你能办出来，我可不能拿自己的人格交换。"

茂菊讽刺了一句："玩笑开不起了？"

成艳是公司里唯一的会计。本来自己会计工作就忙，每月月底各种数据、各种报表弄得她晕头转向。特别是上面有检查时，遵照公司领导吩咐还得多准备几份报表，哪有时间整天仔仔细细抹粉描眉，不过好在自己天生丽质。

这套化妆品是自己花钱买来犒劳自己的。好化妆品确实是好用，简单上个底色，镜子里的成艳马上就像换了一个人。人鲜亮了，一下子就年轻了许多。

为了见汪一新，成艳找出压在衣柜深处的那件淡紫色绣有荷叶的旗袍，穿上后分明的腰肢更显得丰腴些许。

汪一新一看到她，眼珠子就没有挪开过，特别是她胸前起伏的弧线。成艳看一眼汪一新，头一低，脸一下就热了。没想到自己都接近三十八岁了，还有这种感觉，像是回到了高中时代。那时，自己的内心常常有这种甜甜的、痒痒的羞涩。

那天晚上，她断定丈夫宋开运在公司加班不回家，才放开了胆，让汪一新进家。她和汪一新坐着，聊着。成艳想，世间所有的美好不过如此吧。情浓处，汪一新嘴靠过来，点了下成艳的唇，成艳的脸一下子火辣辣的，那火是从心底烧起来的。汪一新大方地展开双臂说："抱抱吧。"成艳扭了身子，只管摸着发烫的脸。

那一刻成艳感觉到汪一新的心脏和她跳得一样厉害。汪一新一靠近，她就感觉胸前喘不过气来。

门铃突然响了！成艳首先没反思自己当时为什么没有锁死门，而是她压根没想到，宋开运今晚会回来，而且喝酒了。醉醺醺的宋开运非常气愤！成艳看到丈夫那张因"捉奸"而憋红的猴屁股脸，显得很淡定。

眼瞅着宋开运要动手打人，她喊："你别行凶，我给你解释……"然后她示意让愣在一旁的汪一新快点离开。

前一刻，处在甜蜜中的汪一新还觉得像是在梦里，一个回神儿，顾不了什么，便赶紧逃脱。

成艳盯着宋开运，脸不红，心不跳。平时两人闹家庭矛盾，宋开运是个三分钟的气球，肚子里的气撑不了多长时间就会瘪下去。现在，他感觉老婆给自己戴绿帽子，抓着成艳的胳膊就往外拖，成艳被弄疼了，啊啊地一声声叫着，她尝试几次都没能甩开宋开运有力的大手。

她曾经对宋开运说过，最讨厌别人动她的胳膊！成艳与宋开运扭打着，说："姓宋的，你再动手就离婚。"

宋开运一听她说出"离婚"二字，更是气得话都不囫囵了。他似乎是从牙缝里把句子挤出来的，他说："离——婚，你要离婚——好，我这就和你离婚！"

晚上，两口子打仗要离婚，吵闹声惊动了四坊街邻。

宋开运当着出门看热闹的邻居们面喊："让你找野男人！"

成艳已无地自容，她争辩道："胡说八道！你少给人乱泼脏水，发什么酒疯！你不嫌丢人，我还嫌咧！"

"你还有脸说我胡说八道，我有证据！"

"你有证据拿出来我看看！"成艳也只有豁出去了，她继续争辩。

"我眼瞎啊？"宋开运嗓门提高了，"要不是你，要不是，我……我，早就要他死在这里！"宋开运像条发疯的狼一样。

"偷人还偷得这么理直气壮！"宋开运不依不饶。

"我怎么了？"成艳又把头抬起，她挺了挺肚子，其实，她尽量不让自己再继续大动干戈下去，她的本意更不是拿肚子里的孩子和宋开运赌气，因为她已经有了四个月的身孕。

　　终于，在邻居们的劝说下，两口子回了家。在家里吵吵闹闹又是一阵后，成艳把自己关在卧室里，捋起袖子摸摸胳膊上一大块紫红的印记。委屈中的她没有忘记汪一新，她放下身上的疼痛，还是给汪一新发了一条短信："对不住你，让你担心了，一切安好！"

　　在客厅埋头抽烟的宋开运，又恢复成一只闷葫芦。

　　成艳一直紧紧攥着手机，手机一直没有动静。她此时多想汪一新给予她温暖的话，但没有。成艳躺在床上，眼泪漫过睫毛，漫过鼻梁，漫过她精心收拾的妆容，吧嗒吧嗒地落在床单上，床单靠近她眼窝的地方，湿了一片。

　　想到与汪一新的特殊会面，成艳鼻子还是酸酸的。

　　茂菊看到成艳不高兴，说："开心点，你既然不说，我就不强问了。但那一次，周经理是怎么回事？"

　　成艳有些后悔，后悔让茂菊开车送自己去市里的火车站。她本来想打出租车去坐火车到上海，但是又怕等出租车耽误了行程，就想到了请闺蜜茂菊帮忙。

　　车票已买好，既然自己决定的路，说什么也得走上一趟。她有好几次都想去上海，都没去成。第一次，成艳走到长途汽车站卖票处，想买票，但还是犹豫了，没有买成。第二次，想到上海，计划都定好了，由于娘家出了点事，去长途汽车站时，车刚开走，误了点，没赶上车。第三次是自己身子突然难受得厉害，没能坚持到火车站就半途折返。最后一次因和宋开运吵架，弄丢了身份证而取消了去上海的行程。这次说什么也得坐上去上海的车不可！

　　成艳情急之下打电话让茂菊送自己一程。成艳知道，茂菊虽然嘴好说，爱打听事，但人心好，特别是对自己。只是没想到以前告诉茂菊皮毛的事情，茂菊很快就识破了表面现象。她曾经有一次很直接地质问："艳，你与我说假话是什么意思？你真不够意思，我们姊妹俩还有什么事情好隐瞒的。快坦白！"但成艳有难言之隐。

"你不开口，只会让人继续误会，就算我八卦，也是真心关心你。周经理的事我信你。"茂菊说。

"我跟周经理清清白白的，你应该知道我的为人。"成艳说。

"我是怕你受冤受伤害。还有，你的胳膊是怎么伤的？是周经理弄的？"茂菊说。

面对闺蜜，成艳一五一十地把事情的经过跟茂菊说了。她的胳膊受伤不轻，骨折过，造成这伤的罪魁祸首不是别人，而是宋开运。

成艳说："那晚，我们真的没有事，清清白白的。我们就坐在沙发上聊天，拉手，汪一新亲了我，仅此而已。关于周经理的那件事，完全是宋开运冤枉好人，乱扣屎盆子。"

成艳说："那次，周经理约我出去，说自己要辞职了，想好好和我告个别。就在离公司二公里的那片空旷的闲地里，我开车出来，他上了我的车。车停在一棵枫树下，窗外刮着小雨。周经理说，把车窗摇上吧，外面凉，有雨进来，怕淋着我。他话刚落，周经理就把身子沉沉地朝我晃过来，我只觉得他那圆滚滚的肚皮快贴上我的胸了。"

"无耻！"茂菊插话说。

"不是，他想去按车窗上的玻璃按钮，后来我抢了一步，车窗摇上去，很快，车外面就看不太清了。

"周经理那次是喝多了，两句话没说就攥紧我的手，嘴就朝我亲上来！"

"色狼！平时道貌岸然像个人一样。"茂菊生气地说。

"我当然使劲推开了他，警告他说：'周经理，我很敬重你，你也要尊重我……'

"他扳正自己的身子，回到座位上，叹了口气说：'我知道，

你是嫌我年纪大。我觉得我们之间是没有代沟的，我从心底喜欢你！'

"'喜欢我什么？我有什么值得您喜欢？'我没好气地问他。"

"他怎么说？"茂菊问。

"他半天没有说话，好像憋着话到嘴边又咽回去。"

"老色鬼！我就知道他对你有想法，以前公司聚会的时候，他就色眯眯地看着你！"茂菊说。

"唉，我都不好意思开口说。"成艳看一眼茂菊。

"有啥不好意思的，说吧。"

"他说，他已经很久没有那个了，问我要是愿意，开个条件，给他一次！"

"呸！"茂菊呸了一声。

成艳咬了下嘴唇，说："当时我就把他赶下车了！"

"女人啊，不容易啊。丑了不行，有姿色了，也是麻烦呢。以后不要单独出去！不给任何人机会，这是姐的经验。"茂菊语重心长起来。

"女人美与丑是天给的，选择不是自己的吗？美与丑都没错，不能让男人决定我们的命运。"成艳点一下脑袋，表示同意。

说到周经理，成艳没有愤怒或是悲伤。她脑海里闪过的是汪一新。奔四十的汪一新一直单身，他竟然能说到做到，没有成家。汪一新说过他不结婚是因为爱着成艳。这个时代还有多少人肯为爱情付出，甚至牺牲时间？汪一新很不容易。

"最后，你与周经理怎么着了？"茂菊继续问。

"他下车走了，后来雨越下越大。"

"真是厚颜无耻！"

其实，成艳从来没有想过用厚颜无耻来形容周经理。想到与他"发生的事情"，她心里还是有些凉的。孤男寡女在车里，这样的小道消息很有吸引力，很快好多人都知道了。茂菊也知道了，有人说成艳和周经理在车里待了很久很久，故事说得有鼻子有眼。周经理辞职去了外地，自然听不见什么。成艳呢，说道她的当然没有好话，不光公司里私底下传了一段时间，还传到了宋开运的耳朵里。

人言可畏，可畏的人言。不是事实，那又怎么样？成艳没有怕。但宋开运不依不饶，与她不断吵闹，他们之间的矛盾升级。真难啊，咋就没个人理解自己呢？

成艳想，既然已嫁为人妇，能凑合过日子就过吧，可宋开运的在乎是自私的、扭曲的，起码宋开运没有汪一新那样尊重她，更别提疼爱她了。如果没有汪一新，她也不会感觉到什么是真正的幸福。与周经理的独处事件出了之后，宋开运争吵着要她说清楚，这本身就是说不清楚的事情，急了眼的宋开运推倒了她，才造成她胳膊骨折。

伤在身上，疼在心里。

听完了成艳的讲述，茂菊知道成艳这些年和丈夫过得并不好。她点点头，觉得成艳一直也挺不容易的。

茂菊知道，当初，成艳不光只是遵从父母之命嫁给了官二代宋开运，主要原因是汪一新。她和汪一新高中时就约定，以后在一起，工作在一起，生活在一起。可是后来，汪一新去了上海，这一去就没有要回来的意思，成艳当时赌气，干脆顺了父母的意愿，嫁给了宋开运。

宋开运长得也算英俊，条件也不孬。她想，只要宋开运对自己好，过日子怎么过不是过，生活还能天天浪漫？时间能抚平一切。可，事实并非如此。只要汪一新在成艳的脑子里一出来，成艳的世界就是汪一新的了。这些年来，她反思自己不是个好女人。但，事情总是多个方面的，她心里的空，宋开运就没想过给她填平。

难道就像茂菊说的，得不到的才是最好的？

茂菊在等红灯的路口停下。她问成艳："再问你个事，你要如实回答啊，你们那个怎么样？"

"怪不得人家都说你是个女流氓。"成艳又使劲剜茂菊一眼。

茂菊说："你不像我啊，我眼里可容不得沙子。我家那个死鬼，听我眼线说，老东西在外面又不老实，如果被我抓到，老娘这次让他净身出户！"成艳知道茂菊和以前一样就是嘴上说说，就算和男人打破头，也不会离婚。用茂菊的话说："还不是为了孩子，便宜了那老家伙，等孩子将来毕业了，就跟他断个干净！"

她没有正面回答茂菊的问题，她不想提。

她惧怕，在与宋开运亲密时，自己还像那次那样不小心，激动时叫出了汪一新的名字。她在魂牵梦绕里，在水里、海里、云里、雾里，竟然叫出了汪一新的名字。她知道宋开运是听见了的，他突然从她身子上滑下来，仰面瘫在一边，显然脸色有些不好看，不一会儿就侧过身子睡去了。

后来，随着宋开运在单位也有了一个新的称呼，回家的次数也越来越少，让人不能接受的消息也不时传到成艳的耳朵里——宋开运在外面找女人。

正因为丈夫有时住在单位，上夜班、不回家、不关心成艳，才有了汪一新进家门的事件。

"这事你冤枉人家老宋了！我私下听说了，那些事是他单位的张大嘴造的谣！老宋闷，不会说，但是除了你，绝对不会偷腥的！"茂菊说，"其实，说句真的，老宋管你，那是在乎你。"茂菊说得掏心窝子，"不像我家那死鬼，我年轻时让他骗了，现在他又找人，我说他，他让我想找人就找，让我别管他！再过几年，孩子不在身边了，鬼才管他呢！"茂菊说得既气愤又伤心。

提起孩子，成艳的心还是像是被刀剜了一下。

"你后悔，打掉孩子吗？"茂菊问。

前一段时间，茂菊不敢在成艳面前提孩子。自己身上的肉，血浓于水，胎儿已有五个多月了，引产的痛不说，光心疼就足以击垮一个正常的母亲。刚开始茂菊骂她了，说她心狠，说她身在福中不知福！人，不能不要自己的孩子！茂菊觉得成艳心里有魔障，建议她去看心理医生。可成艳心里清楚，她的心理问题是远在上海的汪一新。茂菊希望自己的好朋友能涅槃重生。

汽车开始平稳了，有那么一刻，她在心里祝福起宋开运。她想，如果宋开运突然站在她的身后喊住她，她也许会改变主意，不去上海了吧。

开弓没有回头箭，成艳用命去赌的上海之行，对她而言，本身就是一种壮举。当然也是茂菊誓死也跨不出的界限。

"后悔还来得及！人，选择很重要！"茂菊说。

"来得及吗？"

"到底还来得及吗？"成艳在心里问自己。

可是茂菊不知道的是，自从她打了孩子后，宋开运开始酗酒，每次回家就把她当成发泄的对象，不是腿上紫一块就是背上破了皮。有一回，宋开运直接一个飞旋脚正好落在她的小腹上，导致她后来小腹时常作痛不说，下身还流血水。这些身体上的折磨，她有时候是麻木的。她心里想，就当上天替孩子惩罚自己吧。宋开运的嘴把那些刺耳的话灌进她的心窝里，让她烧心……她想起来不光身体会旧病复发，心也会一剜一剜地疼。

突然，正向前的车子颠簸了一下，茂菊来了个急刹车，成艳身子猛地向前冲了一下，忙问怎么了。

"前边不能走了。"茂菊下车查看。多日不走这段路，没想到前面修路，路段由于昨夜大雨，也冲垮了一截，车子过不去了。

"真不能走了？"

"真不能走了！"

"那怎么办？计划好一个半小时到火车站，休息十分钟正好赶上直达上海的火车。这条路是去火车站的必经之路，也是最近之路。难道得再绕道？"

"只能绕道了。"茂菊说。

"怕是时间赶不上吧！"成艳急得直跺脚。

茂菊想了想说道："对了，我知道还有条近点的路，不过从来没有走过，不太熟悉路况，走不走，你说吧！"

"试试吧。"成艳咬了一下嘴唇。

茂菊加快了油门！

成艳随着车的巨大起伏，身子也在飘起来，仿佛一会儿撞山，一会儿下海。终于，车子在南岭市火车站几个大字前停了下来。成艳使劲按着手机，八点十分，还有五分钟发车！她慌忙提起行李箱，紧紧攥了一下茂菊的手，然后冲向候车厅。

在经往候车厅的门口处，成艳的胳膊被所带的伞猛地划了一下，不一会儿就有血渗出来，成艳已顾不上去处理。过了安检口，她登上车，随着几声低沉的咔嚓声，去上海的列车启动了！

她看了一下手机，这时间，唉，差点没坐上去上海的车。

成艳双脚踏上列车的那一刻，似乎才感觉到来自伤口的疼痛，更大的一种痛是在她的心上。她的眼泪唰地一下，重重地砸在向前急速行驶的列车地板上。

小城青年李胜利

天刚麻麻亮时，父母电话里说，这次相亲再不成，他们在乡邻间就抬不起头了。

李胜利使劲儿掐掉电话，朝雾蒙蒙的窗外呼出一口气，发现了自己额上的潮湿。

约好的相亲时间是早上九点半，在县体育运动中心的广场上。昨天夜里，对方就提前进入了他的梦里。姑娘的模样比照片里模糊，却满足着他对未来生活的美好憧憬，又刺激着他的荷尔蒙。以前从没发生过类似事情。难道是肖娜的缘故？整个晚上，肖娜像个游魂，在梦里来回穿梭。

李胜利曾经把高中同学肖娜当成择偶对象，现在也是。只可惜，爱情的结局永远都不会是剃头挑子一头热，更何况蝴蝶不会多次落在同一朵花上。

时隔三年，在潮湿的旋涡里，肖娜又浮现了出来。

最后见肖娜是她的生日，她主动邀约。肖娜说在家中过生日。好，哪里不重要，重要的是肖娜会主动约他。临行前，李胜利在家认认真真地刷了牙，"你是我的情人，玫瑰花一样的女人……你是我的爱人，像百合花一样的清纯……"刀郎沙哑的歌声在手机里循环。他对肖娜说过，听这首歌特别有感觉。肖娜说，听老歌的人有故事。

"不，那是不老的灵魂。"他说。

李胜利随着歌调哼起来，他对照镜子正面、侧面反复打量着自己。他发现身上的蓝色衬衣显得沉闷，于是快速换上白衬衣，立马显得精神了。他从衣柜里取出一瓶阿湘送的香水，学着电视剧里的情节，把鼻子凑到瓶口，果真，轻轻一闻，就这么容易地醉了。再朝头顶上空喷洒两下，转一个圈儿，这情调简直绝了！他深知这味道不能太重，肖娜喜欢淡淡的清香。

皮鞋当然也是最好的那双，平时只有出席重要场合，他才舍得穿。他抹上鞋油，用一块陈旧的手帕把鞋擦得放地板上都会泛出光。停下来后，他听见了自己的心在胸腔里发着咚咚的声音。

当李胜利把一切准备妥当去见肖娜时，肖娜来电话说，她有件事要处理，让他十点过去。李胜利暂且收服心里乱撞的小鹿，盯着时间，一分一秒地煎熬着。九点三十分，他又刷了一次牙，幻想肖娜一定会闭上眼睛，把粉嘟嘟、湿乎乎的小嘴唇递给他，让他如蜻蜓点水般吻一吻，然后再如干柴烈火般开启唇舌大战……他闭了眼，仿佛牙刷在嘴里的动作就是预演。

他刚跨出门，手机就响了。肖娜说把时间改为下午三点，他如一盆水在火苗上浇了一下。难熬的几个小时里，李胜利屁股上像长了钉子，他盯着时间，终于熬到两点多，小鹿在胸膛里又活跃起来。临行前，他又刷了一次牙。

李胜利满心欢喜地来到肖娜家里时，肖娜扭动着腰肢正在厨房里忙活。只是天变得太快，肖娜还没来得及闻他身上的香味，杨军从卫生间里走了出来。

一想到杨军，李胜利气就不打一处来。背黑锅的那件事至今仍像块粪球堵在他胸口，令人恶心，气愤！

他当时给肖娜带了一件喜欢的玩具熊。他忘记了是如何放下礼物，如何逃离现场的。时隔半年，他也没有主动与肖娜联系。噗地吐了一口痰之后，他把肖娜从手机通讯录里删掉了。

多年过去，肖娜现在什么样子了呢？

窗外透明的薄雾，突然被一种颜色晕染得淡了，变得透明起来，趋于光。

他咽下一口口水，预感从脑子里钻出来企图指引他。提前预知结局又能咋样？如果可以，他一定会按自己的想法去干一遍，把生活重新活一遍，不做怎么知道会不会有另一种结果呢？

相亲的时间来了。没有梦境中的样子，预感这东西是会牵着人鼻子走的。姑娘就坐在"青桔"共享单车上，她的皮肤看起来比照片中白了几个度。她沉稳中透着一点儿高冷，这与活泼的阿湘、温柔的肖娜截然相反。毋庸置疑，李胜利对姑娘也是中意的。姑娘直起纤细的腰身，眼扫着身下的车子说，自己的汽车借给了朋友。

"没事，我开车来的，我送你！"李胜利说完就把口袋里的二手吉利车钥匙往深处捣了捣。李胜利控制不了自己脸上略显稚嫩的褶子，嘿嘿地把笑容铺满脸。他问姑娘有什么爱好。姑娘答："有时跳跳舞。"

李胜利说："我喜欢打篮球，上大学的时候，我还是我们院篮球队的副队长呢！"两人寻着话题说了一会儿后，李胜利说，"我们去吃饭吧，我订好包间了，哦，是餐厅的包间。"他说的是真的，在这之前，李胜利特地跑去县城新开的高档餐厅订了包间并把餐厅经理的名片装进了口袋。

来到了餐厅，姑娘客套地点了几个菜，两杯饮料。李胜利看到菜单上印着特色水饺，他想起上次在路边的水饺店里，阿湘专门点了韭菜馅的水饺。阿湘还强调，专门给他点的，男人吃韭菜好，可惜没有生蚝馅的呢。说完，阿湘朝他来了一个邪魅的笑。

姑娘是县人民医院合同制护士，她全程没怎么动筷子，聊起自己的工作倒是挺有话头。李胜利给她夹了一块红烧肉，姑娘道完谢后就放在了一旁。李胜利这才后知后觉，她不是阿湘，娇小的阿湘能把整盆红烧肉吞个干净。结束后，姑娘拒绝了李胜利开车送她的请求，以工作太忙为由扫码"青桔"单车而去。临走前，李胜利照旧主动扫了姑娘的微信。

李胜利怅怅地看着姑娘远去的身影，杵在饭店门口的公共单车旁边，整理了一下崭新的西服。一阵凉风乘虚而入，顺势给了他一个寒战。

回到办公室，李胜利握着口袋里烫手的手机。时间拉长到晚上，姑娘终于通过好友。他假装轻松，用最漫不经心的方式主动问候，对方也很客气。故事就这样从最初聊兴趣、聊工作、聊人生，再聊到不得不面对的房子、车子、存款时，好像戛然而止了。手机那头趋向凝固。李胜利拿起办公桌上的可乐，一饮而尽。他又想起父母那张哀愁的老脸。在卫生间的水池镜子面前，他揪出几根想卧底的白头发，不费力地一扯，像人抽烟吐出的烟雾，一种一如既往的快感，很舒服。他百度过，说这叫什么"拔毛癖"——管他呢！

强扭的瓜不会甜。干杯！纪念他第十二次相亲死于此时此刻。

他都懂，这就是社会。他想过，以后他有女儿了，可能也不愿意让她嫁给一个没房没存款的人吧。绕不开的话题，房子，房子，还是房子。父亲说，打算在老家给他盖上二层楼房。"你看那些有钱人，都跑到乡下住平房，环境好，还养生。城里两条框框就要十多万，咱盖两间车库，放啥放不了！关键，满打满算十五万能拿下来。"他还强调这十五万是老李家人大半生的积蓄。

"距离县城的工作能方便吗？"十万八千里，不是十里八里！一提这个，李胜利的酸水就涌到了鼻尖。

"啥工作？堂堂大学生去当外卖员吗？老脸都让你丢尽了。"

"当外卖员咋了？不偷不抢，凭力气赚钱，我光荣，你们有职业歧视。"李胜利没有歇斯底里，但每一句都压在父母的心口上。母亲咳两下，脸色变得难看且难受。"等卖了一棚猪崽，你拿去换台新车，再有剩余拿去添房的首付……"母亲总是低下头掸着自己的衣服，顺从地重复这些杯水车薪的话。

无休止的争吵让李胜利不愿再回到老家。喜欢打篮球的他又买来一个新篮球，只要一有空，他就到县体育中心的篮球场上，尽情地把汗水洒下。

这个时候，阿湘总会出现。看他如何运球、带球，突破他人防守三步投篮的潇洒动作，尤其是那漂亮的三分球，阿湘会不由自主地拍起手掌。当李胜利满脸是汗下场来，她会递上来一条毛巾和一瓶矿泉水。

"这种女人不配你！"阿湘很快知道了李胜利相亲失败的消息。李胜利认为阿湘说反话，他没有回话。

"错过错的才能遇见对的！"阿湘站在李胜利的跟前，念着书本上的句子，声调抬得高高的。

李胜利没有搭话，坐在自己办公桌前解决掉四杯速溶咖啡。他在写教案，准备明天迎接编程班的新生。这个月工资算一下提成，可观。李胜利顿时忘掉不愉快的相亲，脸舒展开来。

阿湘也笑了。

这所培训学校是县城规模最大的艺术培训机构，考了两次公务员失败的李胜利很珍惜这次工作机会。过了试用期，工资总算爬上了四千五百元的坡。这还不包括他平时请事假、病假。毕业三年来，这个工资不算高，却是暂时稳定的。至于家里微薄却又沉重的相助，他更是张不开口，下不去手。父母供自己读完书已是不易，他又怎能伸手去接父母的血汗钱呢？

长相漂亮的阿湘在培训学校做前台接待工作，年龄与工龄均比李胜利高两年。李胜利在学校辅导学生编程课，这与他的专业正好对口。从某些方面讲，李胜利辞掉外卖工作能很快适应辅导学校各项工作流程、人事关系，阿湘没少给他帮忙。

李胜利时不时地递给阿湘一些小礼物，或者帮她点份外卖以示感谢，阿湘来者不拒。接过李胜利的善意，她总是把两个梨涡笑得格外甜蜜。李胜利说："很幸运能遇到一个铁哥们儿。"

阿湘在李胜利转正后的一次聚餐上，看着李胜利用京腔说："不要喊我哥们儿，我是个柔弱的小女子。"

李胜利看着阿湘千杯不倒的豪放样子，心里温温热热地痒，他竟然有点喜欢上了她。阿湘喝多了，向李胜利微微一笑，他更是无法招架。

阿湘真的喝多了。回去的路上，她吐了李胜利一身。李胜利把没有回家的阿湘送回宿舍，把她扶上了楼梯，进了宿舍放下她。阿湘嚷嚷着要给李胜利按摩身体，李胜利耐心地锁好门，回到了自己的宿舍。谁知，连续三天，阿湘都没有搭理他，这令他很是郁闷。

李胜利自从在县城辅导学校工作半年下来，选择挤在四人一间的二十平方米的宿舍里。自打春季入职以来，李胜利把那份对工作的热情化作篮球场上的洒脱与奔放。这是李胜利最喜欢的放松休闲方式。他知道在不远处一直有双眼睛盯着他看。转眼，热情会转移到烧烤摊上，一扎啤酒，三两个好友，回到宿舍也是半夜十一二点了，泡一杯速溶咖啡，就着晃眼的灯光，再把明天的课件准备好。

整个夏天好像没有空调可以，没有球赛可以，但是不能没有烧烤和啤酒。李胜利认为，烧烤虽然费钱，但是它所带来的价值远超过它本身的标签。世上烦恼之事，是没有一顿烧烤和几瓶啤酒解决不了的。

男生宿舍的后边是女生宿舍，还有阿湘。他曾经想过，若干年后，他未娶，阿湘未嫁，他们就在一起吧。这当然又不行，首先就过不了母亲这一关。阿湘离过婚。李胜利虽然三十出头，在县城里仍然没有属于自己的一套房，但是娶个离婚女，家人始终是不同意的。或是，李胜利问过自己，是他不够爱吧，阿湘不是肖娜。阿湘也有烦恼，她也在弄清楚李胜利为何不带自己去见家长。李胜利在她面前总是一副积极青年的样子："不立业怎好成家？再说了，我还有太多的机会。"

"啥机会？相亲的机会？跳槽的机会？"阿湘在那个加班后的晚上把话吼在李胜利的脸上。

李胜利在阿湘的身上好像用尽最后一丝力气似的，阿湘说："让我给你按一按仙骨穴吧。"说完，阿湘就把一只纤手伸到了李胜利的屁股上找穴位，他嗷的一声逃脱开。"痛！痛就对了，痛则不通，更需要按了。"阿湘一下扑到李胜利的身上，然后笑得前仰后合。

李胜利最后点上了一支烟，他向烟雾弥漫的窗户缝隙外望去。有一刻，李胜利觉得自己的眼睛盲了。结婚哪有那么容易，即便你不要这不要那，旁人的眼光总是在的。

"面子值几个钱？我们新青年不应该为自己而活吗？"阿湘说。

"人与人是不同的，我不想当房奴，但不当房奴谈何容易。当了房奴，人就不自由了。"李胜利自问自答。

"有房总会有动力，那才叫家。"阿湘很较真，她试图努力与执拗抗争。李胜利提上裤子，把储物间的门用脚踢了踢，说："放心吧，我不缺的就是劲头。"

谈起房子，李胜利的心终归是沉重的。谁都晓得县城的房价逼近万元一平方米了，就是偏远位置也都往七八千元上靠了。望着城里高高矮矮、大大小小的建筑塔吊，伴着机器的轰鸣没日没夜地缔造着小城的繁华，李胜利眼里有绝望。他用两年的时间跑遍了小城的售楼处，也带回无数本房价单，新的，旧的，压在李胜利的心头。他动过贷款套现、借钱、信用卡支付的念头，想凑首付款。方法总比困难多，那万家灯火中总会有属于自己的一盏，不是吗？李胜利想。

"靠自己！路是自己走出来的！"培训学校的校长在会议上慷慨激昂的演讲还响在李胜利的耳畔。

阿湘把几本成功励志人物传放在李胜利的办公桌上，他随手扔一旁，说："成功人说啥都是真理，失败者讲啥都是屁。新青年唯有脚踏实地去奋斗才是真！"

青年人的奋斗，又何尝不是栽跟头"交学费"过来的呢。在一个傍晚，他向阿湘讲述自己曾经创业失败的过程。阿湘问，后悔吗？从不后悔！几次话到嘴边，他还是咽下去了。总归，失败了没有什么好炫耀的。

李胜利说，那年刚踏入社会，四个朋友合伙一起开公司。他从亲朋好友那儿借了五万元，加入了一位网吧老板的团队，搞食品代加工。结果不到一年工夫，赔了个精光。那段时间里，他那两个同学都一蹶不振，还有一个很精明的社会油子不见了踪影，只有他选择了面对。

阿湘认真地听着，即使李胜利不说，她也听到过有关李胜利创业失败的传闻。阿湘说："社会险恶，只怪我们太单纯，一不留神，只有被骗的份儿。"

李胜利说，骗不骗的不再计较，他始终相信，一开始所有人的心必定是串在一条线上的。但生意好做，朋友难交，那位网吧老板比他们的心眼多得多。

李胜利说，唉，怎么说呢，虽然失败了，可不代表永远抬不起头。失败了就成身后流水了，不必深究了，但总结教训是有必要的。识别人心，擦亮眼睛，会少走弯路的。

他又说，那次投资失败原本没有那么惨重，原本可以减少一些损失，但是他坚持把剩余的八万元发给工人做最后的工资。生意伙伴都不同意，事情有轻重缓急，当务之急先补救窟窿要紧，至于工人工资可从长计议。实在不行，可以先打欠条。智商过剩的时代，信誉第一，李胜利坚决要给工人结算工资，并且一分也不能少，自己的那份没有要……

同伴说："没看出来啊，你李胜利不光想法多，脑袋还容易进水……"

李胜利说："我不怕从头再来，不怕被骂，还是做个好人吧。"

"好人？"一听到好人两个字，合伙人仰脸大笑。

这个时代什么是好人？

就这样，李胜利和伙伴们把剩余的款项结算了工资，交了加工场地的房租。当然，他的房车梦也随之东流，化为泡影。

他说："那些日子，鬼知道我是怎么活过来的。"

"还好，在这里，又认识了你。"说到这里，李胜利注视着阿湘的眼睛，阿湘潮红的小脸立马多了一层潮湿感。

阳光洒在李胜利身上的时候，他感觉自己身子里的血液缓缓地苏醒着。在将来的某一刻是完全可以澎湃起来的，只要活着。

李胜利经常浏览的"软件程序"，选择的阅读元素无非就四种，房产，汽车资讯，招聘信息，最后再是情感栏。阿湘以开玩笑的方式问过李胜利，为啥在上学时不找个女朋友。

李胜利不愿提起肖娜。与其说肖娜物质，不如怨自己能力达不到肖娜的要求。放手的结局就是容易在今后的情感世界里自我划下伤痕。别人是，李胜利也是。

阿湘是个长相漂亮的好女人，她的男人却是个赌徒。婚前，阿湘要星星，男人不敢摘月亮，婚后对她却非打即骂。一年后，实在受不了，阿湘花掉所有的积蓄打了官司坚决离了婚。阿湘揭开不愿示人的伤疤，这对李胜利是例外。

灯亮门开，储物间恢复了平静。

李胜利突然有点饿了，他想没了力气的阿湘也需要吃点啥。

楼下的街上有个卖烤地瓜的老头儿，喇叭长腔地喊着："香甜的地瓜喽，来看一看来尝一尝了，馋（甜）不掉牙，不要钱……"

还没等李胜利下楼的工夫，一辆敞篷城管执法车驶来，老头儿带着他的烤地瓜三轮车和叫卖声丢了命地狂奔后，在街头的某一处角落里隐藏起来。

第二天，李胜利换了一件没有口袋的衣服，手里端着咖啡照常上班。阿湘脸上依旧荡漾着梨涡笑。打招呼，备课，接待，电话回访，一如往常。离中午下班的前两个小时，李胜利点了外卖，今天他打算换个口味，要份一家新开的米线，换换吃了十几天的拉面和黄焖鸡米饭。单位餐厅里没有中午饭，只有下午与学生一起的免费餐。下午可以将就，中午不能。李胜利与同事小刘不一样，小刘是传说中的富二代，赚仨枣可以吃掉三个，即便赚不到，吃穿照样不愁。唉，人各有命啊。

第三天，李胜利的半月教学检视表下来了，他所带的班级又是第一名。同事问他是如何做到让学生喜欢、让家长满意的，李胜利抿一把稀疏的头发，头一仰，表现出一副欠揍的样子说："个人能力问题。"

李胜利安分守己地上班，外头却是喧闹的。各种朋友同学怀揣着不同目的陆续来找过他，有卖保险的，推销网贷的，卖房的，销售药品器材的……

多年不见的同学杨军突然出现在他的面前。见面后没有说上三句话，就把目的和盘托出，他是来向李胜利所在的培训学校推销节能轿车的。他和李胜利商议如果可以接下这个活儿，在学校推销成功之后，按每一辆车价格15%的提成给李胜利回报。李胜利拒绝了。

杨军喜欢走捷径，当然中间也赚过一些钱，这些年从同学那里，李胜利还是对杨军有所了解的，最主要的是他看不惯杨军的情场做派。有人说杨军的女朋友两个手掌一反一正二十个也不止，至于怀孕的、流产的不在少数。李胜利"呸"地吐了一口。

杨军翻脸比翻书还快，指着他的鼻子说他小子忘恩负义。"那一年是谁和肖娜在校外半夜不归？又是谁在老师面前替你打掩护？不然你能顺利毕业？"

李胜利一听杨军提及肖娜，顿时想起腌臜（方言，恶心、令人作呕的意思）事，鼓得他胸膛难受。本来他见到杨军气就不顺当，陈年往事不做解释并不代表是事实。那年的肖娜跟男朋友分手后，却意外发现自己怀孕了，万般无奈下，肖娜找到了李胜利帮忙。因为李胜利的表姑在医院妇产科工作。熟人总归放心，就这样，热心的李胜利就领着肖娜进了医院找表姑打胎。李胜利解释了半天好不容易打消了表姑的怀疑。不巧的是，在医院里却遇到了同学杨军。杨军笑着朝他打招呼，回避为时已晚，李胜利扬起手回杨军一个笑。李胜利想，我又没做亏心事，怕啥？

没承想，这件事在外面被传得沸沸扬扬，他小子一直不停地诬陷好人。说肖娜堕的胎是李胜利的！他喜欢肖娜不假，但是光明正大，不干下作事。当时他想把拳头抡到杨军的脸上，可又想，那样，岂不是把事情越闹腾越大，人尽皆知了啊，人多嘴杂，传起话来，对自己不会有好处。罢了，身正不怕影子斜。

那年肖娜约他，杨军竟然早在肖娜的家里了。他想起这事像吃了一只苍蝇。

据传，后来的肖娜由于种种原因弄得声名狼藉，最后乘火车南下去了广东东莞。现在他又提及肖娜，让人怎能不恼？就这样，他与十几年同学交情的杨军分道扬镳。

工作出色让李胜利很快成为骨干教师，在学校带了四个班级。辅导班的利益最后看的还是学生转化率，李胜利所带班级八十多名学生98%成功续班下学期。算算收入是可观的。

这样的日子持续第三个月的时候，李胜利提出了辞职。这令大家没想到，更令阿湘感到意外。阿湘说他烧包，拿到提成工资再辞职也不迟。"不，那样格局就太小了，我既然有想法就要光明正大地提出来，这也是对学校学生负责……"阿湘知道论讲道理，她永远占下方。

李胜利临走时，面对阿湘，他突然有万语千言，一时却不知说哪一句好，但他还是说了很多感谢的话，只有阿湘知道，不甘心的李胜利要回乡创业。李胜利说："有志青年应志在四方，我要回去建设新农村！"阿湘说："志在四方要付出辛苦啊。"

"苦就是人吃的，我三十岁如果有梦想不去实现，以后会后悔的。"

李胜利拒绝了杨军，拒绝了培训学校，也拒绝了阿湘。

和阿湘最后一次见面是在培训学校的楼下，他把自己一直带在身边的那只篮球送给了阿湘。他说他们那个村没有篮球场，送给她，万一他回来，会到体育场上继续打篮球。阿湘接过球，竟嘤嘤地哭了起来。

阿湘说，家里给她介绍了个对象，她也要去相亲了。阿湘说起这话来轻轻的，风吹过，什么也听不到。

这之后满腔激情的李胜利开启了大棚养猪事业。岂料，折腾了两年多，最后摊上了猪瘟，赔了个底朝天。李胜利笑言自己依旧是一个名副其实的"负翁"。

这期间，李胜利说服了父母，凑够了县城边缘上的一套两室两厅的房子，每月四千余的房贷时常压得他喘不过气来。

又一次创业失败后，李胜利又开始了新一轮的找工作、应聘之路。

母亲打来电话说，家里的猪崽又卖了一茬，够回本，准备给得肾结石的父亲动手术。李胜利拖着疲惫的身子简单回复了两句便挂了电话，接下来他又准备跑一趟医院。

一天下来，他跑了好几个招聘市场，网上投下三份简历后又去县医院联系好父亲的主刀医生。

夜晚的颜色还是如此单一与照旧，但会使人安静与依赖。

李胜利像面条样瘫坐在沙发上，他连喝水的力气都没有了。一桌子招聘广告躺在他面前，他闭上了眼睛。突然电话响了，是个陌生号码。接通，对方自称是城发集团人力资源部的于经理。"李胜利先生，如果有时间，明天来面试，过会儿，面试的时间地址会以短信的方式发送给你。希望你能把握住机会，祝你好运。"

李胜利一个趔趄起身，瞬间打起了十足的精神，客气地回话："好好好，您放心，我一定按时到。"

母亲的蛋糕

母亲爱吃蛋糕和甜品，这我们从小就知道。当然，我们更爱吃。在那个物资相对匮乏的年代，儿时的我们，对于吃上一顿美食，那绝对是给童年添彩的快乐之事。只是有些事情我们不知道，抑或永远无法体会，在这些甜蜜的背后，母亲所倾注的东西，我们的回馈远远所不能及。

"一天一块糕，日子步步高。"镇上这种为数不多的蛋糕店铺传出来的吆喝声会吸引很多孩子，其中就有弟弟。四岁的弟弟对蛋糕的渴望表现得淋漓尽致。店员看着他把小手指吸吮得吱吱作响，就会拿出一块在他面前晃："孩子，想吃吗？让大人来买。"弟弟睁着大大的红葡萄似的眼睛不说话，只是呆呆地站着，口水顺着他的小手指一直流到胳膊上。对面的母亲跑过来，一脸着急地揽过弟弟，用沙哑的嗓音说："乖，不要乱跑，来吃糖。"弟弟依旧目不转睛，母亲说急了，弟弟一把打掉母亲手里的糖块，哇的一声坐在地上，蹬着双脚在地上打起了滚儿。

比糖块更吸引弟弟的蛋糕，是那种透明的小圆形的塑料盒包装。有碗口那么大，打开里面一层白白的奶油，中间有几朵小红花，几片小绿叶；有的还有简单的动物图案，边缘点缀着几条果酱彩色丝条。别说空气中荡漾的香气了，看看模样都能让人从梦里流出口水来。如果谁的童年里有块蛋糕，那以后绝对可以带着骄傲炫耀。

母亲上蛋糕店铺问了价，脸色难看起来。她使劲捏了把手里薄薄的布钱袋，试图跟弟弟商量可以买些小糕点，弟弟依旧不妥协。母亲一股火上来，有教训不懂事孩子的冲动，可母亲看着弟弟发烧未退的红眼睛，想起镇上医生的嘱咐，孩子发烧期间不能哭闹。母亲咽下一口唾液，咳嗽声此起彼伏，脸憋得像初冬的茄子。

最后，母亲带着弟弟和三个小蛋糕回家了。回到家，父亲狠狠地数落母亲："你看看你，咳嗽得都说不出话了，还想着买蛋糕！不是说让你给孩子挂完吊瓶顺便给自己拿点药吗？钱都买蛋糕了，命都不要了！"

母亲看着我们姐弟俩开心地吃着蛋糕，只是笑着应对父亲的唠叨。我们吃了两个，最后一个，母亲啜一口后就又被我们瓜分了。母亲舔舔嘴笑容挂得满满的。记忆中，很多个夜里，我们的美梦会被母亲的咳嗽声吵醒。她大口大口地喝水，一遍遍熬着从地里拔来的白萝卜掺着葱白煮的一锅汤，然后盛上一大碗，捏着鼻子灌下去。母亲的咳嗽声断断续续一个多月才停止，而我们只是满足地记住了童年的那些甜蜜诱惑。

时间走得很快，日子越过越好了。蛋糕店铺也越来越多了，品种琳琅满目，各种口味总能满足人们的味蕾。母亲却吃不了蛋糕了，她查出来高血压、高血脂，不宜吃甜品。一开始母亲很痛苦，看到那些蛋糕店里摆放的发着诱人气味的美食，变得像我们小时候一样，看上半天，依依不舍地将目光移开。然后对我们说："看着这些东西，就想起你们小时候。我真不是享福的命，以前条件有限，咱认！现在日子好了，却吃不了了。罢了，以后不想它了！"说完母亲把脸上的皱纹重新聚合在一起，我们也决定不在母亲面前提起蛋糕和甜品。

后来，我也成了母亲。女儿每年的生日，我们像大多数父母一样会为孩子精心准备一个精致的蛋糕，点蜡烛许愿，认真地为她过生日，甚至比大人都隆重。有几次，透过影影绰绰又不停跃动的烛光，我在愧疚中看到了母亲望着蛋糕似蜜的笑容。

有一次，我说："妈，今年给您好好过过生日！"母亲不同意，她说："你弟弟还没有成家，不急着过。你们过好自己的日子，我比吃多少蛋糕都高兴……"这是时隔多年，母亲再一次提起蛋糕。

再后来，弟弟也成家了。母亲的白发也早早地爬上她的头顶。令我们欣慰的是，母亲可以适当地吃些甜品了。现在我们给母亲过生日，她应该不会拒绝了吧。是的，母亲依旧像个孩子，要求在家里吃饭。她早早地准备好饭菜，却一再叮嘱我们，不要让我们买蛋糕。我们拗不过她，只好顺从。

饭后，母亲拖着变形的身子从里屋拿出一个圆形的蛋糕盒；紫红色的素纸包装简洁。母亲不管我们诧异的眼光，笑盈盈地打开蛋糕盒。里面的蛋糕很漂亮，白白的乳酪，满满的果浆，中间是一个大大的粉色寿桃。只是寿桃前面那个略显突兀的"寿"字，成了大家吐槽和调侃的对象！"妈，你不让我们买蛋糕，原来早有准备啊，不过，谁家做的蛋糕，糊弄上帝跟玩儿似的。""就是啊，会不会写字啊！二年级的小学生都比这个像样，哈哈哈，这家店不倒才怪……"

"是你妈自己做的！"父亲打断我们的话。我们愣怔了片刻，父亲继续说，"你妈一个月前就跑去镇上的蛋糕店学艺了，给人家免费打下手学做蛋糕。""这是何必？"我们不解。"咳，你妈那驴脾气，胳膊肘都肿了也不停歇，说什么自己亲手做才放心，整个蛋糕不加糖尝不出甜味，和我唠叨，年纪大了身子骨要紧，不能吃太多的糖……还有这满屋子的寿字。"父亲指指地上有白色粉笔影子的字迹。"我了解你妈，一辈子能戒得了吗？这不是找罪吗？"母亲听了也不生气，边嘻嘻地笑，边拿骄傲的眼光瞥了父亲一眼。

那刻，所有的聚焦都落在了母亲的蛋糕上。是的，母亲不识字，那个"寿"字应该是她今生写过最多的字了吧，一撇一捺里都洋溢着喜悦。母亲说："我写'寿'字呢，是盼望着自己能活久一点，身子好一些，不给你们添麻烦，我想要一直陪着你们……"空气仿佛一下子凝滞了，母亲看着我和弟弟背过身去抹眼泪，沉默了一会儿，抬高嗓门道："快！都来尝尝我的手艺。"

寻找一件碎花裙

记起一件事很难，也很简单。

难的是，红娟再也没有找到她的那件碎花裙。尽管为了找一件衣服，加起来已经断断续续用去她半年多的零碎时间了。见鬼了，到底去了哪里？难道是因为那次搬家？可是，她分明记得已经小心翼翼地把它包在油纸袋里，叠在了大衣箱里，并亲眼看着它上了搬家公司的货车。丈夫杜立伟不屑的表情里透出鄙视，潜台词分明是，都啥年代了，费劲找件破衣裳有啥用？

"你不是最喜欢看我穿那件裙子吗？"看到丈夫的表情，红娟说道。

"是吗？哦，旧的不去新的不来，再买一件。即便找到了，估计你都穿不了了。"直肠子的杜立伟讲话永远不中听，堵别人的心窝。

她只管做她的，对于事事都讲实用主义的杜立伟，她懒得解释。

没有任何缘由，红娟记起来了那件事，也许就是因为一个二十八九岁的姑娘去店里复印资料引起来的吧。一定是。姑娘穿的也是件蓝色的小白碎花裙，红娟眼前一亮，看样子布料也相似，极像棉料的，只是款式变了，姑娘的碎花裙短，恰好露至大腿处两寸余，且贴身，衬着姑娘凹凸有致的腰身，活脱脱的一朵芙蓉花，不需要人刻意去嗅，就会散发出自身的花香。啊，那就是不需添加任何脚注的青春啊。而红娟那件碎花裙没过腿膝盖，A字形，宽松些，腰间系有一条碎花带，类似蝴蝶结，还有一对规整的白娃娃领呈叶状恰当地铺在颈下。红娟穿上裙子，那裙子将红娟的身材显得凹凸有致，腰身弧度柔和，正是她喜欢的舒适度。她想，要是她露出一双大腿，起码得白过那位姑娘几个色号。

那个炎热的晚上，红娟没有穿碎花裙。她随便穿了件白衬衫配短裤。杜立伟被单位派去乡镇出差迟迟没有回来。钥匙在杜立伟身上，红娟打电话没人接，由于身子不太舒服，她打算一个人回家，步行回到距离自己打印社二里路远的出租屋内。院子里亮着灯，还好房东回来了。红娟敲了几下门，没有人回应，她觉得出来开门的定是那位漂亮的女房东或是她的大女儿、小儿子。只不过门开后，出来的是男房东，他自称东哥，这是她没有想到的。

东哥是位做钢材生意的大老板，平时很少回家。对于这位男房东，红娟还是略有耳闻的，一米七八的个头，人长得特惹女人眼。他性格好不说，听说的确也有赚钱的本事，第一桶金是在建筑工程上面挖的，后又涉足房地产。一桶桶的金停不下来，有钱了后来又转行做钢材生意。重要的是，东哥没有半点财大气粗的跋扈气，性子细，知人冷暖，爱家疼老婆。

听女房东说，自己男人隔三岔五就把鲍鱼、海参之类的高档营养品寄回家。瞧，去年的还没吃完呢。每年冬天，男人都带着她去市里的皮草城转转，哪次没花个万儿八千的回不来。她的高级化妆品也是从海外购的呢。女房东说得嘴里仿佛都溢出油水来。

　　红娟记得上次和东哥打对面还是两个月前签订租房协议的时候。签协议的地点约在租的房内，红娟和丈夫顺便可以仔细看看房子状况。先行一步的红娟在不远处就看见东哥身穿一件灰褐色过膝风衣，早早地等在自家房子门口。红娟看见他礼貌性地莞尔一笑，东哥把手扬起打招呼，那个样子不正是电视剧《上海滩》里的许文强吗？红娟走近了，房子门口刚死了一棵树，东哥弯下腰去移红娟路前方的枝条，他一抬起头脸上就蓄满了儒雅的笑。红娟红润的脸颊浮上一层潮湿，温热的。意识告诉她，这怎么好意思，于是脚下踏起急促的小鼓，小跑过去摸树枝，岂料一个慌乱的抬头，两个脑袋就这样近距离地撞在了一起。红娟下意识捂住自己的脑袋"啊"了一声，声音里掺进了柔和、温软。东哥也去捂头，只是捂的不是自己的头。红娟的头突然就被一只温暖的手包裹住，尽管东哥迅速抽离了手，红娟的心还是随着碎花裙被迎面的微风轻荡了一下。东哥腰略弯赶紧说："没事吧？"

　　"没事啊。"

　　"那个，您没事吧？"

　　"没事，没事。"

　　"衣服真漂亮！"

　　"哪有，谢谢啊。"红娟对于突如其来的赞美明显措手不及。

　　结婚两年了，怎么就没发现老杜这么细心呢。红娟在心里嘀咕，或是自己没出息，没见过献殷勤的男人。

　　再说了，人家是有涵养的，有貌有财的人会真的向她示好？想到这里，红娟觉得自己怪怪的，乌七八糟地胡乱想啥呢。红娟收了一下自己平坦的小肚子，舒展了一下碎花裙，碎花裙就静好地贴在她纤细的腰身上。

　　随后，杜立伟赶到，快刀斩乱麻地在合同上签了字。红娟夫妇租的房子说白了就是东哥家主房东面的偏房，一间三十平米的小平房。主房是五间红瓦大院，院子里两棵无花果树特别显眼。树的一边还立着一口布满青苔的压水井。东哥说，他城外有别墅，城东还有两套新楼房，这座老宅是家里传下来的，位置居城中，所以一直在这里住着。红娟仰着头四下打量着房子，古朴干净，最后目光落在偏房上。偏房房费按合同上签好的，是每月三百元。最开始杜立伟打电话咨询时，东哥说："来住就行了，订啥合同，不值当的。只有一点要求，是干净的女性就可。"杜立伟说："是我们夫妻住。"东哥问，有孩子吗？答："没有。"东哥说："行。"但是杜立伟觉得大小是个正经事，一码是一码，订个合同心里明快，于是和红娟就在网上找了个租房合同模板改了改，打印了出来。据东哥介绍，房子之前租过一次，租户是个单身中年妇女，后来买房了就搬走了。他的意思是不打算租的，是自己媳妇要租。媳妇说，闲着也是闲着，钱不钱的无所谓，关键有个人平时可以说话解闷。东哥当然不在乎这两个钱。他觉得自己经常不在家，房子租给单身女性，也好让媳妇有个伴儿，对于常年在家照顾两个孩子上学的媳妇来说，似乎多了一份安全感。

红娟和杜立伟对房子也是满意的。显然，东哥对他们也是满意的。他没有细看合同，拿过来就签了字。

东哥说，明天给他们搬过来一张床、桌子、凳子什么的，之前这些都需要自己准备的。第二天一大早，一张折叠式桌子、一张双人床、两把木漆的椅子就到位了，这让红娟眼前一亮。

杜立伟看得出红娟内心充满了感激。便小声嘀咕，花钱了，应该的，非把自己说得那么好。红娟拿胳膊肘捣了杜立伟一下，瞧，你那小心眼，人家对你好，你还不乐意了。再说了咱省了多少钱，平时租这么好位置的房子，少说五百拿不下来。能省一点，咱就赚一点。红娟咬着牙，像捡了个大便宜。

红娟说得不无道理，杜立伟一直是感激红娟当年啥也没要，就义无反顾地嫁给了他这个穷小子。她说，我看中的是你这个人，吃苦怕啥，我们以后再买房，好日子都是过出来的，只要我们一条心……婚后他们把手里所有的积蓄，租了两间门面房开了家广告打印社。如今，房价高得吓死人，门面房租金又贵，红娟说，刚开始做小生意，手里攥不出水来，都不够交房租的，得从牙缝里把钱省下来。之后两个人住的房子一直都是租来的，红娟善于找廉价且方便的性价比高的房子。他们租过朋友的、亲戚的，外面贴过招租广告的，多数住一下发现问题就搬离，再找下一家。比如，上一家的房东是个离婚的女人，经常有各色男人找上门，半夜里发出的那些声音和动静，让他们小两口不堪入耳。

东哥家的出租信息是杜立伟在网络平台上看到的。

直到合同签下来，短暂接触了东哥一家人后，红娟这才称赞杜立伟做对了事情。接下来，杜立伟上班后就积极在外面跑业务，请客吃饭，回家很晚，甚至晚了就直接在单位的宿舍住下。白天，红娟一个人在打印社忙活。忙到晚上，她便自己回距离门面房两里路的出租屋。

女房东的热情与善意和她的面容一样，让人感觉到舒服。

一开始红娟是喜欢她的，晚上没事的时候，她会被邀请到正房里聊天。女房东大方地送她一些用的、吃的。当然，红娟多数是拒绝的。女房东说，你这件花裙子哪里买的，挺适合你的，只可惜我老了，穿不了了。红娟听了牙有点酸，明明只有贵气的衣服才配她，怎么会真心喜欢自己的棉布花裙呢。慢慢地，女房东谈论更多的是自己买的那些奢侈品以及自己男人的好。每当这时候，红娟都插不上话头，心里像扎了根刺儿一样。

"就是随便买的，穿起来舒服。"不可否认，在贵太太面前，碎花裙不值一提，甚至上不了台面。那好比是牡丹花旁边挤进来的一朵小雏菊。

炎热的夏天很快到了。身材好的红娟买过各种面料的衣服，可是汗流浃背的时候，还当数碎花裙舒服。打印社营利多一些的时候，她咬咬牙买了一件粉色的真丝睡衣，只不过心疼得她三天都挂在心坎上。可好衣服穿上就是舒服。晚上她把自己洗干净了，贴着如婴儿肌肤肤般的睡衣，觉得自己就像躺在水里、云里一样。即便身边躺着爱打呼噜的杜立伟，她也睡得甜腻，特别是晚上回到出租房的浴室里冲澡后，她会洗完特地穿着睡衣去女房东的屋里坐一会儿，而不再是穿着碎花裙。

夜走向黑的深处，红娟失眠了。身子随着小木床的晃动翻来覆去，丝滑的睡衣竟也没有起到安眠的作用。睡梦中的杜立伟迷迷糊糊地说，如果床不舒服，明天他弄一张舒服的软床垫。红娟说，这样挺好，没必要多余花费。

然后，她听见杜立伟的鼾声又上来了，便叹声气转过了身。女房东的脸蛋闯入她天马行空的脑子里挥之不去，四十多岁的女人了，皮肤竟然比自己的还红润，一点皱纹都没有，说三十出头，完全有人信。红娟看了一眼自己包里的化妆品，心里隐约多了一层雾。

人跟人的命运确实不一样，想想自己的相貌也是百里挑一的。当年的追求者不说是排成队，一打还是有的。这里头包括什么富二代、官二代，再不济也是有房、有车的才俊青年。可她却千方百计地说服自己的父母要嫁给杜立伟。两年多了，她甘愿选择住在三十平方米的出租房内。

每次回娘家，她总是会提前安排很久，准备好自己平时舍不得吃的穿的，还要说服孩子气的杜立伟送去给父母。特别是中秋、春节的时候，她喜欢看杜立伟从车的后备厢里向外拿礼品时的感觉。杜立伟说："你这不是孝道，这是看望自己的父母，这样装样子累不累？"说实话，不累是假的，可是，他不懂，不懂她的心思。也许是新婚的缘故，也许暂时没有孩子的负担，不管怎么说，杜立伟永远都不会懂的。红娟心里想。

杜立伟曾经说过，等过上了好日子，给她想要的一切。可，老杜啊，我们的生意越来越不景气，你的单位又面临着裁员，好日子是啥时候啊？

夜静得出奇，她看一眼出租房门上的磨砂玻璃渗上一层水雾，像极了自己出嫁时，母亲脸上刻意隐藏的泪花。

她也不知自己是几点睡去的，几声鸡叫把她吵醒，身旁的杜立伟早早就没了身影。她看了下床边的闹钟显示是五点。一直到了傍晚，等她回到出租房的时候，屋里的床上已经放了一张崭新的厚床垫，按一下，海绵很有弹性，看样子一定不便宜。

她想等杜立伟下班回家后，一定好好说教他一番！什么时候他能改一改自己这些臭毛病呢！就像他吵人的鼾声，什么时候能听自己一次，主动去医院检查治疗一下，而不是每次敷衍她几句：去医院没事也得做各种检查，花那个冤枉钱干啥。红娟摇了摇头，真是拿他没办法。

工作了一天，她有些累了。她轻轻地坐在床上又慢慢地躺下去，上面铺上软凉席，感觉软软的，很舒服，有点儿像房东家的真皮沙发。

天马上暗起来，没有等到杜立伟，红娟只好自己先回出租房，没带钥匙，她只能敲门，打开门的是东哥，迎接红娟的还是那张迷人的脸庞。红娟微笑着打招呼，东哥笑着回应。

"嫂子没在吗？"

"你嫂子和孩子回了娘家，你是自己回来的吗？"

"是，他晚上值班，做事毛手毛脚的，竟忘了把钥匙给我。"

"没事，我这不是在嘛。"说着，东哥就把门板打开。树上的蝉已经叫破嗓子了，地面还在烫着人的脚。"天太热了，屋里有空调，来喝杯茶吧。"

红娟没有马上答复，她慢慢走在东哥的后面。

"没事的，等一会儿，兄弟就回来了。"

等红娟快要踏入正房门槛的时候，她突然转身向自己的房子走去。"那个，还有几件衣服需要洗一洗，您先休息。"然后，红娟几个大跨步就进了自己的房子里。

东哥还是投来温暖的笑容，眼睛像月牙一般。之后他也没有再说什么，回屋子里看起了电视。

红娟总觉得两个人还是有点说不出来的别扭。她拿了一件衣服去水井边洗，不一会儿，东哥从屋里端出来一杯果汁递给她。

"自己现榨的，解暑。"

"这怎么好意思呢。"

红娟半推半就地接过果汁。她小口抿了一下，清凉，甜蜜。

其间，东哥问了红娟一些生意上的事情，他说将来会给红娟联系一些广告打印业务，并伸出五个手指，五年内，他们保证成为她的稳定客户。那一刻，红娟心里是充满感激的。

红娟想去西边的浴室洗一洗，如果不冲澡，热不说，穿上丝绸睡衣心里都有些硌硬。可是，女房东和孩子不在，杜立伟也不在……这时候，东哥好像看穿了她的心事，主动进了里屋把门关上。红娟等了一段时间，确定没有动静了，拿出睡衣，悄悄地进了浴室。她把门锁住，门的下面再加固一个大号铁盆，她告诉自己要时刻保持警觉，时不时地观察着外面的动静。

朦胧的窗外，她听见一阵阵风沙沙地敲打着无花果的树枝。平时，红娟冲澡需要四十多分钟，今天她只用了十几分钟。

她穿好衣服快速回到出租房内，坐在镜子前开始梳理头发。她觉得自己有些可笑，真的是以小人之心度君子之腹了。就在这时，她突然听到外面一阵阵噼里啪啦的声响。等了一会儿，动静越来越大。

墙上的时钟显示刚过九点，红娟蹑手蹑脚地移到门前，只可惜门框上自带的磨砂玻璃是看不清外面的状况的。突然又多了几声嗷嗷的喊叫，是的，没错，是东哥的声音。家里进贼了？不可能吧，防盗做得那么好，细听那声音又像是在追打着什么，断断续续的，忽高忽低的。她想起来了，对了，东哥一定是在喊打自家养的那只调皮的宠物猫吧。

咚咚咚，三下，尽管敲门声音轻缓，可还是把红娟吓了一跳。

"谁啊？"

"我，东哥。"

"有什么事吗？"红娟裹了下自己的衣服问，并披好自己的外套。

"有一只老鼠到处跑，我在捉老鼠，没有吓到你吧？你睡了吗？"东哥一连问了两个问题，红娟不知先回答哪个。

"没有，哦，我这就准备睡了。"红娟慢慢地靠近窗户。

"天气预报说，今晚下半夜会有雷雨，要不要我现在进去给你修修灯泡？"东哥没有要走的意思。

"没事，杜立伟已经修理好了。"红娟隔着门答，"您赶紧休息吧。"

等东哥走后，红娟纳闷了，家里有猫，怎么会有老鼠呢？再说了，真有老鼠，东哥怎么会在半夜捉老鼠呢？

沙沙沙，外面起风了，玻璃外忽暗忽明的，红娟慢慢打开门，一阵凉意猛烈袭来，久违的清凉扑打过来。看来，今晚真的有雷雨。

她赶紧把门锁好，躺在柔软的床上，这时候，杜立伟来了电话，说实在回不去了，看预报晚上有雷雨，叮嘱红娟一定要关好门窗，夜里打雷一个人不要怕，他二十四小时开机，可以随时给他打电话，明天回家第一件事就是把不好用的灯泡换掉……红娟嘴里只管"嗯"。她觉得，杜立伟结婚以来还是第一次这么婆婆妈妈的。

那一晚，果然雷电交加，豆大的雨点击打着木门。红娟心里很坦然，更没有害怕。她想，也许是杜立伟买来床垫的缘故吧。

"你买的床垫很舒服，如果能和我商量一下，就更好了。"红娟将自己的思绪拉回了现实。

"什么？"摸不着头脑的杜立伟问。

"我们那年租房子时，你买的床垫。"

"嗨，怎么突然提起了这个？这些年过去，一直想问你，坏掉的灯泡还没有换，你怎么突然说不租就不租了，平时把日子攒成水，房费都不要了，当时怎么问你，你也不说。"杜立伟好奇地追问。

"可能是因为有老鼠吧。"红娟做思考状。

"呵，你不是不怕老鼠吗？"

"从那天以后我就怕了。"

"真的啊，对了，你找到你的碎花裙了吗？"杜立伟问。

"嗯，应该找不到了吧。"

"哈哈，你终于想通了。"杜立伟笑得像个孩子。

"今年赢利了，明天陪我去逛街买衣服吧。"红娟抡起身上的白裙子向右转身，做了一个轻盈的舞蹈动作。

"没问题。"杜立伟做了一个 OK 的手势。

心　愿

天还没有完全睁开眼，杨毓秀就混混沌沌地醒了几次。

窗外，天空正慢慢地驱赶着黑色。黑色是浅的，中间有股烟雾，像山洞里冒出来的妖气，撩动着村庄的肌肤。

杨毓秀轻缓地翻扭了几下身子，身下已有一层细细的汗，床也吱扭吱扭地响起来，仿佛和她商量好似的。杨毓秀感觉自己身子骨很轻盈，翻动起来异常利索。不像她年轻时，得使劲儿挪，用手掰起下半身，身上的肉才艰难地脱离床面。她脑子里突然闪过院里那只枯瘦的掉光毛的老母鸡。老母鸡是小鸡的时候，小个儿，外面软囊囊的，里面是实心的。几场风雪后，小母鸡成了老母鸡，大个儿，外面也是软囊囊的，里面却是空的了。

驮着她的小木床有年头了，轻微一晃，就敏感地回应她。她瞅瞅床对头正在醋睡中的丈夫刘瑞昌，动作慢下来。她坐起来，实在是躺不下去了，因为她心里怀揣着好几件"大事"，她能睡踏实才怪呢。她干脆起身去院里的水龙头前洗了一把脸，用毛巾抹了一把，清醒多了！

连续几天的高温，地上的植物像被沥干了水分，蔫了。杨毓秀换上长袖粗布褂子，拿起大门后的镰刀和草帽，趁着热气还未上来，去把田里的麦子割了。

经过一条小径，跨过几道小沟，绕过一片小树林，爬上一块小陡坡，一块倾斜的长方形麦田映入杨毓秀的眼帘。只一天的工夫，低矮的麦子就已黄梢，正挑着炸裂的麦芒待人收割。杨毓秀满山坡望去，整个村子的田地里基本只剩下了麦茬，这是她家最后一块未收割的麦子了。眼下，夏忙已过去大半，这块麦田又是最难收割的一块，收割机进不来，只能用人力收割完后背下来。加上边角开荒出来的面积，麦子少说也有一亩开外。

"麦熟一晌，虎口夺粮"。

热风开始躁动，杨毓秀想，不能等到下午了，再等，麦粒就开始掉了。杨毓秀弯下腰，左手拢着麦子，右手就抡起镰刀，不一会儿，成片的麦子就倒在了她身后。大约割完二分地的时候，太阳才准备开始露脸，她缓缓直了直腰，抹一把额头上豆大的汗珠甩在地上。

"孩儿娘，下来歇着吧！"刘瑞昌挥着手里的一捆豆角坐在斜坡下面喊。

杨毓秀应了一声，简单整理下麦堆，拿起镰刀匆忙下了坡。刘瑞昌右手使着劲儿把轮椅转头靠近她，说："起这么早？昨晚熬了一宿也不闭闭眼，铁人也受不住！雇人割吧，你去医院。"

杨毓秀没搭腔。刘瑞昌又说："自己割也省不了多少钱，回头再把你累得够呛，不值当的……等你中午回来，我们包水饺，我弄好水饺馅，豆角馅的，下午敬天。"

中！敬天马虎不得，杨毓秀跺了跺脚，用手挪动轮椅，推着刘瑞昌回家。

回到家，杨毓秀匆匆跑进南屋拿了块葱花油饼，切了块咸菜，用塑料纸一包，把暖瓶大小的塑料杯子里灌满了温水。她撂下话："俺担心小安子吃不上早饭，急啊……让芬儿早点去替俺，俺得早回来准备……"

"喝点米粥吧!"刘瑞昌喊道。杨毓秀并没有听见丈夫的喊话,早已揣上油饼消失在村头。出了家门,一路上小跑去赶公交车的杨毓秀并没怎么吃东西,心里一头挂着小安子,一头想着田地里未割完的麦子,另一头默念着敬天。

敬天,是独树村里老祖宗延续下来的传统习俗,为了感谢老天爷的恩赐和庆祝丰收,人们把第一场打下来的新麦子筛选籽粒饱满的,加工成面粉,用头茬麦面包水饺祭拜老天。

今年村里还凑份子钱杀猪作敬天的供品。一切准备妥当,选取好日子开始敬天,并把水饺拿到坟前祭祀,让祖先尝尝新麦面水饺,来表达对先人的敬重和怀念。

"麦子割完了吗?磨面了?买猪肉了?"

"今年,小安子能出院了吧?"

"今年,湘湘能回来吗?"

杨毓秀很不耐烦地应付着村里人的催问,杨毓秀相信,问这些话的人都是出于善心的,他们不会故意捅人心窝子的。她从口袋里掏出一块泛白的毛巾,擦了把脸上的汗珠。

看到小安子的时候,小安子正背对着她,似乎睡着了。

小安子的病床边坐着王香芬,杨毓秀平日里喊她芬儿。王香芬是小安子的大姑。

"小安子睡着了吗?"杨毓秀抻脖子望向小安子。

"嫂子,你怎么这么早又来了?今天不是敬天吗?"

"俺不放心,瞅上一眼来得及。"杨毓秀说着,褶子在紫茄子似的脸上跳跃着,她的脸这些年褶子多了,肤色也深了,像秋天垄地留出来的沟壑。

"大夫刚抽完血,吃了点饭刚睡着。"王香芬说。

"你吃了吗?"王香芬问。

"吃了,吃了。"杨毓秀把啃剩下的半块葱花油饼朝口袋里掖了掖。她将捋头发,脱掉了汗湿的外衣,露出单薄的身架。

　　王香芬出了病房去打水，杨毓秀也跟了出去。整个开水间打水的人不多。王香芬打满水转身回病房的时候，撞见杨毓秀已是满脸的泪珠子了，抽泣声逐渐高起来。王香芬见状先是吓了一跳，随即上前抱住她。接着，王香芬也呜呜地哭起来。

　　"小安子啊，这小兔崽子，俺就是上辈子欠你的嘛！俺还！你快给俺好起来。出了十月，俺就跟大夫说动手术，俺把肾给你！"杨毓秀说着，泪水就铺满了整张脸。

　　"嫂子，你是家里的顶梁柱，你要是再垮了，俺哥咋办？"

　　"他们都垮了，俺要咋办……"

　　医院的开水间里，两人哭成了泪人。

　　提起小安子，杨毓秀心头打紧，浑身的劲儿都泄了八分。用村里人的话说，老刘家上辈子不知做了啥孽，养了那么个败家子，从小书不好好读，调皮捣蛋，初中没读完，十六岁那年还进过少管所。刘瑞昌没少抽儿子，杨毓秀实在看不下去的时候，就一把把小安子揽在背后。

　　"下手太狠哩，孩子还小，树大自直。"

　　"三岁看老，他都多大了！都是让你惯的！慈母多败儿！"刘瑞昌是恨铁不成钢。

　　杨毓秀把小安子攥在手心里当一棵小树苗养，可成年后的小安子并没有"直"起来，整日吃喝嫖赌，游手好闲。大前年还把邻村一个叫周丽娟的女人给糟蹋了，周丽娟的娘家人找上了门，又打又闹，非要把小安子送去吃牢饭。

　　刘瑞昌气得大病了一场。病愈后，非要把小安子踹进派出所里，嘴上骂着："你这个不争气的混尿！"

　　杨毓秀撕破刘瑞昌的褂子，大骂道："你这个糊涂的混尿！进去了，你儿这辈子就毁了！"

　　杨毓秀跟儿子商量："咱不能继续做畜牲事，把姑娘娶了吧。"经过再三周折，姑娘是娶了，可不出三个月，小安子就说过腻了，又成天在外面鬼混。媳妇怀孕了，还三天两头地受气。结果，肚子里的孩子也没有保住，大人还差点丢了命。经历了生死后，周丽娟也看清了小安子的真面目，果断地和他把婚离了。

小安子净身出户。从此，小安子成了独行汉。老两口没少在夜里犯愁，杨毓秀说，眼珠疼。刘瑞昌说，你眼快干了。杨毓秀说："瞎了省事。"

去年，小安子吵着说要出国打工，说出国打工能挣大钱。签订的合同工期是三年。刘毓秀拗不过他，只好依顺着他。

一年的光阴很快过去了，杨毓秀盼星星、盼月亮，终于把儿子盼回来了。

小安子提前回家了。他的脸没有一丝血色，苍白得像块素白抹布。小安子跟离家时判若两人，整个人憔悴得不成样子，像具干尸。

去医院确诊才知道，小安子得了肾病。杨毓秀不信，接连跑了几家医院，结果并没有让她得到半点宽慰。小安子还那么年轻啊！医生说，先保守治疗一段时间看看。专家会诊说，治好这病的最佳方案是换肾。

杨毓秀没哭没闹，几天没进米的她扯着沙哑的嗓子说："治！砸锅卖铁也要治，不就是换块肾吗？换俺的！就是换心脏俺也换！"

去年攥着小安子确诊书的杨毓秀刚刚忙完麦收。

杨毓秀抹着湿泪眼突然想起敬天的事，那可是马虎不得的事儿。

累了，乏了。杨毓秀回到病房歇了一会儿脚，看了眼熟睡中的小安子，小安子的脸在低照度的幽黄灯下显得更蜡黄。王香芬试图叫醒小安子，杨毓秀拉住她，摇了摇头，上前走了一步，把小安子胸前的被子向上扯了下。然后从口袋里掏出很旧但卷得齐整的三百块钱，摁在王香芬的手里说："药费和吃喝的花费少不了，你也跟着受累……"王香芬抽噎了一下，接过钱说："别太操劳了，简单弄弄就行。"

杨毓秀打一个激灵说："芬儿，俺听说南岭上有一个'袁仙姑'怪灵，俺要去给小安子求上一卦。"

"嫂子，咱不能信这些。小安子好好的比什么都强。"王香芬打断她。

"那信啥？"

"信科学！"

"好，信科学。"杨毓秀声音很低。

王香芬说："以后不要提什么仙姑看病的事，都是封建迷信！装神弄鬼地烧小纸人，烧纸钱；不吃药、不治疗，就能治好人的病吗？太扯了，太不科学。有病治病，有难除难，打死也不要信这一套！"

记得杨毓秀的女儿湘湘五岁时，有一次接连几天的高烧不退，杨毓秀就动起请"仙姑"看病的念头。

她听人介绍，天不亮就排在一位"仙姑"家的门口。早上天特别冷，杨毓秀的耳朵都冻起了疮。最后"仙姑"收了她一百多元，让她回家烧了几天的香纸，湘湘的病也没见好转。幸亏她及时把孩子送医院才抢救回来……那是多年前的事了，但那件事还历历在目。

外面的太阳像个大火球，烤得人睁不开眼，汗珠子掉地上都能立马晒干了。

坐上公交车回家的杨毓秀很快睡着了。恍惚中，杨毓秀看见自己用新小麦粉包的水饺上了桌，香喷喷的豆角猪肉馅正冒着热气。坐在门后旮旯里的湘湘最爱吃她包的水饺了。湘湘还是小时候的模样，梳起两个麻花辫，一笑有浅浅的酒窝。湘湘静静地看着她忙里忙外，圆圆的眼睛一边盯着锅里的水饺，一边惦记着桌子上的好吃的。杨毓秀看着湘湘的大眼睛，嘴里就自然地唱起哄湘湘的歌谣：

"乖宝宝，乖宝宝啊，听妈妈的话，不哭也不闹啊……"

她听着笑着就忍不住过去摸摸湘湘红红的小脸蛋，把手指堵在自己嘴上："嘘，嘘，湘湘不要吵，听话。"湘湘就学着样子，把小手指堵在嘴上："嘘，嘘……"

杨毓秀开始念着请老天爷保佑来年丰收，保佑全家健康，保佑小安子……她念着小安子，心里一股子酸劲儿。

湘湘的眼睛还移不开桌子上的糖果块，嘿嘿地笑着，露出刚掉了小门牙的豁口。

一滴清泪从杨毓秀眼睑落下来，她睁开眼睛，车玻璃上有热气袭过来，车窗外变得模糊且遥远起来。

她愣怔了一下，没错，是梦见湘湘了，是想湘湘了吗？她无数次在心里劝自己不要去想她，更不要去梦见她。可有时候，她真做不了主——比如做梦，湘湘猝不及防地就来到了她的梦里。

她又想起同村在镇上卖菜的李老汉说起过湘湘。他说湘湘现在又黑又瘦，怀里还抱着一个嗷嗷待哺的孩子，一个人在街上买菜，只买便宜菜，还一个劲儿地讲价。杨毓秀有几次差点没按住脚，想跑过去问问李老汉，湘湘过得咋样了，她男人待她好吗？生的男娃还是女娃？孩子健康吗？湘湘咋又黑又瘦了呢……

当然，她明白这些问题，李老汉不一定知道。她想打听，又恨不得找块棉花球把自己的耳朵堵上！平日里她最怕别人在她背后说湘湘跟外地男人跑了之类的话头，那些言语打在她身上，比刀子剜她还疼。

想想湘湘走了多久了？那天不是个晴天，天阴得够暗。

湘湘右手捂着红肿的泪眼，夹着包，夺门而出的时候，天一下子就黑了。她从窗户里清晰地看见刘瑞昌转着轮椅拼命地追啊追，任凭轮椅轱辘咔嚓作响，终于，刘瑞昌从轮椅上重重跌下来，湘湘却始终没有回头。她琢磨不透，那是她的湘湘吗？湘湘再也不是以前听妈妈话的乖宝宝了，湘湘能为男人抛弃了爹娘！就这么狠心地跟人跑了，没有给她丁点儿喘歇的机会。

从那天以后，刘瑞昌咬咬牙把和湘湘有关的东西都丢掉了。包括衣服、照片还有所有的记忆。骂，要像湘湘丢弃他们一样决绝。他发誓就算到死也不去打听湘湘的下落！

湘湘过好了，那是她自己的造化。过不好了，那就是她的命了。也不会再让她进家门了！他对杨毓秀、王香芬说，就算他死了也不能跟湘湘联系，就当从来没生养过这个闺女。

车靠站了，杨毓秀狠狠抽了自己一个大嘴巴子。她是给不长记性的自己一个提醒，让自己快点缓过神来。

杨毓秀回到家的时候，门前的空地上已经堆放了五六袋小麦。这是？南屋墙角的烟囱里正冒着白烟。

这时，传来了刘瑞昌的声音："这么快就回来了？吃小安子那小子的气了吧？你就是操心的命，不跑一趟腿，你准难受！"这搁平时，杨毓秀早就怼回去了，但此刻，她静静地听着刘瑞昌的数落，不作声。

"锅里的水开了，就等你回来下水饺了。"刘瑞昌喊她把里屋的水饺馅和已和好的面拿出来。

"你弄的水饺馅？"

"算是吧。"刘瑞昌说。

看着杨毓秀满脸的问号，刘瑞昌就把事情一五一十地告诉了她。原来在杨毓秀去医院看小安子的空，邻居们便帮他们把坡上剩下的小麦割完了，直接打成麦粒装进袋子运回了家，等晒干就可入粮仓了。

"那，水饺是怎么回事？肉是哪来的？"

刘瑞昌声调带着颤抖："肉是乡亲们送来的，他们说，送来让我们包水饺敬天……"

"这……这让我们怎么过意得去？"

"是啊，我们不能忘了好心人。"

杨毓秀抹了把眼泪，径直去了鸡舍。

"我去宰鸡去，等敬完天把鸡炖了给小安子补补。"

刘瑞昌便没有阻拦。鸡舍里只剩下一只公鸡。

天已过了晌午，有风吹起来。杨毓秀杀完鸡，进屋开始和刘瑞昌包水饺，她调整好丈夫轮椅的方向，开始擀水饺皮，丈夫负责包水饺。一会儿的工夫，几盘水饺下锅了，水饺溢出的香气满了院子。杨毓秀又把盛好的饺子一个个倒换了盘，防止饺子粘连在一起。她特地挑出一盘放在小院外头的八仙桌上，准备敬天时用。

外面有簌簌的响动，似乎有人在敲门。杨毓秀开了门却一下子被眼前的景象给惊住了，几个银灰色的大铁盘子赫然显现在她眼前。大盘子里有鸡、鱼、猪肉、菜。旁边还多了个小箱子，杨毓秀小心翼翼地翻开箱子盖，十元、二十元、五十元、一百元的钞票装满了箱子……杨毓秀探头去听那些并没有走远的脚步声，一股热流涌出，眼眶里再也挂不住早已泛滥的泪水……

回到屋里，刘瑞昌说："记着，咱别忘了！只要一口气在都不能忘了！"

"嗯，忘不了！"

刘瑞昌念叨："都在心里，在心里……"

杨毓秀说："等天黑的时候，把水饺打包带去医院，小安子很久没吃猪肉馅的水饺了。"

敬天完毕，杨毓秀点上了三炷香。她回头看见刘瑞昌坐在轮椅上开始打盹了，便把他推进里屋，从厨房端出一盆热气腾腾的水，然后用手试试水温，把他脚放进去，用抹布擦着。刘瑞昌醒了说："别忙了，歇会儿吧。你的身子骨也重要，医生嘱咐的要听，你自己要有数。"

"有数，俺身子骨硬棒着呢！"杨毓秀边说边给刘瑞昌的腿做按摩，从上到下，从左到右。

等三炷香烧完，天快黑下来，空气中还是热气腾腾的。刘瑞昌把酒盅里的酒画直线般缓缓倒在地上，嘴里念着："吃好喝好，一切都会好。"

杨毓秀跪在地上，闭上双眼，双手合十，嘴里念叨着密密麻麻的一大串，后面的内容声音大了些："保佑小安子、保佑老刘、保佑芬儿、保佑湘湘，保佑好人顺顺当当，平安一辈子……"

"还有，保佑俺的肾是好的……"这是她的心愿。

杨毓秀弯下腰，双手按在地上，庄重地磕了头，一下，两下，三下……每一下，前额都贴近地面。她抬头看，太阳像炉中火一般，红彤彤的，她想，明天又是一个大晴天。

敬天正式结束，等杨毓秀推着刘瑞昌进门时，突然，王香芬打来了电话，急促的声音中带着悲伤："快来……来啊！小安子，他……他不行了……"

杨毓秀听了两腿一软，一个踉跄晕倒下去，接着仰天嘶吼……

刘瑞昌两行泪缓缓冲下来，嘴角哆嗦着，说："好啊，好啊，好啊……"

过生日

离蒋老太过七十五岁的生日还有三天的时间。

老蒋开始提前张罗着。他心里盘算，老嬷嬷跟自己一辈子不容易啊。回头望，苦没少吃，累没少受，年轻的时候为了家不舍得过次像样的生日。如今转眼也迈上七十五岁高龄的坎了，这次说啥也得让她好好过一次生日，隆重的生日。

蒋老太在五年前就得了老年痴呆症。唯一的儿子大伟从部队转业到消防队工作，平时很少顾上家，基本上都是依靠老蒋伺候着。"嗨，年轻时照料俺与孩子，老了，老了，换俺来照料你吧。"老蒋总是把走失的蒋老太从远处牵回来感叹一番。外人都夸老蒋乐观，换作别人，好脾气也磨出茧子了。老蒋出去买菜的空，蒋老太会把家弄得不成样子，更令人担心的是，自从蒋老太病了后，啥东西都吃，吃起来没饱，吃东西不要紧，要紧的是会一直吃，且她自己并不晓得饱腹，医生说，这样会把人吃撑死的。就在前年，防不胜防的老蒋去药店买药回来，蒋老太把白面粉吃了好几斤。从此，老蒋吓得再也没有离开她半步。

每天他都跟蒋老太手舞足蹈地描述自己怎么给她准备寿宴："早上一碗长寿面，上面两个蛋；中午咱带上蛋糕去镇上最好的喜来客饭店包上一大桌；晚上嘛，俺给你买你最喜欢吃的糖果。"蒋老太听着拍着手高兴得像个孩子样欢跳起来，把一双被皱纹包裹的眼睛笑成一道缝。老蒋头第一次看到蒋老太这么开心，他也欣慰地笑起来。

老蒋说："到时候，让大伟给你唱生日歌，俺听说大伟现在在单位里可是数得着的金嗓子呢！"老蒋越说越开心，谁知这时候，蒋老太突然把脸沉下去，一副委屈巴巴的样子，把脸别到一旁，用手揉眼睛——蒋老太竟嘤嘤地哭了。

老蒋立马慌了神说："嗨，你瞧你，咋哭了呢？"

老蒋回过神后想，蒋老太听到大伟的名字了，她是想儿子啊。老蒋靠近把蒋老太脸上的泪痕抹去，说："老太婆，别难过了，今年大伟说了，往年都有任务，没得空回来。这一次，他一定请假回来给你过生日的。"

蒋老太像个孩子一样，又咯咯地笑起来。

其实，多年前蒋老太就不认识老蒋和儿子了。

头几年，儿子难得回来一次，她看着儿子，对他冷漠得像个陌生人，儿子想要握住她的手，她把手"嗷嗷"地缩回去，弄得儿子心里一阵酸。可是等儿子走了，她又追着儿子的车跑出二里地。

老蒋追上她，发现她手里紧紧攥着红色的一百块钱不撒手，嘴里一个劲儿地喊着："给俺儿大伟花的。"

今年春节，大伟都买好了车票准备回家看爹娘，可是，在临走的三个小时前，单位突然接到了紧急任务。由于人手不够，大伟把心一横，主动申请承担了任务，替换成年龄小的同事回家过年。事后，电话里大伟满是歉疚。

老蒋说："儿子，做得对。一定注意安全，放心吧，你娘有俺呢！"老蒋挂了电话，把蒋老太从村头的车站点领了回来。

蒋老太嘴里一串串"接大伟，接大伟"的呼唤声消失在村头车站点的尽头，惊落了天空中一层白绒绒的碎雪花，铺在了人来人往的乡间小路上。

头半个月，大伟就来电话说："三个春节没有回家了，这次娘过生日，说啥也得回去给娘过，假期领导也批准了，俺回去给娘准备蛋糕。"

大伟停顿了一会儿，最后用乡土音说："俺想娘了。"老蒋喉咙一紧，说："你娘也想你了，晚上睡梦里还唤你名字哩。"

之后的半个月，老蒋除了收到儿子的一笔汇款，就没有接到大伟的电话，他知道儿子忙，就没再继续问儿子。

蒋老太的生日很快就到了。

这天，早早地，老蒋把蒋老太洗干净的白发梳理得发亮。

老蒋把盛满双鸡蛋的面条端到她面前，说："老太婆，还记得吗？年轻时，每当儿子考试考好了或是哪次生病了，你就给他煮两个鸡蛋。儿子每次高兴地蹦起来，半个鸡蛋你都不舍得吃。今天，你是老寿星，来，张嘴，大口吃。大伟一会儿就到家了。"

蒋老太只顾吃面吃得开心，竟想不起大伟是谁了。

老蒋数着时间，眼看日头快要晒到头顶中间，大伟一直没有接通电话。

老蒋想，儿子为国，也是为千千万万的小家做事，不能让他分心了，就没有再打电话。

老蒋带着蒋老太准备动身去镇上订好的饭店。

刚打开大门，迎面来了两个穿消防服的年轻人。一个人手里提着礼盒和鲜花，另一个人手里提着生日蛋糕。他们走上前，笑着说："老蒋伯伯，蒋伟大哥出任务了，领导派我们给大娘过生日。您就把我们当成您的儿子……"

其实，老蒋在电视上早就知道，儿子在前几天一场大火灾中受了重伤，还在医院里救治的新闻。他还打算蒋老太过了生日再去探望儿子呢。没承想……老蒋藏了许久的老泪在那一刻再也忍不住，哗地流了下来。

饭桌上，蒋老太在两个年轻人的生日歌下高兴地吹灭了蜡烛，吃起了蛋糕。老太太一个劲儿地拽着一个年轻人唤着大伟的名字。

老蒋舒一口气说："谢谢你们了，老太婆不记得大伟也好，省得她心里挂念。"

话音刚落，满嘴蛋糕的蒋老太望着窗外说了一句："伟啊，娘知道你忙，好好工作，别挂念娘，娘生日过得好哩……"

暖 阳

1

杨小倩发来的信息已经躺在我手机里三天了，像长在嘴角旁发热的痘痘，眼看就要顶破皮肤。

第四天的时候，正阳路被大风刮落下来的梨花瓣铺了一地。我提着一股子气，碾过满地残花，在满春果蔬店铺二十米处，驻足了十分钟。此时，风正猛烈，我浑身打了个冷战。

"父亲病了，想见你，你去看看他吧，哥！"我再次打开信息是要删掉的，我准备去医院看父亲，当然也计划来到这里。

走过去，我站在一筐橙子、橘子间徘徊，筐旁边发杈的细木枝，挑着两片枯叶，封在有裂纹的陶盆里。寒风咬急了印有满春果蔬店字样的招牌布，发出"吱吱呜呜"声。

"橙子要多少钱？""十元三斤，橘子打蔫了，算你五斤。"里面传出声音。

啊，我清了几下嗓子，把口罩往鼻梁上顶着，喘息间，镜片上很快浮上一层薄雾。从仅能感知外界的微弱视线中，我看见里屋深处一团黑压压的肉团，包裹严实，正蠕动着下肢，滑下排椅，向我移来。蓝色的口罩脱离她的面部，兜着下巴颔上的脂肪，脖子上缠着灰色围巾，露出眼睛所附带出来的周边小块皮肤，黑红黑红的。这不奇怪，我早听说她得了一种怕冷的病，见不得风，具体病情不详。打春的天气，还把自己的脑袋裹起来，因此，也常遭到别人的嘲笑。

我转身退了两步，迅速擦好镜片，戴上。

这个天是得病了。她自言自语。她拿起火钳夹起两块煤炭扔入炉中，瞬间刺鼻的黑烟顺着墙体上的管道逃窜。她扯下墙上的塑料袋试图递给我时，才把身子慢慢扳直。

她叫姚满春，是这家店的主人。十年来，我还是第一次近距离接近她。现在看来，她与父亲相差九岁，但并没有让她显得年轻，甚至看上去还老上几岁。

我按着眼镜，无处安放的手指落在了右边的筐上。她很快给我装满了袋子。"橙子一袋，橘子一袋。没得零钱，下回一块儿算。"我把钱放在水果筐内，她迅速抓起来，只是让我没有想到，被她挡回来的百元钞票上都带着一股令人发怵的劲儿。

我掏出手机准备扫码的动作还没有开始，就被她推到了店外。

她认出我了？

我捂了捂口罩，不敢确定。

店铺旁边一棵畸形生长的法桐树腹部，被姚满春剥得光滑，上面被粗鲁地绑上了一块塑料纸板，像是被游街示众的人。"今日特价"四个扭斜粗黑大字很扎眼，下面还趴着蚂蚁样的小数字。

我上了车，从车窗看姚满春，她像个变异的冬蛹，正在挑拣框子里的水果。我能欠她的水果钱吗？我加重脚下油门的力道，嗡嗡嗡，悲鸣的声音划过充满阴冷色调的天空，一些细碎不安的卷云瞬间被分解干净，裹挟着飞尘藏进了风的刀刃里。

我到了医院前台，详细问了父亲的住院信息，情况属实。前台护士有素养的微笑，并没有让我的心情舒缓多少。探望病号需要出示核酸检测报告单，电梯旁的医务人员用双臂堵住我，向我索要报告单、健康码、行程码。灌了铅的双脚没能让我再迈进通往病房的电梯。我翻看了几遍手机，最终还是没有上去。我把思绪停留在医院一侧关紧门的楼道里。楼道里寂静，清冷，空气里还浮着烟草味。都说一日夫妻百日恩，姚满春还有心思一本正经地做她的生意?! 当然，夫妻本是同林鸟，姚满春飞得倒挺是时候。

半个月前，我收到妹妹的信息，说是父亲离婚后身子一直不好，查出了病准备住院。我问什么病，妹妹说不清楚。说实话，听到他们的结局，我本应该像预想中一样畅快。但是相反，我平静地挂了电话，心里捣了一把蒜，随手折了一片办公桌上的绿植叶子。

鼻子一阵酸，不知是不是鼻炎的缘故，烟味儿快要把我呛得流眼泪。我退至前台，询问父亲病房的陪护人员，护士说不清楚。

父亲，一年前身子骨还壮如牛，在我单位里，因杨小倩的事指着我的鼻眼，蹦着高要与我翻脸。那一刻，他在我的心里更加陌生了，甚至让我害怕。那个生龙活虎的人咋说病就病？我扭头上了车，正准备启动车子回单位的时候，手机响了，是同事牛庚打来的。他说："平子，下通知了，甄妮，副主任的位子坐稳了，下周日她请同事们坐坐，让我捎话给你。"

"她怎么不亲自告诉我！"风从玻璃缝隙里钻进来，把我刻意放大的声调减弱了几分贝。牛庚想安慰落选的我，我没有给他机会，便挂掉电话。

这时，天地间狂舞的万物依旧明目张胆地扭打着、厮杀着。气温骤降的趋势不可阻挡，我望着十五楼病房区，那条斜垂下来的线，与我的高度正好形成倾斜的45°仰角。

2

其实，我并没有刻意把姚满春和甄妮归于一类女人。当然，她们的相貌、出身、学历有着天壤之别。牛庚说："女人太复杂了，最好别碰，单纯善良的，属于稀有物种，也许早就绝迹了。"我知道，牛庚说这话并不只因为他追求甄妮失败。

我看不惯甄妮，除去微小的个人恩怨，究其原因也许在若干年前，从姚满春根系里生发出来的波及土壤的影响。父亲杨俊友不顾我们兄妹俩极力反对，在母亲去世八个月后，硬是娶了姚满春。我一气之下，收拾行李回了学校，以一个失亲孤儿身份，两个假期没再踏入故土半步。妹妹说，父亲连我的背影都没有看一眼。

父亲油盐不进，吃了秤砣铁了心。姚满春是什么人，正阳路上，要说悍妇，姚满春要称第二，没人敢称第一。

据传，一邻居孩子在店里拿了她几个荔枝，被她骂了三天三夜的祖宗。后来，邻居搬离了此地。

姚满春成为我继母之前有两任丈夫。头任丈夫离婚，第二任丈夫车祸身故，姚满春拿到一笔几十万的赔偿款的事，人尽皆知。杨小倩是她嫁给父亲后生的。父亲义无反顾地把她从闹市区一座单栋六层楼房上娶到汶河边上的老房子里。婚后几年，据说姚满春从老房子里搬离，说什么住河边湿气大，身子受不住。她又住回了从前夫手里夺来的老楼房里。父亲如同做了上门女婿，跟她住到了里面。老楼房与周围繁华的景象相比较，破败、陈旧。那座传说要被拆除改造衣不遮体的小区，好像就等着被一个个带圈的大红色"拆"字临幸。近看，水泥石灰已放弃掩盖红砖夹杂的钢筋，只有一些翘起的牛皮癣广告贴在风里乱颤。老楼房显然在我生活的旋涡里成为一个尽力想回避的障碍。它如同烂疖子一样存在。远远地，我都有一种想吐口水的冲动。十多年了，我没有踏进过楼房一步，尽管父亲在电话里把好话说成哀求。

老楼房没有错，老楼房里却有姚满春。她的名声伴着她不堪的传闻在人间径直发散、发腥、发臭。如同老楼房一样狼藉。仿佛正阳路上的店铺因她的存在而受牵连。

她爱喝酒是出了名的，仿佛喝酒的女人故事多。

不得不承认，满条街，就属她家生意好。婚前是，婚后亦是。但是没有人真正会娶她，她成了不吉利的象征。即便有人靠近她，也会跟钱扯上关系。就这样一个女人成了父亲的第二任妻子。婚后，他像头耕地的老牛一样，卖力地开着货车去批发市场进货，这往往招来众人调侃："俊友又瘦了，看来，白天、晚上的没少出力啊……"毫无疑问，父亲的力气和用心为她的生意续上了线，她才可以继续纺线织布，供养自己与女儿。

我们没有反对他再婚，父亲找什么样的不行，可他偏要姚满春。说也奇怪，婚后半年，父亲像换了个人，懦弱、顺从。旁人都说，她被姚满春降住了。我想，母亲在世的时候，若父亲做出改变，也不至于她最后病情加速恶化。我一直这样认为。我时常望着他们争吵得狰狞的面孔，发呆，陷入幻觉，如同在睡梦中掉入相互交错的时空。父母亲平行而走，我在他们身后看见，两个背影之间有一双无形的手牵引着，让每个季节变得有声有色。晚上，他们给彼此舒缓身体的不适，增加心灵的慰藉。这是我一直向往的婚姻。如今，对于同榻而眠的两个人，父亲会不会在睡梦中醒来摸一下自己的良心。

3

时隔一年多再见他，我心里还是咯噔吓了一跳。他消瘦，如沥干了水分的萝卜，站在我身边矮下去大半截儿。那些褶皱的纹理，依旧伏在他脸上倔强着，头发已被灰白色覆盖住，看上去明显老了许多。他是为杨小倩的工作来找我的。确切地说，他是来"求"我的。我所在的市区单位发了一则招聘简章。后勤仓库员，招聘条件，要求大专学历，有经验者优先。其实，工资待遇并不高，活儿也不轻松，却被父亲看得郑重，领着刚高中毕业的杨小倩想来应聘。杨小倩毫不忌讳地向人说起我的名字，似乎想表达全世界都知道我可以起一定的影响，或是我对这件事有绝对的决定权。她作为我的妹妹，可以比别人有无形的优势。当我向父亲做解释的时候，父亲的表情和内心很快出卖了他。

"城里有人好做官，递句话有那么难吗？"

问题是，我没有发言权，乡邻们的夸大带着某种氏族的荣耀流进他们的骨血里，时常让我尴尬与无奈。我只是一个端人饭碗受人管的企业主管，仅此而已。

父亲把事先准备好的礼品放在了三轮车后座上。那些扎眼的红色礼盒在风中摇晃。我说："你这一套行不通。"他说我无药可救了。负气离去的还有他身上那泛黄的白衬褂，随风拍打出不服输的急颤。

回去后的父亲又来了电话，我说我可以给递递资料，一切还需按面试程序来，静止几分钟，电话那头不甘心地"嗯"了一声。

面试那天，杨小倩打扮得像个酒店服务员，特地把黄头发变回了黑色。她找到我时热情地喊我哥，我点头应着，告诉她不要紧张并交代了些注意事项。她说是父亲送她来的后，我心里多少有了排斥，我想起当年自己孤独地去外地求学时的情景。哎，孩子到底还是有区别的。结果"狼多肉少"，杨小倩没有被录取上。当然，我就顺理成章地再一次与父亲失去了联系。

父亲前半生为自己活着，后半生是为姚满春活着的。记忆中，他的前半生一直在忙什么所谓事业。从最早与人合伙创办县城规模最大的幼儿园，到拥有自己的广告公司，父亲一路积攒财富，一路洗着有色的名声。风光的那些年，他的身边总是不缺各色女人，有生意场上的、官场上的，甚至社会上的交际女人。面对母亲的目光时，他说清者自清，没有关系难在社会上立足，接触都是为了生意，为了家。于是应酬和忙碌占据了他大多数时间，他除了睡觉，脚跟很少在家停稳超过两个小时。日子过下去，他减少的不光是与家人的距离，更是亲情的疏离，可是母亲却没有任何的抱怨。她总是把饭热到失了颜色，盯着时间打着电话，最后在叹息中睡去。母亲说得最多的话是，我们是连在一起的一家人。不可否认，母亲心里是有无奈的，以至于让她攒了心事，最后成了实病。那些不明原因的肉瘤在母亲体内像韭菜一样，割了一茬又长出一茬来。

自从母亲病后，父亲的生意也开始走下坡路了。

他的生意伙伴也渐渐远离了他。他把广告公司门店盘出去，车子也卖掉，搞起了果蔬批发。昔日的小老板用五千块钱换一辆破旧二手货车，天不明就去邻县的果蔬市场拉货，回来后再挨家店铺送。他除了把多数的存款交给医院，还是不怎么着家，而医院里母亲床前，姥姥代替他成了长久的陪护员。母亲说："躺在这里就是个无底洞，让我回家吧。"母亲把医院的欠款单子装进抽屉后，自己后半夜偷偷打车从医院逃回了家。父亲知道后很生气，第二天，把母亲"教育"了一顿，又送到了医院。

"钱，没有再赚，病一定会治好的！"父亲声音很大，我们也挺感动的。

他为了赚钱给母亲治病，我们能理解，只是令我们怎么也想不到他竟与姚满春越走越近。那个时候，姚满春的丈夫去世，听说是父亲利用以前的老关系帮她找人打点，争取到了更多的赔偿款。外人都说，老杨是瞄上了人家的赔偿款。于是，他便顺应人们的想象，及时并心安理得地把大量新鲜的果蔬送到姚满春的店铺里。

"钻钱眼去了，我算是瞎了狗眼让闺女跟了他。"姥姥的谩骂犹如揭开伤疤的伤口，渗出殷红的血。

后来，他可能是良心未泯，拿出几十万块钱，送母亲去北京最好的医院手术治疗。只不过，令人悲痛的是，母亲没有熬过第五个春天，还是走了。我记得那天，天上挂着个青色的光晕，冷冷的，一点不像太阳。医生说，延长了病人的生命已经算是奇迹了。

母亲走后，父亲像换了个人，沉默寡言，像一根枯死的树干一样。别人说过，他的心和石头差不多硬，我们也觉得是。尽管我发现他白天面无表情，半夜时却发出一阵阵抽泣声，有点像老鼠发出的吱吱嘶嘶声。

但很快，他便明目张胆地娶了姚满春，这明显有些操之过急了。

4

车开到一家副食超市，我停了下来，准备换一些零钱还给姚满春。在返回去的路上，我看见满春果蔬店的门被拉上了，我只好回到了单位。风，一直嘶吼着，让我的肉体变得麻木，我不得已又重新穿上了羽绒服。甄妮的升职宴，我拒绝了。我看不惯她拿着茶壶或是端着酒杯游走在众男人间把自己的腰身扭成麻花的样子。牛庚说，那是女人的资本，甄妮就是他的梦中女神，人长得妖娆、艳丽就算了，还多才多艺。会唱曲，懂中医，席间的菜肴都能被她讲出几分养生原理来。晚上十点多的时候，牛庚跑到我的宿舍告诉我，甄妮喝醉了，是他送回家的。我哦了一声，他情绪不高，神情有些低落。他继续说："她一路在喊你的名字。"

"怎么会？"我笑了一声说。

"我还能骗你？其实，你不了解她，你对她有误解。她是个好女孩，她父亲是尿毒症患者，她不得不好好工作。她手机里的封面一直是上次咱们去团建时，她跟在你身后拍的那张照片。你知道吗？"

牛庚看我没有说话，点上一支烟抽了起来："她跟你竞争岗位，你不要生她的气。"牛庚说这话的样子简直像个家长。

"我，我是不婚主义者，这是不变的事实。"我又把以前经常挂在嘴边的话重复了一遍。

天还没亮，远在外地回来看望父亲的小妹打来电话，说父亲的状态不是很好，医院里也下了病危通知书。我挂掉电话，直接奔去了医院。两人一间的病房里，只有父亲和杨小倩在。病床上的父亲像个孩子样，看到我竟破天荒地笑了。记得看见他的笑脸还是十多年前的事吧。他一双眼睛凹陷得很深，眼神里竟有一种慈祥的善意射出来。一缕阳光斜射在洁白的被子上和他的身上。

我简单地向医生询问了一下病情后，低头坐在一边，听小妹对他的各种嘱咐。一时间，一个远嫁女儿的所有亏欠和委屈通通倾诉给了他。此刻，似乎变得我们都对他有所亏欠。

床头上摆放着香蕉、苹果、橙子，水果很新鲜。

从杨小倩的口中得知，昨晚是姚满春陪的床。杨小倩看到我们后，称有事离开了。

我得知他们离婚，他们离婚已近一年。我觉得姚满春应该或是不应该来医院看父亲。夜幕降下来，风少了骨头，柔软下来，似乎更冷了些，父亲吃得不多，精神看起来却很好，我扶着他到厕所门口时，他果断挣脱出我的手，然后自己举着输液瓶进去。医院里陪床的座椅打开刚好够一个人躺开。妹妹忙完后，就去隔壁空床的躺椅上睡了起来。

夜深起来，医院里除了各种消毒水味，各种声音也慢慢随着人进入了梦境。我坐在躺椅上，刷着手机。

父亲把身子侧向一边，我从余光里看到他把头扭了几次，似乎有些不舒服。我问了一句，他倒显得紧张起来了。他似乎有很多话要说。他揉起了眼睛，嘴唇微颤了两下。我心里动了一下。

"你挺忙啊，你先回去睡觉吧，明天还上班。"

我听得出他不是诚心说这话，他不希望我走。

"没事。"我回他。

"以后别熬夜了，这里也不用你常来……你……你该处个女朋友了。"他说。我抬头，他并没有看我的眼睛。

"上次那个叫什么甄妮的女孩就不错，知道我的身份后，很热心，定是个很善良的人。"

"你怎么知道她？"

"遇到合适的人，就别错过了，人一辈子不容易。"

停顿片刻后，他苦笑着继续说："我多管闲事了啊。"

我没有继续这个话题，说："你和她怎么回事？这个年纪了怎么说离就离？"两个男人谈起这个，难免有些别扭。

他知道我指的是姚满春，说："我都这样了，再说了，她身体也不好，咱不想连累人了。"

"她愿意离？肯定是她先提出来的吧？"其实，我想说姚满春有些卸磨杀驴。

"不，不。我提出来的。我对不住她。"父亲马上打断我的话。

"怎么可能，你……当初……"我的怀疑很真实。

他领会到我没有说完的话。"真的。都这样了，我也不知道还能活几天，没必要编瞎话。"

"那……"

"她前夫迷途知返是好事，她以后的路还长，需要有人照顾。"他说得很轻。

"她要与前夫复合？第一个前夫？"

"是我盼望的。"父亲说。

我心里的火苗开始聚集热量。

"我知道，这些年你们兄妹俩心里对我有怨，怨我吧，可你姚姨是个好人。"父亲用胳膊支起身子斜坐在病床上，咳了几声。

好人？我开始有点生气。是啊，我理想中的父亲不应该失去妻子后就移情别恋，我们怕他把母亲忘得太快了。

"我欠你们的，欠你母亲，也欠你姚姨。当年，是她肯借钱给我，给你母亲治病。是，就是她男人的赔偿款。我无以为报，就娶她了……"

"这是真的？"我一时哑言。

"她背负得太多了。如今我这副病架子不能再拖累她了。"说着，父亲的语调开始变得颤抖起来。

"她昨天晚上来看你？"

"嗯。"

"臭脾气，我不让她来，她非不听。其实，我知道她好几次都站在窗户边，我就当没有发现她，我看见阳光照在她身上。"父亲望着窗外。

"这是我们父子之间的秘密吧，不要告诉你妹妹，行吗？"

我点点头。

我想把昨天去买水果的事情告诉父亲，还没等我开口，父亲说："你姚姨说她见过你，说你很帅气。"

原来……怪不得她说什么也不收钱。

5

那一夜，我们都没怎么合眼，父亲似乎越说越兴奋。天上的月牙儿把周边的天空映得蓝蓝的。让人不用猜就知道明天又是个有阳光的好天气。父亲说："这个初春真冷。"

"你还生我气吗？"

"什么？"

"小倩的工作。"

"没有。"我知道我说的是心里话。我甚至想跟他道歉。

"小倩也是个可怜的孩子。我和你姚姨把她从孤儿院抱来时的样子，还印在我的心里，甬提多喜人了。"

"不是你们亲生的？"父亲的话又一次惊醒了我疲惫的神经。

"你姚姨说了不要孩子，我们就不要孩子，在我们心里小倩就是我们亲生的，也是你的亲妹妹。"

"你们都是一样的。"父亲所有的话语里都充满着愧疚。

"我前几年给你存了十万块，一直没动，也帮不了你多少忙，但总是我当爹的一点心意。"父亲从床头柜的抽屉里缓缓拿出一个还是他开广告公司时用过的旧皮包，翻出一张旧存单递给我……我一时被惊愕得不知所措，脑子里一片空白，稀里糊涂的居然就把这张微黄的旧存单接到手里……父亲说密码是我的生日，我又好像什么也没听到，只是不争气的泪珠完全失控，簌簌地流下来……

第二天，风撤去，阳光更软了些，照耀着世间万物。路边的绿植身上像抹上了油，发着光，暖暖的。我打算去满春果蔬店，看看她。是的，可能仅仅是好好看看她。

果蔬店的卷帘门依旧关得紧紧的。树上的牌子摇摇欲坠。我下了车走过去把牌子重新绑结实，并留了个字条。我想，她也许看不到，我还是写了。内容简单："姨，注意身体，等天气转暖了，我会陪小倩去技校学化妆技术。谢谢您。"后面三个字是最后添上的，简单的三个字，我竟写错了好几遍，一笔一画地写完，塞到纸牌的缝隙里。

之所以会提到小倩，我从昨天晚上翻看了小倩的朋友圈，得知她的生日愿望是将来想成为一名优秀的化妆师。

我破天荒地在那条动态下点了赞。

当我第一次正眼望那座待迁的居民楼时，竟有了想上去看看的冲动。我知道姚姨的房子在中单元的顶楼，我走到楼下抬头，这个时候，阳光正好暖暖地铺在我的脸上。

风筝飞

盛夏的风肯定是刚从炉火里跑出来的，像奶奶用笊篱捞着刚出锅的熟豆角般，热气腾腾的，蒸得几只蝉在枝头不停地喊叫。

瑞秋手里的笔戛然而止，纸上一只半弧形的风筝轮廓飘在几朵骨头云的下面。瑞秋想，这燥热的夏天什么时候能快点离开啊，瑞秋心里清楚，真的想快点离开的是自己。

她有信心，等高考成绩一下来，等报上自己满意的学校，等夏天一过，等秋风一来，大城市里的校园该有多好看！外面的世界即将拥抱着她。到时候，自己就能做只真正自由的风筝了，想飞哪里飞哪里，能飞多远飞多远。

瑞秋从小就喜欢风筝，特别是那种动物形状的，各种鸟儿、燕子或老鹰，她会想到那句：天高任鸟飞，海阔凭鱼跃。碰到合适的风，它们会替自己触摸到棉花般轻软的云彩，风再大一点儿，它们漫过云彩，飞到更深远的天际去，那里有奶奶口中逍遥自在的神仙们。在田野里，风温柔地拥抱风筝，瑞秋会跑过去摸摸别家小朋友手中的风筝，然后，举起奶奶糊的花风筝，还镶着银绿色的边，瑞秋把它举起，测着风向，跟在小朋友们的身后追啊，跑啊，跑啊，追啊，直到夕阳把最后一抹淡红晕洒在她的脸上，她才满足地扑在奶奶怀里。

"想不想要只新风筝？"蜡黄的灯下，奶奶擦着瑞秋额头上的细汗问道。

"不要！奶奶做得最好，再说了奶奶跑不动了，我自己放风筝就没有多大意思了。"

瑞秋没有想自己说出这话，奶奶会不会生气。

"奶奶。"瑞秋接着说，"我不是嫌你老了，我有一起放风筝的伙伴了，她叫红红，是咱村后头的那个红红。她妈妈给她买了只超大型的老鹰风筝，鹰嘴钩弯得像咱家的秤钩子，样子威武，颜色可好看了。所以您不用花钱买，红红答应和我一起放。"

奶奶没有说话，闭着眼睛摸着瑞秋的头，奶奶就唱：

"可爱的小星星啊，奶奶心里的宝啊，

不喊妈不要爸，只做奶奶的小宝贝啊，

小宝贝啊，夜里乖啊，不哭也不闹啊，

…………"

奶奶心里清亮，瑞秋是不舍得让奶奶花钱，因为奶奶经常跟她唠叨："小孩子不能乱花钱，好好攒着钱，奶奶老了，不中用了，将来留着钱给瑞秋上大学用。"

瑞秋的爷爷去世得早，奶奶年轻时守寡，独自养活了两个儿子——瑞秋的爸爸和瑞秋的大伯。瑞秋从小跟着奶奶生活，瑞秋早已不记得自己的父母长什么样子了，尽管她无数个晚上对着天上的星星，努力地想象父母的样子。瑞秋眼睛长得随妈妈，鼻子和嘴巴随爸爸，这是村里人说的。

瑞秋就照着镜子，找找父母的影子。瑞秋企图从奶奶那里获取些关于父母的可靠消息，结果只是徒劳。瑞秋只问过一次父母的事情，奶奶的脸就立刻阴下来，由黄变成铁青，半天不理会瑞秋。瑞秋知趣，就再也不去问了。瑞秋想，记忆里没有的东西倒显得快乐多了，要是她的父母把爱留在她的心里了，指不定未来她会被失去的爱折磨多久呢。毕竟瑞秋觉得自己一点都不缺爱，她只是想知道给过她生命的人，是怎样的人，生命中来不及爱的人的模样。

瑞秋目睹过和她同龄、比她大、比她小的孩子在父母怀里撒娇的画面，瑞秋并不感到羡慕和难过，因为她有奶奶。

奶奶不像同村的杨寡妇那样天天叫着日子苦。奶奶一直小心翼翼地过活。

但有几回，奶奶掉着眼泪说："看咱祖孙俩像不像那天上折翼又断线的风筝？"奶奶一说这话，瑞秋不用问就明白，奶奶是生气了、难过了、伤心了。

"刘毓芬又欺负你了？凭什么？"瑞秋掐着腰一副大人的样子，把小白牙咬得咯咯响。

奶奶抹干净眼泪说："她是你大娘，不能没老没少。"

"她就不配做我的大娘！"瑞秋越说越生气，就抱着奶奶呜呜地哭。

奶奶不哭了，反而笑着安慰她。瑞秋发誓，等自己长大了，不允许任何人欺负奶奶，一定让奶奶过上好日子。

瑞秋几乎是躲着大伯的，实在不得已碰见了，瑞秋就放低脑袋，加快步子走过去。大伯问瑞秋："咋了，妮？"瑞秋不吭声继续走路。她觉得大伯变得让她不认识了，他不再像个爷们儿，被刘毓芬呼来唤去的，不再为奶奶说一句公道话；大伯吸烟的样子像村里那条被人遗弃的老狗一样，让人厌恶。

想到小时候，想到奶奶，想到奶奶给自己留着上大学的钱，瑞秋压不住一肚子的委屈跟怨气。转眼奶奶离开她一年了，瑞秋实在是太想奶奶了，她记不清自己有多少次在梦里见到过奶奶。她跟奶奶说话，奶奶不理她，奶奶走了，她就拼命地追奶奶。追不上就揉碎豆大的泪滴。她其实很想问问奶奶，为什么会把留给自己上大学的钱交给他们保管，难道奶奶不信任自己了？

他们？瑞秋不管旁人的说道，她都快成年了，自己马上是大人了，就想这样称呼他们。她不想再像小时候那样不懂事地喊他们大伯、大娘。

她想跟除了奶奶以外的人说，他们根本不配做自己的亲人。

以前看到电视剧里的反面角色，瑞秋会在心里痛骂一番。显然，大伯、大娘就是反面角色，不单单是因为他们不赡养奶奶。瑞秋想，电视剧里的坏角色，最后都没有好下场。

瑞秋拾起笔，平了平纸周边潮湿的褶皱，一股烫热的白气争先恐后地朝窗户涌来，屋子里闷闷的。笔尖快速飞舞，一只飞鸟的全貌跃然纸上。笔尖最后一次落在飞鸟的尾部，轻轻留下了卷曲的"平安"二字。二字首尾相连，颇有艺术感。风筝草稿画好了，瑞秋仔细端详着，总觉得哪里不对劲。风筝线到底添在哪里合适？干脆不要线了，有线有了牵绊，不如洒脱些。瑞秋又蓦地揉碎了纸，丢弃在垃圾桶内，站起来，抹把额头，再拿出一张洁白的草稿纸。

晌午时分，从乡下赶来公司寻她的同村同学宋小玲捎信给瑞秋说，她的大伯、大娘和他们的儿子，也就是瑞秋的堂哥瑞年打架了。

"瑞秋，你是没看见那场面，你大娘，那个可怜啊！"宋小玲连说带比画地说，"你大娘让你嫂子骂了！要不是你大伯拉着，差点揍上了。光天化日下，在大半个村里人面前，骂你大娘骂得那个难听哟。你大娘一屁股蛋子坐在地上，哭得叫天喊地的，嗓子眼哑了，眼睛肿得跟个杏儿似的……"

"我哥呢？不管？"

"你哥啊，村里人都说，你哥随你大伯随铁了，都是蹲着撒尿的主儿，蜷在墙角装闷驴。"

瑞秋像听故事，继续手里的活，宋小玲看着瑞秋没有反应，"咕咚"地咽下一大口矿泉水："你大伯让你回家。"

"不回!"瑞秋斩钉截铁!

宋小玲说:"那我怎么回他们?"

"该怎么回就怎么回!"

"你大伯肯定会猜到你这么说!"

"我忙,最近公司里评优秀员工呢,胜出者有两千块钱奖金拿,我报名了。"

宋小玲听完从座位上蹦起来,瞄着瑞秋笔下的样稿,直竖大拇指!

"咦?奇怪,瑞秋,你画的风筝怎么没有风筝线啊?"

"谁规定,风筝就必须有风筝线?"

"风筝没有风筝线,怎么飞啊?没线的风筝不完整。"

瑞秋看着宋小玲瞪得圆鼓鼓的眼睛,觉得没有必要跟宋小玲再继续讨论下去。

瑞秋想留宋小玲在镇上吃完饭再走,宋小玲拒绝了。临走前,宋小玲回头把两个拳头举过头顶,喊一句:"瑞秋同学,祝你成功!加油!加油!"然后像只蝴蝶飞走了。瑞秋站在远洋公司设计室的门口目送宋小玲。瑞秋抬头看看远方,有风拂过她的额头,天上的烈日突然柔和了一下,让她觉得不再那么撩眼。

搁以前,听到宋小玲今天描述的场面,瑞秋会在心里敲起幸灾乐祸的锣鼓。活该!报应!什么恶毒的句子,她都在心里念过。可此刻,她觉得没什么意思了。

她现在想的就是能在暑假里好好把这份兼职做好。最好能拿到那两千元奖金。她对自己有信心,上天垂爱,赋予了她丰富的想象力和绘画天赋。她设计的图案又特别受大家的喜爱,用公司老板萍姨的话说:"这孩子一直和我挺有眼缘的,别看孩子年纪小,兰心蕙质。"

员工们会拿着她设计的图案绣在床单上、服装上、枕头上、包包上、鞋垫上,以及一些日用工艺品上。最让她值得骄傲的要数她设计的一款枕头风筝，一对凤鸟迎着太阳比翼飞翔的图案，颜色是温暖的粉色。浅蓝色的尾翼相互对称，栩栩如生。她给风筝起了个名字，叫"凤朝阳"。"凤朝阳"一上市就被外地客商一抢而空。公司老板王萍在会上点名表扬了她，让她以后别叫她王老板，叫萍姨。瑞秋就萍姨、萍姨地叫着。

萍姨作为当地的女企业家，前年去村里扶贫认识了瑞秋。

那时，正读高一的瑞秋在学校里成绩好，心灵手巧，小小年纪画画本领早已在小合庄村有小小名气了。

萍姨了解了瑞秋的身世后，决定负责瑞秋以后的学费，并同意瑞秋每年的暑假都可以到自己公司里设计画稿，既锻炼瑞秋的能力，又能减轻祖孙俩的生活负担。

瑞秋觉得，萍姨就是奶奶口中的仙女。

奶奶说："知恩要图报。"瑞秋点着头。

燥夏的夜是不会轻易让人睡着觉的。瑞秋在无数个无眠的夜里画着画。经常和她一起睡不着觉的还有同宿舍的小工明燕。月牙弯弯，蝉虫歇息的时候，明燕问瑞秋："打算上什么样的大学？"

"我想学专业设计，将来做名优秀的设计师。"

"你呢？"瑞秋问明燕。

"我想报医学院，如果分数够的话。"明燕说着，眼睛里泛着憧憬。

"为什么？"瑞秋有些好奇。

"我想当医生，救死扶伤啊，像爸爸的病，如果未来我成了医生，爸爸也许就不用卧床受那么多年的罪了……"

瑞秋听同事提起过明燕的家庭，便不再问了。

"想过报哪里的学校吗？"明燕问瑞秋。

"越远越好。"

明燕说，她不会走远，她有爸爸要照顾。

很快，投票选出的优秀员工的名单里有瑞秋。瑞秋很兴奋。明燕却落选了。

瑞秋说："明燕比我优秀，我愿意把名额留给明燕。"瑞秋知道自己的决定不后悔，她知道明燕比自己更需要那笔奖金。

高考成绩公布那天在瑞秋焦急的等待下来了，瑞秋请了一天假，当她在电脑里输入"梅瑞秋"等查询信息的时候，629 分赫然映入眼帘。瑞秋看了一遍又一遍，心跳到嗓子眼了。

她正和这个夏天的热度融为一体，她感觉自己真得要飞起来了，明燕也高兴地告诉她，自己也过了本科分数线。那一瞬间，瑞秋想到了空中正在翱翔的风筝。

让瑞秋没想到的是，这次是大伯亲自来接瑞秋。

她差点没有认出满头白发的大伯。

"妮，跟大伯回家。我和你大娘商量，请村里的孙大厨，摆上几桌好菜，给你庆祝庆祝，你是我们梅家唯一的大学生。"激动处，大伯说得唾液满天飞。

"不回！"瑞秋甩开大伯的胳膊退后一步说。她心想，这是黄鼠狼给鸡拜年……

"不回去看看奶奶？给奶奶一份喜钱，奶奶在天上会有多高兴。"

"你们对得起奶奶吗？"瑞秋咆哮道。

瑞秋听着大伯提起奶奶，再也忍不住，泪水漫了一脸。

奶奶一年的忌日快到了。瑞秋必须回去。

瑞秋早早给奶奶准备了一只漂亮的风筝，是奶奶生前喜欢的样式，是瑞秋亲手做的。瑞秋打算在奶奶忌日当天烧给天堂里的奶奶。

"要回，也是我自己回，你走吧。"瑞秋别过头不想看大伯的脸。

"这么多年了，你也长大了，还在生你大娘的气？"

"不，还有你！"瑞秋带着哭腔依旧不依不饶。

"是！我们对不住你，可是自从你奶奶走了，你哥哥不听话，我和你大娘体会到了那是什么滋味！我们没有一天不活在后悔里。你大娘偷偷地给你攒了学费，你奶奶留给你的，我们一分没动！"

"不是学费的事！"

大伯并没有带回瑞秋，一个人走了。

晚上，瑞秋又想起奶奶去世时候的情景，她也有后悔，后悔没有好好陪着奶奶，奶奶没有享到自己的福，就匆匆撒手人寰。奶奶走得突然，但是没有受罪。像盏老油灯，只一夜的时间，由亮变黄，由黄变暗，然后慢慢地黑了，再也没有看到明天的太阳。

那天，透蓝的天空，悬着火球般的太阳，云彩好似被太阳烧化了，变了颜色，不过半晌就下了场大雨。当奶奶的棺木被盖上的那刻，刘毓芬猛地扑倒在奶奶的棺木上，大伙都被吓了一跳。接着，她"哇"地一声，倒在地上大哭，听得人撕心裂肺的，好几个人拉不起来。

八月下旬，瑞秋的大学通知书来了，是南方一所双一流大学。瑞秋的户口一直随着奶奶，奶奶走了，但瑞秋还是享受着村里评定的贫困户待遇，国家的助学贷款足够她读下大学。瑞秋谢绝了萍姨资助她的好意，但最后还是把萍姨给她的一部新的智能手机收下了，萍姨说，这是她对优秀员工的特别奖励。

临近开学的日子，瑞秋决定提前回去，看看奶奶，并且把她准备好的礼物——几双自己亲手设计的鞋垫带给帮助她的乡邻、大伯还有刘毓芬。

立 春

天边豁开一道口子，撒出些金黄色的光，映在大梅红色的围巾上，渗出银黄色的雾气。

大梅在屋前跺了跺脚上的残雪，进屋一脸兴奋地端起桌上的半杯水一饮而下。

伴着几声咳嗽，里屋里飘来老旱烟的气味。

"爹，别抽了！小心呛着二梅、小林他们。"

放下杯子，大梅给熟睡中的弟弟、妹妹向上扯了把被子说"今儿开市集，没承想，我这独一无二的鞋垫果真卖了个好价钱，照这样下去，不出几次，弟弟的学费就有着落了。"大梅搓着手，掩饰不住心里的喜悦。

"大梅，以后别起这么早了，这天儿太冷。"爹倚在炕头上，磕着烟斗里的烟灰说道。

"没事儿，有长亮哥送我呢，我暖着呢！"俊秀的大梅笑起来的样子，格外好看。

"你也老大不小了，以后别让长亮送你了，他家隔好几个村，离得太远了。"爹说这话时，明显有些不高兴。

说起来，大梅真的不小了，过了年，算是二十有八了，这在当时的农村，是不多见的大龄剩女。乡邻们没少帮着她张罗婚事，李家的、刘家的、还有王家的，可是大梅愣是不答应，于是大家说什么的都有，对于这些大梅从不在乎。因为大梅心里装着一个人，那人叫长亮，是十几里外村的小伙，在大梅去赶集的那个冬天遇到了长亮，从此彼此就有了彼此。

长亮是个单亲的苦孩子。长亮的身世让大梅想起了自己，她忘不了十岁那年，娘临终前把弟弟、妹妹的手按在自己手掌心里的时候，眼角流下最后一滴泪的含义。照顾好弟弟、妹妹，还有一个体弱多病的老父亲。她隐约明白，作为长女的她，必须也是唯一能为娘做的！

那年娘走后，院子里的蜡梅开得格外晃眼。

从此，聪明好学的大梅辍学了，因为妹妹、弟弟都要上学，爹干点零活只能贴补着家用。这并不能难倒大梅，直到大梅从外村巧妇手里学得一手绣鞋垫的手艺，大梅才看到自从娘走后，爹干枯的眼角两边开出一朵像是春天才有的花。

心灵手巧的大梅学活学得快：首先备好一张张薄薄的木板，把一些不用的粗布头块攒起来，打好糨糊，三层布均匀地抹在木板上，等晴天的日子晒干，再从板上把粘好的布揭下来，这是鞋垫底材料。找来鞋样，按在底布上，用笔描下鞋垫轮廓，各种码号的都有，然后再用糨糊在剪好的鞋样上覆上一层白布，这时就可以在白布上画上花、鸟、鱼虫、还有吉祥的字。最后照着画的图案，用专用的五颜六色的绣花线一针一针地绣出来，线不能重叠压住，这样一双漂亮的绣花鞋垫就做好了。

每逢赶集的时候，有专人收购后，用缝纫机再加工，一双能卖到几毛钱。除了照顾家里，这就是大梅的主要工作。集市上大梅绣的鞋垫最受欢迎，价格也高些，人们都说她绣的花就像她的人一样透着鲜亮的美。

太阳终于探出了整个头，金子般耀眼的光瞬间铺满小院。

　　大梅把做好的样板晒到院子里的时候，爹还坐在炕上一动不动。

　　"爹，你怎么不出去溜达溜达了？"

　　"不急，不急。"爹的语气不同往常。

　　大梅走进屋里，摸了一下爹的额头，说："爹，咋了，哪儿不舒服？"

　　"没有啊。"爹急忙向一旁扭动了一下身子。

　　一条鲜红的礼包从爹的身后滑下来。

　　大梅缓缓地拿起礼包，她明白了一切，她明白了爹今天为什么不动身子偎在炕上，原来身后有东西。

　　"大梅啊，一大早王媒婆来过，说是最后还得征求你的意见……"爹说着把脸别得老远。

　　"爹，别说了，我等小林毕业了再嫁！他可是咱侯家的独苗，他想当教师，回村教更多的孩子，我做姐的得让他圆梦。"大梅说得很坚定。

　　"爹知道，这些年苦了你了。其实，小王那孩子挺老实的，这几年生意做得不错，爹希望你能过上好日子，你自己决定吧。"爹起身拖着蹒跚的步子，出去了。

　　晚上，大梅翻出了压在枕头底下的一扎钱，数了数，眼看就要凑够学费了，大梅叹了一声气，钱的旁边放着长亮的照片。大梅怎么也睡不着，她看着长亮的照片还有墙上挂着的全家福。一缕月光透过来，映在大梅的脸上，不会再有这么冷的天儿了，大梅想，再过几个小时，明天就立春了！

　　立春了，大梅抬头望向窗外。

巷子深处

幸好，长途汽车站做了回最好的参照物。韩四想，不然想再找到这条可以罗列着像各种快餐店式的小旅馆的小巷子可太难了。难如上天。真的，这座城市发展得太快了！韩四在心里感叹了一番。这才半年工夫，自己以前常光顾的碧雅居旅馆差点就找不着了。当然，他不相信自己喝醉了，即便是真醉了，此刻，他心里、脑壳里比谁都明晰。他想，那些所谓让酒精背上黑锅的行为，在韩四眼里都是思想上的耍流氓。

找旅馆就得先找巷子，找到巷子就找到旅馆了。巷子东边正在拆迁搞建设，很有可能二十四个小时就会让人曾经熟悉的地方大变样。韩四还真怕有一天，这条巷子会在他的眼睛里消失不见，因为它过于陈旧加凌乱，在这个越来越追求美观的城市里，它的确是一块难看的补丁。它不像自己家乡所住的小巷子，一排是一排，一条是一条，安稳、缓慢地长在地里，好像祖祖辈辈扎下去的根。巷子里的房子只一墙之隔，家家门口相隔不足两三米，户户都能闻到饭飘香。

韩四对这条巷子是有感情的。他觉得巷子里比那些钢筋水泥造起来的高楼更亲切。它里面盛产的小旅馆以更经济实惠的方式，敞开双臂收纳着像他一样的外来务工者。

韩四把一个垃圾袋丢进身边的垃圾桶里。他知道，自己是清醒的。他仰起头，剔着嘴里的菜叶，仿佛正在拔着嵌进肉里的钉子。

有段时间工作不太顺利，工资发得也不及时。

他从老板苦瓜似的脸上可以看出公司的效益如何。老板说："全球经济不景气，资金周转不过来，你们的工资要晚发些，理解下吧。"

"全球的经济真会牵系着俺们吗？"胳膊拧不过大腿，老板说，他还欠一屁股债。同事小刘说："他欠债，不能让咱们一家老小的喝西北风吧！"是啊，韩四上个月手里还有三千块，寄回家二千五。二十多天来，经过深思熟虑，细心筹划后，他决定吃顿丰盛的，重点是喝一气儿。

他就在汽车站旁的小饭店里要了三个菜，一盘韭菜炒猪肉，一盘炸花生米，还有一盘西红柿炒鸡蛋。店老板说："再点一个凑四个吧。"韩四说："就三个！一生二，二生三，三生万物，三是好的开始。"韩四听老板说过这话，他学会了，也觉得有道理。再说了，四个吃不过来，还真觉得浪费。酒是韩四自带的，两瓶沂蒙老白干。韩四打开一瓶，呷一口，嘴就向两边撇一下，咽下一口，肠肚里顿时烧起来。

酒足饭饱后，韩四结完账，把剩余的一瓶半酒装进了一个黑色的麻布袋子里，然后歪歪斜斜地出了小饭店。小饭店旁边是家货物拥挤的小商店，他进去买了一盒烟。说起来，韩四早就戒烟了，但是他还是没控制住自己的腿，就进去买了。韩四买烟用了一个小时，真的，用了一个小时才走出小商店。

夜色发凉，这是初秋，人离天很远，但高楼大厦却能轻易够着天。巷子两边都是可以触到云层的高层建筑。韩四仰起有些沉闷的脑袋，想数数那栋最高的楼到底有多少层，最后基本数到十几层时就数不清了。以前是，现在也是。这条巷子在夹缝里生长着，韩四站在巷子头，远远看下去，突然觉得它像老婆李爱梅肚子上一条长长的被缝补过的刀疤。

其实，韩四喝得不多，他觉得这次的酒比任何时候的都要苦上几倍。从嘴里开始苦，苦到肠胃，苦到每一块皮肤，每一根汗毛。一丁点儿的酒精在他脸上都藏不住。一杯酒就能让韩四干瘪的小黑脸红透。

一直等到最高的那层楼顶吞了西尽头最后一道余晖时，韩四手里提着一瓶半酒准时坐进了碧雅居旅馆前台一侧的板凳上。碧雅居位于小巷子的深处。当花姐靠近韩四时，她立马一手捏着鼻子，一手摆晃着嘴边的空气，问："四儿，半年多了，去哪儿发财了？想姐了？"

韩四摸摸发红的脸没有笑，平时面对这样的调侃，他准会嘿嘿两声。

"喝了几斤？"花姐又问。

韩四从牙缝里抠出话："没几两。"

"没几两，能成这个屌样？"

韩四只把脑袋夹两腿之间。

花姐是碧雅居旅馆的老板，对，是老板，不是老板娘，因为花姐就一个人过。旅馆是她自己开的，她自然是老板。如果有人习惯喊她老板娘，她会厉声地纠正，是老板！花姐跟熟悉的常客爱开玩笑，话来得直接也生硬。韩四是花姐的常客。花姐姓甚名谁，韩四一直不知也不问。别人都叫她花姐，他也跟着叫。

花姐其实比韩四小三岁，花姐对韩四说，就叫花姐。韩四应着叫着花姐。在韩四眼里，花姐虽然与自己是两个极端（自己矮小瘦弱），但她刀子嘴豆腐心，熟悉了她的为人后，韩四觉得她心肠不坏，直肠子，是那种撞墙上也不轻易拐弯的人。除了极度吝啬外，是的，别看旅馆生意不错，花姐抠得很，住旅馆的房费后面的零头从来不抹去，她一口唾沫一口价。

韩四从乡下辗转城市，在一个不大的农药公司里面跑业务。公司里报销差旅费，规定业务员不允许租房子，可以住旅馆，也只能住旅馆。韩四和同事小刘几乎跑遍了这座城市的角角落落，旅馆价钱大同小异。

小刘说："咱找的都是每晚一百元以下的，还有啥差别？"

"环境不一样，同样的价格当然选择好一点的。"

话虽如此，韩四心里还是有所期许的，他总觉得还有更合适的。所以，韩四如愿在两年前找到这条巷子和这家旅馆。尽管花姐吝啬，但相比别家的旅馆，花姐要便宜上十几块钱的样子，这正合韩四的心意。

韩四记得，第一次来住宿时，是他和同事小刘一同来的。小刘说："五块钱她都要得紧，不住了！"

韩四说："咱多住几天，不就省出来了？"他们一算总账，也是这么个事儿。

花姐尽管拥有近一米七的庞大且多肉的身躯，但人家毕竟是城里的女人，打扮很入时：浅金色卷发披到肩上，大号的身子贴在大号的旗袍里愈显丰腴。还有那永远不见褪色的近似猪血色的嘴唇。韩四来得多了，才知道她那嘴唇是漂过色的，漂一次一千多呢。花姐笑韩四："还天天在城里转悠呢，漂唇都不知，太落伍了。"韩四不搭腔，他心里的小算盘不自觉地就打得啪啪响。他想，一千多块钱能在这里住多少回啊。自己风里来雨里去的跑十多天的客户，推销若干袋农药也不一定能挣来这些钱，而如今就在花姐的嘴上浪费了。真是浪费！有啥好看的！他觉得还不如李爱梅的自然唇色好看呢。当然，如果拿这些钱放在医院里，放在李爱梅身上，这些钱也拍不了几回 CT 片，开不了两次药……

算盘打得韩四心里冷冰冰的，比灌进一阵风还冰凉。

韩四鄙视那些把下作眼光盯在花姐身上的旅客。尽管这里留宿的大多数是些中低层收入的旅客，并以外地单身男性居多。韩四没有阶级歧视，不然他是在打自己的脸。

还有一点，他喜欢看花姐点钱时的样子。花姐身边有点钞机，但她一般不用，她就蘸着唾液，一张一张地捻，一沓沓的皱巴巴的钱，夹在她肉滚滚的指头间捻，捻得大大小小的钱啪啪作响，那声音真动听。很久不沾酒、很久不听花姐点钱的韩四，听着花姐点票子的声音，竟湿了眼窝。

花姐说一句："看啥，别打姐的主意，姐终身不嫁。"

天再也不见一点亮光时，外头的灯光活起来，夜晚的灯能吞掉黑暗，比白天还要亮堂热闹。碧雅居外的世界在万千霓虹灯的包围下迷离起来。还好这条巷子里，除了旅馆的灯箱和门头招牌闪着，其余的地方是黑暗的。韩四倒希望来一场停电，毕竟这条巷子停电不稀奇。韩四在脑子里预演了一遍，如果一停电，人都爱往外钻，那些沸沸扬扬的动静，肯定也会让花姐躁动起来，这正是韩四想要的。韩四盯着灯光想。

花姐察觉到韩四一晚都没有露过笑，话也少，除了剔剔牙花子，坐在那里跟块木头似的。

"嗨，开不开房了？"花姐递上一杯清水，喊了三声。

"先等等吧。"韩四从牙缝里挤出来几个字。

"魂儿让谁牵去了？"花姐说出这话后立马有点后悔了，因为她突然想到，韩四肯定在想他那现如今躺在病床上的老婆。

"那个，媳妇咋样了？姐知道你尽力了……那个，今晚的房费，我请你了。"花姐这样说的时候，嘴里哼起了小曲儿。

韩四抬起头，他扯了一把自己的耳朵，仿佛失去了感觉，他以为自己听错了，房费免了？韩四的脸像个瘀血的鸡屁股，表情越加蔫起来，甚至还透着一丝忧伤。他看着渐渐来留宿的旅客上了二楼后，提起身边的两瓶白酒，站起来对花姐说："老白干，俺家乡就认这个酒，俺找了好几个店才买到的。大半年不见了，俺，俺想请您喝酒。"韩四说完话攥了把手里的布袋。

"免了吧，你都这样了，我怕把你喝撂倒了，耽误我的正事。"

韩四知道，花姐酒量大，但他还是说了。

"啥正事？"韩四直起屁股。手袋的两个酒瓶咣当响了两声。

或是花姐压根瞧不起他吧，毕竟自己是农村人，之前因为房费，花姐还奚落过他几次呢。

"今天是我生日。"花姐把头扭向柜台右边的小木桌上。韩四看到桌子上放着一个粉色的蛋糕盒。

花姐说："儿子说了，今晚能赶回来陪我吃顿饭。"韩四在灯光下看到些许羞涩爬上花姐的脸。

花姐又说："这个年龄过哪门子生日，第一次过，都是儿子的主意。"花姐咧开嘴笑了。

韩四第一次觉得，花姐的每一根汗毛里都抖动着高兴。他特别能体会到，就像他想起自己上高中的女儿一样。

花姐刚点完钱，手上的唾液还未干，她把一沓沓整齐的钱用皮筋绑好，然后满意地放在抽屉里，接着用一把小锁锁上，动作娴熟，韩四闭着眼就知道。

花姐嘴里又哼起小曲儿，连她身上的肉肉都时不时地跟着她欢快地舞动一下。

韩四以前也听过花姐多次提及她的儿子，花姐口中叫安安的儿子。以花姐这个年龄，儿子应该是上高中或是大一了。

花姐还像唤小孩子一样一口一个安安的。真不像她的个性。韩四猜想，花姐离婚后，安安肯定判给了她前夫，因为他从来没看见她的儿子。

孩子跟谁已经不重要了。重要的是，韩四知道了今天是花姐的生日。他第一次得知花姐的生日。怎么会这么巧？

韩四此时的心比碧雅居门上的玻璃还要通亮。

"那个……现在也不忙了，俺想请你喝酒，算是给你过生日，陪着你等儿子吧……"

"陪着我？你？"花姐一连串问号把韩四的脸问得更红了。

花姐觉得还没解酒又要喝酒的韩四有点反常，她走到韩四的跟前拍了一下他的肩膀说："跟姐说说，遇到啥难事了？"

韩四哆嗦了一下，差点把手里的布袋抖掉了。显然，今天或之前花姐都是把他当成朋友的。韩四心抽了一下。

花姐对面而坐。

工地上钢筋水泥碰撞的声音击打着旅馆的四壁。

"狗屁难事。"花姐冲着窗外的灯光说，她的脸也被映红了。

韩四怀疑自己喝醉了。半年不见，花姐不是当初那个花姐了？其实，昨天韩四就出入过巷子。确切地说，在碧雅居旅馆停留过，他看见有几个背麻袋的工人跟花姐正在舌战，从花姐龇牙咧嘴的表情里，韩四知道，她还是那个花姐。

"今儿是咋了？"

"说出来吧，说出来啥都不是事，人还得活着，路还得往前走。"花姐絮叨着，像是说给自己听的。

烦事？韩四脑子想的当然是李爱梅。李爱梅是三年前确诊的乳腺癌。韩四觉得自己奇怪，为啥常常想起以前的李爱梅，未得病时的李爱梅。那些画面像电影倒片子，在脑子里无数次循环，他以为这辈子不会记着那些事。无数个夜里，李爱梅的爱、怨、愚钝、精明、邋遢、单纯等，都没有征兆地占满了他的梦。

李爱梅说不上温柔贤淑，过起日子来却比花姐还要算计。那时候李爱梅为了去超市排队抢秒杀的鸡蛋，能一天不吃饭、不喝水，油头垢面地跟一群妇女挤破头。李爱梅的力气大得很，不夸张，她能把猪圈里的一头中年猪，拽着耳朵扯起来。

那时候的韩四特别厌恶李爱梅，不光是因为她能从鸡蛋里算出骨头，不到四十的女人不修边幅，当然还有一个最主要原因，李爱梅不能再生了。

真的，韩四始终说服不了骨子里的传统观念。旁人说，韩四两个"招商银行"，该知足了。韩四心里是介意的，他想生个儿子，可李爱梅偏偏不能如他的意。在农村，即便后来搬到小县城里住，韩四还是觉得自己比别人矮半截儿。

他想过离婚。李爱梅指着他的鼻子说，从今往后，要是他再有半点离婚的念头，她就把家里的毒鼠强喝得一点不剩，让他烧包！

韩四想出去打工，他不想看见李爱梅那张脸。

后来，韩四真出去了，他觉得轻松了。他离开健康的李爱梅。

后来，韩四又出去了，他觉得不轻松了。他离开患病后的李爱梅。

开始，李爱梅得知自己得了癌症后，性情大变，发脾气，骂人，甚至不再过日子。这事放在谁身上，谁好受啊！都能理解。李爱梅那么爱生活的人，竟然两次想过自杀，并实施过一次，虽然未遂，却给韩四心里留下了不浅的阴影。谁承想，李爱梅闹累了后提出过离婚。真是好笑，韩四想离的婚，竟有一天，李爱梅会提出来。这次换作他死活不同意。

韩四眼窝里蓄着一包泪。

旅馆外除了工地上的噪声，房间里传出打麻将的声音，还有几只虫子在暗处急促地叫唤着。

花姐说："拿酒，我去找酒杯。"

花姐去拿了两个玻璃酒杯后，又从后厨端出两盘小菜，一盘花生米，一盘凉拌猪头肉。

韩四新开了一瓶酒，并把布袋系紧掖在了板凳下。

韩四给花姐倒满酒。花姐呷一口说："好酒！"韩四呷一口，咧一下嘴。

韩四说："家里为了给李爱梅治病，早已回到了解放前。"

花姐问："听你之前说过，你是你们村的养猪大户？"

"错不了，那些年，谁都没有我家养的猪好，出了巷子后，我用养猪攒下的钱在老家盖了座二层楼。如今家里的养猪大棚因查环保，早已被拆。这两年除了备着给孩子上学用的学费，啥也没剩，那个不知好歹的婆娘还嚷嚷着要离婚……"

"她是怕连累你吧。"花姐说。

韩四说着，鼻子就有些酸了："俺答应她，只要她去化疗就离婚。"

"她答应了？"

"嗯，臭婆娘偏偏得这么个毛病。得这么个毛病吧，她还想离婚，离了她怎么过？真是个不开窍的婆娘！"

韩四低下头去。花姐一杯酒下去，脸上依然不动声色。

花姐说："现在钱不好赚，姐建议你回老家再养猪，猪肉贵了，国家又鼓励养猪，我看新闻，政策又允许了……"

韩四头摇得像拨浪鼓，他叹了声气，说："已经养不起了，猪崽太贵了，加上猪瘟厉害，要是一直养着还行，猪棚已经拆了，现在建不起来了……再说，就是咬咬牙贷款建起来，哪天环保风再一刮，又拆了，那就永世不得翻身了，不敢再养猪了。"

花姐说："你是个有主见的人，憨里藏精呢。"

"呵呵！"韩四咳两声。

"别灰心，事会变好的，病也会医好的。"花姐很少安慰别人。

"不管治不治好，都得去治，回家把小二层卖了，大不了再搬回小巷子住。不说了，说说你吧。"韩四很放松地想知道花姐的过去。

花姐又很自然地聊起她的儿子安安。花姐说，她不是一位好母亲，她欠儿子的太多了。

韩四说："安安跟着他爸爸？"

花姐嘴角微微抽了一下，说："孩子跟着他爷爷奶奶，现在在东北上学。五年了，安安长成大人了。"

"你不想他？"

"想！"

"特别想？"

"想得要命！"

"为什么不去？"

"孩子恨我呢。"

"为啥？"

"他爸十年前就走了。"

"走了？"韩四心头一紧。

"走了，去另外一个世界了。怨我，那次在电话里，我要是不跟他吵，他也不会撞树上……孩子恨我也是应该的。"花姐说完一仰脖，一杯酒下去一多半。

花姐问韩四："姐的唇好看吗？"

"好，好看。"

"他爸活着的时候，想让我去漂唇，我去漂了，可他却看不到了。"花姐的眼里有晶莹的光。

花姐端起半杯酒，韩四拿起酒杯和她碰了一下，花姐声音洪亮："干！"酒杯发出闷闷的响声，他们同时一饮而下。

"怪不得你都是自己一个人。"韩四低头下意识地瞧了一眼凳子下的黑布袋。

星点状的灯光点缀着黑黢黢的夜，让小巷子显得更深了。

"钱是啥？"韩四岔开了话题，拈了一粒花生米放嘴里。

花姐说："我攒钱给儿子将来留学用的。"

"他用？"

"是啊，他用吗？他说过是我害死了他爸爸，他还记恨我呢。"花姐往又倒一口酒，杯里的酒就剩几滴了。

"自己的亲娘，记恨啥？要是记恨，今晚还答应你回来给你过生日？"韩四这句话倒是说到点子上了。花姐的嘴微微咧了下。

花姐不是大条的女人，韩四也是今晚才发现的。因为花姐一直在纠结韩四为啥一副烂泥扶不上墙的样子。她在搜索着印象中的韩四，只是韩四不觉。

韩四是憨厚的，且是那种挂不住心事的憨厚。去年，韩四还光着膀子和同事在这个旅馆的标间里就着两瓶啤酒拉起工作、拉起家乡、拉起见到的漂亮女人。

他们说，啥时候在城里能置上套房子，他说："干上三辈子再说这话吧。再说了，还是家里的小房子漂亮……"一说起家里的房子，韩四就想起了家里的小巷子。

"漂亮女人看着也养眼，养眼归养眼够不着，摸不着的，还不如家里的婆娘……"一说起家里的婆娘，韩四就想了起家里的李爱梅。

他们拉到兴起时，会起一阵哄笑。房间不隔音，花姐拍两下门，动静消失一会儿。再拍重一些，韩四露出脑袋，两手作个揖，憨憨地赔个笑。

韩四拉完几句只管往肚子里倒酒。

嘭，花姐端起酒杯，碰了一下韩四的杯子。韩四赶紧端起杯子。花姐说："再过几个月，碧雅居旅馆就要停业了。这里很快就要整顿了。以后这里也是漂亮的高楼了……"

韩四看见两边的大楼时，就曾想过，但没有想到话真的有一天从花姐的嘴里出来，他心里涌上一阵酸。

"真的？"

"还能有假？还没住够，不嫌姐算计了？"

"没有……"韩四的脸一阵由红变白，没有血丝的白。

花姐脸颊飘过红晕，继续说："去年还和隔壁的王老三因为门前的管道打了场官司，费了老娘九牛二虎之力，没承想……"

花姐拉起她的官司，又来了兴致，她说："本来就该我赢的官司我打了两年。姐脾气磨得好了，知道为啥吗？这个官司也有功劳呢。"花姐自嘲起来。"你知道市法院的看门大爷跟我比我们小区的人都熟悉。你明明知道结果会是那样，可那个过程你得去走，姐是个不服输的人，后来弄得像是我理亏一般，送礼不收，不送咱心里没有底。"

"世上对的东西，终有一天就会回到对的路上。"韩四说得理直气壮，他也不知道自己能说出这种话来。

"兄弟，你不懂。"花姐摆摆手。花姐有点醉，韩四觉得。

墙上的钟表响了，十一点已过。花姐已经把目光无数次地投向门外。微风打在她的脸上。

安安没有手机，几天前通过公用电话联系的花姐。

韩四说："花姐，你应该抽空去看看孩子。"

花姐起身提起了蛋糕，很痛快地打开了，那是一个玫瑰心形的小蛋糕。花姐说："来，陪我吃蛋糕。"

韩四问，"不等孩子了？"

"不等了。"花姐深吸一口气。

"咦？忘掉带切蛋糕的刀子了。"花姐喊了一声，"我去厨房拿刀。"

"别拿了，用这个吧！"韩四喊出来，接着他从板凳下面的黑布袋里掏出一把带刀套的水果刀，"新的，用这个。"

"这么巧，你咋有水果刀？"花姐接过水果刀，把蛋糕一分为四。

花姐把一块蛋糕递到韩四手里，她说："明天我去找儿子。"

韩四说："好，明天俺回老家。"

"好，我们重新过。"

"嗯，俺们重新过！"

　　韩四重拾记忆的话，这把切蛋糕的水果刀就是几个小时前，他喝完酒后在车站附近的小商店买来的。买这把刀时，他用了一个多小时。他本想着赋予这把水果刀的作用是可以顺利完美地架在花姐的脖子上，它的效果当然是花姐会乖乖拿出抽屉里那些一沓沓钞票或是几张银行卡。他有了这些钱后，可以给躺在病床上的李爱梅继续医治……不过，这些画面像一帧帧恐怖片击打着韩四的心脏，他试图用酒精浇灭邪恶的念头。

　　夜色宁静，噪声渐弱，巷子深处的灯光渐渐淡下去，小小的巷子似一条细细窄窄的银河，飘在黑色的小宇宙里美丽极了。

　　韩四看了一眼正吃着蛋糕还依旧望向门外的花姐。他觉得，花姐从来没有这么好看过。当然，之前的事情他都忘记了，他只记得，他帮了花姐一个忙，用一把精致的水果刀帮她切了生日蛋糕，他很欣慰。

　　他想，李爱梅和安安也一定会欣慰，一定的。

后记　一想起爱与美好，便会前行

曾经有人问我，为什么写小说。站在自己构建的精神世界里，我想过许多答案。

我想，写小说莫要去追探故事的真假与结果，最重要的一点是，让自己享受整个过程，纯粹地爱上写作。没错，爱，单纯又复杂的爱。因爱，这世间才会变得美好。

我写小说时间不算长，作为一个业余小说写作者，凭借着心中对文学、对小说的挚爱，写作中，热血沸腾过，也茫然无措过，坚持走到今天。

随着第一本短篇小说集《裂开缝的窗子》即将正式出版，心里自然感慨万千。

这期间，健康活泼的二宝岩岩已过周岁半，女儿也即将完成小学阶段的学业，作为母亲。抚育孩子的过程自然是艰辛的，失去了很多机会当然也得到许多，比如幸福。那些发自心底涌出来的感情，皆为深深的爱。

在此，真诚地感谢尊敬的文学评论家张元珂老师为该集作序，感谢著名小说家晓苏教授为小说集写评，感谢著名画家、书法家朱仕明老师为小说集题写书名，感谢文学路上，一直鼓励、扶持、帮助我的贵人、老师、朋友、我深爱的家人，以及为该小说集付出的人。感谢、感恩有你们。

每当我要放弃走这条路的时候，是你们的爱与善，让我重新看见前路的星星灯光。于是，我便抬起头朝前方45度的方向仰望并怀揣一万分的热情，重燃信心，继续前行，坚持所爱。

人生是场修行，生活并不容易，难免会遇到很多磨难。

生活远比小说要精彩。人性之恶往往是人本身也无法认知的。欲望，心魔，越轨，挣扎，在我的小说里随处可见，我触及他们的目的是想用满怀的悲悯情和爱意让这些生活中的人物得到正解，获取到精神力量，这也是我爱写小说的原因之一。

罗曼·罗兰说过，真的勇士无非是在看清生活的本质后依然热爱它。回头望，自己从事文学创作以来，有泪水、艰辛，也有喜悦与感动。就着无数个夜晚的星光，看着自己敲打出来的汉字变成铅字，发表于地方报刊、省内外纯文学期刊，我也由一介默默无闻、生活在社会底层的文学爱好者跻身于省作协会员，如今也获得过大大小小的文学奖项。一路走来无疑是至纯的幸福。保持敏感的思考，坚持写出新的小说，出书，被认可……文学激活了我在人世间另一层带有生命意义的密码。在反复得与失、苦与乐之中，在众生平等、文学平等的社会里，我们面对困苦与失败，虔诚地学会与我们自己一次次讲和，一次次跌倒，又一次次站起，这何尝不是文学带给生命的意义。

张元珂老师说过，做文学，不要考虑别的，就单纯把它当成生活中的一部分，那便是件美好的事情。我深以为然，于是便把生活中感受到的大小、琐碎的美好愿景暗藏于小说中。尽管大多数时候，对自己的小说并不满意，总觉得写不好，想要表现的思想高度与小说呈现的结果有出入，这是十分纠结的事情。

面对一篇篇于己来说算是呕心之作，虽然有些文章还显得稚拙，但我却视如亲生孩子般，不停地修正提高，努力让自己天天学习，好好进步，希望读懂她的人能从残酷的现实和赤裸的人性中有所感悟，哪怕读我的文字能从中发现、感受一丁点儿世间的善良与美好呢。

　　我希望我的小说、我的文字能像家乡的河流一样，静水深流，在沂蒙这片土地上，在阳光下，在春风里，那些故事与人、人与世事，会因爱而永恒。

　　我更愿我们每一个人都是被这个世界温柔善待的孩子，怀一颗明净而勇敢的纯心，努力保持前行的状态，生之有限，爱我所爱。

　　谨以粗拙陋语记之，自勉自励，更期待所有关心、爱护、激励我的师友同侪多批评，多指教。